# UM BEIJO SOB AS ESTRELAS

SILVIA SPADONI

# UM BEIJO SOB AS ESTRELAS

1ª Edição

Santa Catarina - 2019

Qualis

Esta é uma obra de ficção. Nomes, personagens, lugares, datas e acontecimentos descritos são produto da imaginação do autor.
Qualquer semelhança com a realidade é mera coincidência.

| | |
|---|---|
| *Editora Responsável* | Simone Fraga |
| *Produção Editorial* | Bianca Carvalho<br>Júlia Caldatto Malicheski<br>Bianca Jung |
| *Revisão Ortográfica* | Sônia Carvalho |
| *Preparação de Texto* | Qualis Editora |
| *Capa* | Gisele Souza<br>Renato Klisman |
| *Projeto Gráfico* | Qualis Editora |
| *Diagramação* | Marcos Jundurian |
| *Imagens Internas* | Shutterstock |

DADOS INTERNACIONAIS PARA CATALOGAÇÃO NA PUBLICAÇÃO (CIP)

S732u

Spadoni, Silvia, 1955 -
Um beijo sob as estrelas / Silvia Spadoni. — [1. ed.] —
Florianópolis, SC: Qualis Editora, 2019.
188 p. : il. ; 23 cm.

ISBN 978-85-7027-047-4

1. Literatura brasileira 2. Romance de época 3. Ficção I. Título

CDD – B869.3
CDU – 821.134.3(81)

1ª edição – 2019

Qualis

Qualis Editora e Comércio de Livros Ltda
Caixa Postal 6540
Florianópolis - Santa Catarina - SC -
Cep.88036-972

www.qualiseditora.com
www.facebook.com/qualiseditora
@qualiseditora
@qualiseditora
contato@qualiseditora.com

# PRÓLOGO

O cheiro acre do Tâmisa empesteava o ar. Cobrindo o rosto com um pano, o homem se esgueirou por entre caixotes e sacos empilhados. À exceção de um ou outro marinheiro bêbado, não havia ninguém por ali, e ele se perguntou se o navio estaria tão deserto quanto as docas. O *Tempestade* havia chegado a Londres há dois dias e, com sua carga preciosa, aguardava ao largo sua vez de atracar no cais lotado. Seus marinheiros, desesperados por mulheres, bebida e terra firme, depois de meses no mar, certamente haviam usado os botes para desembarcar. Estariam todos na taberna de Molly, a mais popular naquela margem do rio, provavelmente bêbados de cair. Ele fora cuidadoso e certificara-se de que o capitão houvesse lhes dado alguns dias de descanso, antes que começassem a descarregar e armazenar as barricas de rum e os preciosos sacos de açúcar. Talvez um ou dois coitados tivessem sido obrigados a ficar de vigia; ainda assim, o fato não lhe causava preocupação. A recompensa valeria o risco e o que seriam mais alguns infelizes mortos na sua imensa lista de delitos?

Mantendo-se nas sombras, ele procurou por algum bote amarrado a uma das pilastras. Não demorou muito a encontrar e, satisfeito, desceu à beira d'água. Era noite de lua nova, e a escuridão o favorecia. Além disso, o fog começara a envolver tudo de maneira fantasmagórica. Com cuidado para não molhar o embornal na lateral do corpo, desamarrou o bote e colocou-se ao largo, remando com habilidade. Minutos depois, margeava o costado do imenso navio.

O *Tempestade* era a joia da Companhia Marítima Morgan, um navio de linha, com três mastros e duas dezenas de bocas de fogo. Construído para enfrentar os rigores do Atlântico e alcançar a América e as Antilhas, ele conseguira atravessar incólume o período turbulento da Guerra da Independência, promovida pelas colônias, e garantira a sobrevivência da Companhia transportando açúcar, melaço e rum.

— É um belo navio — murmurou o homem ao agarrar-se ao cordame. — Será um espetáculo vê-lo arder!

A gargalhada muda ecoou somente em seus ouvidos. Suas ordens eram para destruir a carga, não o navio. Deveria apenas causar danos o suficiente para impedi-lo de navegar por alguns meses. No entanto, seus instintos incendiários açulados pelo ódio que sentia dos Morgan revolveram suas entranhas. Seria a primeira vez que poderia apreciar uma fogueira do tamanho da que pretendia atear naquela noite e, ao mesmo tempo, vingar-se da humilhação sofrida. A lembrança de quando fora exposto como ladrão, escorraçado de outro navio da Companhia e impedido de voltar a navegar, ainda o espicaçava. Animado pela possibilidade, a adrenalina correndo forte pelas veias, o homem ofegava em expectativa.

Com habilidade, escalou a amurada e alcançou o tombadilho, todavia, a escuridão não o impediu de perceber o marujo de vigia na popa. Deveria haver mais alguns por ali, mas o cansaço da viagem, ou a revolta por ter que permanecer a bordo, parecia ter desestimulado os homens. A vigilância não era muito eficaz.

Esgueirando-se, abriu o saco e foi distribuindo a pólvora em pontos estratégicos, principalmente no entorno dos barris de rum acumulados no convés. A chuva dos últimos dias e a maresia haviam deixado o material todo úmido, por isso o incêndio não se propagaria com facilidade, mas ele certamente conseguiria causar estragos suficientes para fazer jus à recompensa.

De onde estava, avistava o alçapão que levava ao porão. Se conseguisse descer, poderia distribuir a pólvora também ali. Não podia evitar pensar que o navio queimaria mais facilmente se o fogo começasse em suas entranhas. Por um momento, avaliou o risco e titubeou. Ficaria por demais exposto, mesmo na escuridão, e seu tempo para escapar seria consideravelmente menor. A ansiedade fazia o coração disparar, o desejo se digladiando com o medo, porém, a piromania venceu a batalha interior e expulsou de seu cérebro qualquer resquício de sanidade.

Arrastando-se sorrateiramente, atingiu a abertura e conseguiu lançar o corpo por ela sem ser visto. No porão, uma tênue iluminação provinha de um único lampião aceso, apenas o suficiente para que os marujos distinguissem os degraus de madeira e enxergassem os obstáculos. Ele os desceu rapidamente e começou a espalhar o conteúdo do embornal. A recompensa não lhe serviria para nada se ficasse preso em meio ao fogaréu que certamente se espalharia assim que o rastilho fosse aceso e atingisse a munição estocada.

— Ei, quem é você?

De cabeça baixa, não havia percebido o grandalhão se aproximando. O sujeito, certamente o responsável pela guarda da carga no porão, deveria estar deitado em algumas das redes espalhadas por ali e o vira entrar. Usando uma muleta para compensar a perna esquerda perdida, o velho marujo vinha em sua direção, empunhando uma pistola pronta para disparar. Maldizendo a própria distração, ele agiu rapidamente. Jogou o corpo contra o velho e tentou chutar a muleta com força, mas calculou mal o movimento e apenas resvalou nela. O marujo se desequilibrou, todavia, acostumado aos balanços do mar, rapidamente se aprumou e acertou-o com uma pancada forte na lateral da cabeça.

— Quem é você, o que quer?

Aturdido pela invasão inesperada, o velho continuava a perguntar. Buscando identificar o sujeito à sua frente, dispensou a muleta equilibrando-se precariamente e, sem soltar a arma, tentava retirar o lampião do gancho com a outra mão.

Sem alternativa, vendo-se descoberto, o homem jogou o conteúdo do embornal no rosto do velho marinheiro, espalhando toda a pólvora enquanto virava-se para fugir. Gritando pelo susto e pela ardência que lhe atingiu os olhos, o infeliz agitou os braços e acabou por desprender o lampião que caiu a seus pés sobre o rastilho involuntário.

Os gritos do velho atraíram os outros homens e um deles lhe bloqueou a saída, a mão espalmada em seu peito impedindo-o de subir. Desesperado, percebeu antes dos demais o que aconteceria e maldisse sua ambição. Em segundos, a pólvora ardeu e as chamas se propagaram atingindo a sacaria e a munição. Ele ainda tentou se desvencilhar do sujeito que o segurava e correr, mas a explosão que abriu um buraco no casco foi a última coisa que ouviu, antes que seu corpo se rompesse, espalhando suas vísceras que foram misturadas às dos marujos.

# CAPÍTULO 1

— Milady poderá receber-me amanhã, talvez ao final da tarde? — sussurrou maliciosamente, rodopiando pelo salão com um sorriso insinuante nos lábios.

Enrubescendo como convinha a uma dama de estirpe, Lady Poppy Campbell ergueu os olhos azulados e sorriu para o jovem que a conduzia com elegância aos acordes de uma valsa. Ela sabia que o pedido poderia significar muito mais do que um simples compromisso social.

— Oh, Drake, eu tenho certeza de que papai ficará muito feliz com sua visita... E eu também — respondeu coquete, com um sorriso enganosamente tímido.

Eles formavam um belo par: a delicada garota loira e o rapaz alto e elegante.

O baile, organizado anualmente pela Condessa de Winchester, desde que Lady Pamela, sua filha mais velha, fizera o próprio debut, era sempre um dos mais importantes e aguardados eventos da temporada. A nata da aristocracia comparecia, e jovens debutantes se preparavam com afinco para o que era considerada uma das melhores *"vitrines"* para as interessadas em conquistar um bom casamento e um título ainda melhor. Era fato que, durante alguns anos, Lorde Andrew, o filho caçula do Conde de Winchester e herdeiro do título, fora o alvo das jovens debutantes que viam nele o marido perfeito. Nos últimos anos, porém, sua fama de libertino e o evidente desinteresse num casamento acabaram por assustar tanto as jovens casadouras como suas zelosas mães. Lady Candace gostava de manter tradições e, embora o comportamento do filho a desapontasse, organizava o baile com inegável orgulho.

Naquela noite, Lady Poppy transbordava de alegria com as atenções que seu par lhe dispensava. Ele lhe solicitara a valsa já no início do baile e fora com os dedos trêmulos que ela anotara o pedido em seu cartão de danças. Drake Morgan era um jovem muito atraente, alguns anos mais velho do que ela e reconhecidamente rico, o que compensava a larga a origem burguesa da família. Vinha lhe fazendo a corte há algum tempo, e a visita programada para o dia seguinte colocaria fim à sua ansiedade. Certamente pretendia pedir sua permissão e a do visconde, seu pai, para oficializar o compromisso.

Seu casamento seria uma das festas mais comentadas daquele ano, pensou ela já fazendo planos. Seus pais não mediriam gastos, pois havia muito a fazer para que tudo fosse perfeito!

Com um sorriso, afastou-se um pouco dele quando a música acabou, e em seus olhos o brilho de triunfo era perceptível. Conquistara um ótimo partido em sua primeira temporada!

A Companhia Morgan não era muito grande; no entanto, todos os navios pertenciam totalmente a Sir Raymond, o que diferia de companhias maiores. Normalmente, homens de negócios possuíam participação em vários navios, uma forma de minimizar danos. Se uma embarcação se perdesse, vários proprietários compartilhariam o prejuízo, ocorre que a divisão acontecia também com os lucros. Seu pai lhe contara que a Morgan arriscava muito mais, contudo, lucrava na mesma proporção, já que Sir Raymond era o único dono de seus navios. Se continuasse assim, em breve a Companhia seria uma das maiores da Inglaterra, e seu futuro marido, um dos homens mais ricos do reino. A possibilidade fez com que os lábios rosados de Poppy se abrissem num sorriso ainda maior.

Drake Morgan acompanhou-a para fora da pista de dança e retirou-se depois de agradecer com um elegante aceno de cabeça. Estava deveras satisfeito; ela era uma jovem adorável e filha de Lorde e Lady Campbell, Visconde de Cornell, uma família bastante tradicional. O casamento garantiria o acesso definitivo da família Morgan à aristocracia, iniciado com a outorga do título de Sir, por Sua Majestade, a seu pai no ano anterior. A honraria fora concedida a Raymond Morgan em decorrência aos relevantes serviços prestados por ele e pela Companhia Marítima Morgan à Coroa, durante a guerra da Independência das Colônias na América. Guerras ou ameaças de batalhas sempre levavam o governo a se valer de um considerável número de navios mercantes e, por vezes, isso acarretava glórias ou benefícios a seus proprietários.

Por um instante, um esgar de preocupação crispou os lábios de Drake. Na verdade, as consequências da participação na recente guerra eram inquietantes. Ele notara a preocupação do pai nos últimos meses e sabia que a situação da Companhia era delicada. O oferecimento de três de seus quatro navios à Coroa lhes concedera visibilidade social, mas o preço pago fora bastante alto. O dinheiro da família provinha especialmente da importação e transporte de açúcar, melaço e rum das Antilhas. Durante o período em que os navios foram utilizados para o abastecimento das tropas, os negócios comerciais haviam diminuído drasticamente e o reembolso de Sua Majestade não cobrira nem a terça parte dos lucros que a atividade mercantil proporcionava. Paralelamente, as tentativas de transitar pelas cercanias do Novo Mundo durante o período turbulento resultaram em perdas de carga ou navios danificados em escaramuças no mar. Poucos sabiam que a guerra lhes dera respeitabilidade, mas o acesso à nobreza não abastecera os cofres esvaziados pela diminuição da atividade mercantil. Confiante que a situação era passageira, Sir Raymond havia recorrido aos banqueiros da City para levantamento de fundos e fizera empréstimos inclusive em seu próprio nome. Infelizmente, a guerra demorara mais do que o previsto e as dívidas venceriam em breve.

— Isso vai se resolver, o *Tempestade* retornou com os porões carregados de açúcar. A carga será suficiente para prover os fundos necessários para a solução das pendências financeiras mais urgentes. Com um pouco de sorte, teremos o bastante para investimentos na recuperação das outras embarcações e em novas viagens comerciais — pensou ele, afastando a sensação angustiante e dirigindo-se em passos rápidos à porta principal.

Para Drake, a festa já não tinha atrativos. Fora ao baile apenas para conseguir a atenção e a concordância de Lady Campbell com os planos de noivado que traçara meticulosamente. Feito isso, o melhor a fazer seria ir descansar. A manhã seguinte exigiria sua presença no porto logo às primeiras horas. Enfim, começariam a descarregar o açúcar, e ele queria estar presente nas docas para se assegurar de que tudo daria certo. Sorriu ao pensar que o trabalho era um hábito que nem mesmo a proximidade com a realeza retiraria dele; simplesmente não conseguia ficar inativo dedicando-se ao lazer e ao ócio como a maioria dos nobres.

Os pensamentos o tranquilizaram, pois um futuro promissor se descortinava à sua frente. Disponibilizar a frota para o serviço de Sua Majestade fora uma jogada muito arriscada, porém absolutamente necessária para que a Companhia conseguisse o Royal Warrant. O selo real faria muita diferença nos negócios, já que os colocaria em destaque, não apenas na Inglaterra, mas perante todas as monarquias da Europa. Em breve, eles recuperariam com sobra o que haviam deixado de ganhar, concluiu, acalmando a ansiedade enquanto solicitava a capa e a cartola ao impassível mordomo. A prosperidade retornaria, a Morgan finalmente se consolidaria como uma grande companhia e eles passariam a fazer parte do exclusivo círculo social que incluía a aristocracia.

— Retirando-se tão cedo, Drake?

A voz de Lorde Crawson interrompeu seus devaneios.

— Amanhã será um dia importante, Robert — respondeu com seriedade. — O capitão do *Tempestade* avisou que conseguiu uma doca livre para atracar, a carga será descarregada. Quero estar lá para ter certeza de que tudo será feito de forma correta.

— Então vá, estimo que tudo corra bem. Que tal um jantar no White amanhã à noite? Teremos que comemorar mais um sucesso da Companhia Morgan — convidou Lorde Crawson, referindo-se ao clube de cavalheiros ao qual ambos pertenciam.

— Meu amigo, se tudo der certo, teremos mais a comemorar do que o sucesso da expedição do *Tempestade.* — Riu Drake, piscando o olho.

— Não me diga que... Não! Você é muito jovem para se comprometer! — protestou o lorde, arregalando os olhos e simulando uma cara de horror.

— Você está é com inveja, confesse! Lady Poppy é a mais bela debutante desta temporada. E não só aceitou que eu lhe faça a corte como concordou que peça sua mão ao visconde. Acho que amanhã à noite estarei oficialmente noivo, meu amigo!

— Embora milady seja uma bela jovem, eu jamais o invejaria, Drake. Não vejo nenhuma vantagem em perder a liberdade assim, no vigor dos vinte anos. Tem certeza de que quer fazer isso? Haverá outra temporada, e mais outra, e outra... e outras debutantes tão belas e bem-nascidas quanto ela — contestou Lorde Crawson, com um olhar irônico cravado no amigo.

— Robert, eu não sou um libertino como você, sempre em busca de uma aventura. Além disso, aos 25 anos não se pode dizer que eu seja um garoto! Lady Campbell é a escolha perfeita, tenho certeza de que será um arranjo excelente para ambos.

— Tal cinismo não combina com você, Drake. Pode repetir essa frase à exaustão, mas eu o conheço bem o bastante para saber que seu coração é mais afeito a paixões do que gosta de admitir. Um casamento adequado, não tenho qualquer dúvida, todavia ... um "arranjo excelente" será suficiente?

— Ora, meu amigo, não há por que divagar. Adequado é o ideal! Quanto às paixões... Quem lhe disse que não estou apaixonado? Lady Poppy é uma jovem linda e delicada, tenho certeza de que também tem sentimentos por mim e que será uma união agradável — respondeu com uma piscadela maliciosa.

— Você é quem decide, meu amigo. De qualquer maneira, quando se sentir enfastiado... sabe que pode contar comigo para atualizá-lo sobre as novidades da noite londrina — concluiu Robert Crawson com uma gargalhada. — E vou esperá-lo amanhã no White, estou curioso para saber tudo sobre a bem-sucedida viagem do *Tempestade*. Quem sabe fico animado com seu sucesso e começo a investir em aventuras no além-mar — completou com um falso ar de seriedade.

Rindo com os disparates do amigo, Drake embarcou em sua carruagem depois de confirmar o jantar para a noite seguinte. Com um suspiro satisfeito, recostou-se no assento e mandou que o cocheiro o levasse para Egerton House, em South Kensington, a mansão que dividia com o pai.

As ruas vazias àquela hora da noite propiciaram um trote acelerado e em pouco tempo ele chegou à bonita casa de tijolos escuros e janelas brancas. Seu pai a construíra há alguns anos como presente para a esposa. Infelizmente, a mãe de Drake não usufruíra o suficiente da propriedade, pois falecera logo depois de se mudar para lá. Desde então, haviam sido apenas os dois. Sir Raymond Morgan costumava dizer que vivera um raro e feliz caso de casamento por amor e que jamais poderia substituir sua amada Ephigenia.

Para sua surpresa, ao se aproximar, Drake notou as janelas iluminadas. Não era habitual seu pai ainda estar acordado àquela hora; normalmente a casa já estaria às escuras, notou com uma pontada de preocupação.

Rapidamente alçou os degraus, e a porta se abriu como que por encanto, antes que ele chegasse ao limiar.

— Geoffrey, o que está acontecendo — perguntou de imediato ao circunspecto mordomo. — Meu pai... está bem?

— Sir Raymond recebeu alguns homens — informou-o sem maiores explicações. — Eles se retiraram há alguns minutos, seu pai ainda está no escritório. Devo anunciá-lo senhor?

— Obrigado, Geoffrey, não é necessário, eu mesmo me anuncio — respondeu, já se encaminhando ao gabinete do pai.

Estava a dois metros da porta quando ela se abriu. A expressão de horror no rosto do pai, o desespero que leu em seus olhos e o movimento rápido das mãos pelos cabelos desgrenhados o avisaram que algo terrível ocorrera antes mesmo que Sir Raymond pronunciasse uma palavra.

— Por Deus, meu pai, o que houve?

— A carga... o navio... perdemos tudo...

— Respire fundo, diga com calma o que está acontecendo — pediu Drake, cada vez mais assustado com a aparência do pai.

— Um incêndio... O navio está queimando...

A notícia atingiu Drake com a força de uma bordoada. Ainda assim, manteve o equilíbrio, pois o importante era tranquilizar o pai.

— Não perca a calma, a notícia é terrível, mas se a carga se perder acionaremos o seguro. Tenho certeza de que...

— Não! — gritou Sir Raymond num tom de voz desesperado. — Você não está entendendo! Não há seguro, tudo está perdido!

O pai levou a mão ao peito, ainda tentando falar mais alguma coisa, mas as palavras saíram desconexas, ao passo que uma espuma branca aflorava em seus lábios descorados. Drake conseguiu ampará-lo antes que desabasse, contudo, os olhos vítreos que se fixaram nos seus lhe disseram o que ele não esperava ouvir.

# CAPÍTULO II

Com um olhar desolado, Drake observou do cais a carcaça enegrecida e parcialmente afundada, restos do que fora o *Tempestade*. Esquife das esperanças de uma vida, o navio se transformara em madeira carbonizada, deslizando pouco a pouco para acomodar-se no leito arenoso onde repousaria para sempre. Não havia nada a ser feito, além de lamentar os mortos e calcular as perdas.

— Drake...

A voz do capitão ao seu lado o fez virar-se e encarar o homem de cabelos grisalhos. John Norton era um navegador experiente, há anos comandava o *Tempestade*. Sua desolação diante do que acontecera à embarcação estava evidente.

— Lamento... pelo navio... por seu pai...

Drake acenou com a cabeça em agradecimento; as condolências eram sinceras.

O capitão olhou-o entristecido. Conhecera Drake ainda criança, antes que tivesse atingido a altura de um barril! Curioso, o garoto fora a bordo com o pai e passara horas crivando-o de perguntas. Desde então, a cada vez que o *Tempestade* retornava de uma viagem, ele o visitava, o olhar aguçado e a mente ávida para absorver o máximo de conhecimento possível sobre a embarcação, rotas, mapas e instrumentos náuticos. Tudo isso deixava claro o seu interesse. O garoto curioso se tornara um aprendiz empenhado, navios não guardavam segredos para ele. O capitão seria capaz de jurar que Drake, embora jamais houvesse assumido a função, era totalmente capaz de comandar um deles com habilidade.

— Só não entendo como o fogo começou e se espalhou tão rapidamente. Os homens que guardavam a carga eram experientes, não? — perguntou o rapaz, interrompendo suas lembranças e quebrando o silêncio triste que se instalara entre eles.

— Sim, Hook era o responsável. Na verdade, há algo que preciso lhe dizer — respondeu o capitão, constrangido e abaixando o tom da voz para que ninguém mais os ouvisse.

— O que houve?

— Você sabe que eu havia deixado três homens de guarda. Hook e Jamie morreram. Stuart, embora muito queimado, saltou e conseguiu chegar à praia. Infelizmente não resistiu, morreu esta manhã.

— Sim, eu já sabia disso. Vamos, John, há algo mais... O que descobriu?

— Hoje eu soube que houve uma explosão. Ela foi ouvida por dois homens que estavam de vigia em um dos barracões nas docas. Além disso, encontramos o corpo de um quarto homem a bordo. Não era um dos nossos, eu mesmo confirmei isso.

Por um longo minuto Drake não disse uma única palavra. A informação fazia as engrenagens de seu cérebro se movimentarem... Um desconhecido a bordo... uma explosão... um incêndio que se alastrara rápida e fatalmente...

— Sabotagem?

A palavra queimou sua garganta. Não fora um acidente, alguém deliberadamente explodira o *Tempestade*. O capitão nem mesmo respondeu, apenas sinalizou afirmativamente com a cabeça. Palavras não eram necessárias, o incêndio não fora um acaso. E ambos sabiam que o desgraçado que perdera a vida ao provocar a explosão certamente não era o verdadeiro responsável. Ninguém se arriscaria por nada!

Ele puxou o ar com força, como se o oxigênio, ao invadir seus pulmões, também pudesse clarear sua mente. Alguém propositalmente ateara fogo ao navio e causara aquelas mortes a mando de outrem. Uma raiva surda o invadiu – o maldito que armara aquilo era o verdadeiro assassino, ainda que não tivesse acendido o estopim com as próprias mãos.

— Eu vou descobrir quem fez isso, capitão. Juro pela minha alma que vou! — rosnou Drake baixinho. — E vou começar agora!

Com pesar, o capitão continuou observando o jovem em silêncio por mais alguns segundos. Ele também queria que o criminoso fosse pego e punido, mas a sabedoria da idade lhe sussurrava que havia problemas mais urgentes. O capitão fora alertado por Sir Raymond sobre a importância daquela carga para os negócios, sabia que a perda do açúcar traria prejuízos consideráveis. Além disso, as notícias sobre o incêndio já haviam se espalhado criando um clima nefasto no cais, seus marujos estavam nervosos, o navio era um lar para muitos e vê-lo arder daquela forma...

— Drake... você sabe que pode contar comigo sempre — respondeu com calma. — Mas há outras prioridades, os homens estão ansiosos, esperavam descarregar a carga para receber o soldo e...

Diante do olhar interrogativo e furioso do rapaz, ele continuou.

— Haverá tempo para vingança — disse taxativo, com a liberdade que os anos de amizade lhe conferiam. — Agora você tem providências mais imediatas a tomar, vá tratar delas. Enquanto isso, eu ficarei de olhos e ouvidos bem abertos. Alguém sempre sabe alguma coisa, só é preciso abrir a bolsa e saber a quem perguntar.

Drake abaixou a cabeça por um instante. O capitão estava certo, havia mais com que se preocupar além da vingança. O que o velho lobo do mar não sabia era que as dificuldades não se resumiam ao pagamento do soldo de marujos ou à reconstrução de navios, os infortúnios eram bem maiores. Ele descobrira que a Lloyd's negara-se a assegurar a carga, pois o risco imenso daquela rota e a perda de outras naus durante a guerra haviam desestimulado os *Underwriters*. Desesperado por sanear as finanças, seu pai decidira arriscar a viagem mesmo assim, omitindo a informação.

Rumores sobre os problemas que o incêndio causaria à Companhia Marítima Morgan também já circulavam na City, e os banqueiros, verdadeiros abutres, davam os primeiros sinais de que pretendiam atacar. Precisava encontrar uma solução, buscar fundos para saldar as dívidas mais urgentes, caso contrário, os credores poderiam exigir sua prisão.

Naquele momento, olhando os últimos vestígios do *Tempestade* a mergulhar no mar, ele jurou a si mesmo que não descansaria enquanto não descobrisse quem os levara à bancarrota e causado a morte de seu pai. E quando isso acontecesse, que o Senhor se apiedasse da alma do desgraçado, porque ele não teria misericórdia.

— Lady Campbell vai recebê-lo, senhor. Por aqui, por favor.

O arrogante mordomo indicou-lhe o caminho. Não era assim que imaginara sua visita, mas os acontecimentos dos últimos dias não lhe permitiram honrar o compromisso na forma como combinara. Lady Poppy recebera seu breve bilhete, mas certamente também já fora informada em detalhes sobre o incidente. O visconde não teria permitido que a jovem ficasse à margem do assunto sobre o qual seu pretendente era o tema central. Inexplicavelmente, a noiva não lhe enviara nenhuma carta ou sinalizara qualquer apoio. Ainda que o compromisso não houvesse sido anunciado, ele ansiava pelo carinho daquela que escolhera para compartilhar a vida.

— Drake, eu sinto tanto!

Envolta em musseline rosa, os cachos loiros presos no alto da cabeça e os imensos olhos azuis exibindo consternação, Poppy Campbell levantou-se com as mãos esticadas em direção ao futuro noivo no momento em que este entrou na sala.

— Milady! — Drake inclinou-se, roçando os lábios levemente pela mãozinha delicada. — Lady Campbell, obrigado por me receber — continuou, dirigindo-se à mãe da jovem, que o cumprimentou com um sorriso apático.

— Eu deveria ter lhe escrito uma nota de solidariedade, mas imaginei que com tantos... problemas, não deveria distrair sua atenção — disse Poppy, levemente constrangida.

— Milady poderia ter escrito, uma carta sua jamais distrairia minha atenção, ao contrário. Seria um alento em meio à turbulência — respondeu Drake, com um levíssimo tom de inconformismo na voz.

— Ora, Senhor Morgan, certamente não seria adequado que uma jovem enviasse uma carta a um cavalheiro, mesmo em circunstâncias tão difíceis — interrompeu Lady Campbell, saindo em defesa da atitude da filha.

— Naturalmente, milady, mas considerando-se que somos praticamente noivos...

— Não devemos nos apressar, não é mesmo?

A colocação ambígua de Lady Campbell surpreendeu Drake. Há apenas algumas semanas, a mulher o tratara com a máxima cortesia e deferência, mas agora ele notava um certo tom de desagrado em sua voz e em sua atitude.

— Gostaria de me acompanhar em um passeio pelo jardim, Poppy? A senhora nos permitiria esse momento, milady? — perguntou Drake, dirigindo-se primeiro à filha e em seguida à mãe.

O olhar que Lady Campbell dirigiu à jovem foi rápido, mas não tanto que Drake não pudesse perceber o brilho da dúvida antes que ela lhe respondesse.

— Se Poppy estiver disposta... Mas não se demorem.

Assentindo, Drake ofereceu o braço à jovem e a conduziu em direção ao jardim.

— O que está acontecendo? Sinto que sua mãe não parece satisfeita com minha visita. Há algo que eu deva saber? — perguntou ele, indicando um banco sob a sombra de um vidoeiro, bem em frente à janela de onde Lady Campbell os observava.

— Ora, Drake, mamãe está apenas preocupada. O incidente do *Tempestade*, a morte de Sir Raymond... Não estamos acostumados a tanta exposição! Papai disse ontem à noite que o incêndio foi a gota d'água numa situação difícil e...

Percebendo que fora indiscreta, a garota cobriu a boca com a mão.

— Situação difícil?

A pergunta, acompanhada de um levantar de sobrancelhas, escapou num tom de voz mais cáustico do que Drake costumava usar.

— Papai almoçou com alguns banqueiros ontem no clube e...

— E eles foram indiscretos o suficiente para comentar sobre as finanças da Companhia — completou Drake, antes que ela terminasse a frase.

— Papai disse que não imaginava... Na verdade, ninguém imaginava que a situação... Quer dizer... papai apenas quis informações, ele não fez nada de errado. Ficou preocupado com alguns boatos que ouviu no clube! — protestou a jovem com certa indignação.

— O que mais o Visconde de Cornell disse, Poppy? Talvez algo sobre nosso noivado?

— Sim... quer dizer... não disse nada demais... Apenas que deveríamos esperar um pouco para oficializar um compromisso e que não seria adequado tocar no assunto neste momento, talvez em algumas semanas...

— Ele quis dizer... após ficar claro que a Companhia terá lastro financeiro para honrar os compromissos... Ou melhor, após constatarmos que eu não ficarei na miséria!

— Não fale assim, Drake, é tão vulgar! Um lorde não fica na miséria, sequer pensa nisso!

— Mas eu não sou um lorde, Poppy, esqueceu-se?

— Papai está certo, talvez seja melhor esperarmos esse aborrecimento todo passar para anunciarmos o noivado — disse ela com visível desconforto.

Drake olhou para a jovem à sua frente, mas não enxergou nela a mulher com quem sonhara dividir sua vida. Por um fugaz momento, a imagem dos próprios pais lhe veio à mente. Seria exatamente num momento de crise como aquele que eles ficariam mais próximos, um apoiando o outro. Estaria enganado sobre os sentimentos da noiva?

— Concordo com Lorde Campbell — disse, num tom apaziguador. — Devemos aguardar um momento mais propício para anunciarmos o noivado; um momento em que eu possa dedicar toda a minha atenção a você. Pelos próximos dias estarei ocupado, não conseguirei vir visitá-la, sequer acompanhá-la aos eventos da temporada. Mas tenho certeza de que não lhe faltarão convites, e você não deve se abster de nada por minha causa.

Foi impossível não notar o brilho de alívio que refulgiu nos olhos da jovem ao seu lado. Se Drake nutria a mínima esperança de que suas impressões estivessem erradas, naquele instante ela desaparecera. Era óbvio que os sentimentos de Poppy por ele não eram tão sólidos quanto eram proporcionais ao tamanho de sua fortuna.

A decepção de não ser minimamente amado pela mulher que escolhera como esposa espicaçou seu coração, no entanto, mais do que a dor de perder a noiva, o que o feriu foi a percepção de que tudo ao seu redor poderia estar desabando.

A verdade o atingiu com a força de um coice!

Muitos dos que se diziam amigos não ficariam ao seu lado quando a verdade sobre a perda da fortuna se tornasse pública. O mundo que ele conhecia deixaria de existir, nada mais seria o mesmo... Ele estava completamente só!

# CAPÍTULO III

## LONDRES, 1791
### *Uma manhã de verão*

— Se você continuar saltando desta forma, vai acabar derrubando todo o conteúdo da cesta ou quebrando os ovos. Vamos, comporte-se!

A jovem esguia, de pele clara, cabelos dourados e luminosos olhos cor de avelã, tentava manter o rapazote sob controle, em vão. A alegria dele por estar passeando pela feira na bela e ensolarada manhã, em vez de limpando os penicos ou trancado no estábulo escovando os cavalos, era contagiante.

— Ora, Annie, não seja uma estraga-prazer! Vamos aproveitar a oportunidade! Quando você acha que a Senhora Nichols vai nos permitir fazer as compras em seu lugar novamente? Aquela ranzinza não gosta de ver ninguém feliz, especialmente eu. Ela é capaz de acender lareiras em pleno verão apenas para me fazer limpar as cinzas pela manhã!

Annie não pôde impedir que um sorriso divertido lhe assomasse aos lábios. Tim estava certo, a cozinheira claramente não gostava do garoto e proclamava em alto e bom som que ele era um pequeno marginal, o que há alguns anos não seria exatamente uma mentira. Mas o comportamento inadequado ficara no passado, ela tinha plena certeza disso.

Com carinho, observou-o, lembrando-se de quando o vira pela primeira vez. Franzino, esfomeado, caído ao lado do alpendre dos fundos da casa, o garoto febril mal conseguira murmurar o nome quando ela lhe perguntara. Compadecera-se, afinal, sua situação poderia ter sido igual se Lady Belinda não houvesse concordado em acolhê-la quando era apenas uma garota assustada e inexperiente.

Corajosamente, acomodara-o no pequeno estábulo aos fundos da casa e, em segredo, dividindo com ele sua comida, cuidara do menino. Sopa quente, pão fresco e um lugar seco fizeram maravilhas. Em alguns dias ele fora capaz de lhe contar sua história. Com dez anos, órfão e sem lugar para morar, perambulava pelas ruas prestando pequenos serviços e praticando alguns furtos para sobreviver.

— Não roubo porque gosto, senhorita, mas, às vezes, o estômago dói tanto que não consigo resistir... Minha mãe, que Deus a tenha, me bateria de vara se soubesse que me tornei um ladrão — dissera, consternado e de olhos baixos.

Percebendo sua boa índole, Annie se enchera de coragem e argumentara com milady que o menino não exigiria pagamento em moeda e que seria útil ter alguém para levar recados e ajudar nas tarefas. Diante da possibilidade de um ajudante a baixo custo, a mulher concordara em mantê-lo. Assim, em troca de um lugar para dormir no estábulo e de duas refeições por dia, depois de um bom banho de tina e com roupas limpas, ele se juntara a ela e à Senhora Nichols nos serviços da casa.

Isso acontecera há dois anos. Desde então, Tim crescera mais de um palmo e já estava da sua altura, mas ainda era um rapazote magricela e irrequieto, de cabelos espetados e olhos curiosos. E se tornara seu melhor amigo.

— Tim! Vamos, não podemos demorar. Ainda temos que passar na banca do Senhor Rubble para pegar uma peça de carneiro. Você sabe que se nos atrasarmos a Senhora Nichols ficará furiosa!

Ele parara mais uma vez para observar o vendedor de frutas que, aos gritos, anunciava *blueberries* suculentas. Meio contrariado por ter que retornar tão cedo a seu canto no estábulo, Tim voltou a acompanhar os passos rápidos de Annie.

— Está bem, vou me apressar porque não quero que ela brigue com você — disse, colocando ênfase na palavra "você". — E, afinal, o que há de especial no dia de hoje? — perguntou curioso. — Por que tanta pressa?

— A irmã da Senhora Nichols, a que mora em Southwark... parece que ela adoeceu. Milady lhe deu a tarde e a noite de folga, mas, como vai receber um amigo, exigiu que a Senhora Nichols deixasse tudo pronto para a ceia. E, como serei eu a única a servir, também tenho que correr para poder dar conta dos meus afazeres e dos dela — comentou Annie, justificando a própria pressa, ainda que sem qualquer rancor.

— Annie, eu juro que um dia ainda vou ser bem rico! E quando acontecer, você não vai mais ter que trabalhar. Vou lhe dar uma casa enorme, lindos vestidos e uma carruagem...

Rindo, a jovem deu-lhe um piparote carinhoso na bochecha enquanto os dois apressavam o passo. Sonhos eram bons, pensou ela, mas a realidade dura cobrava o trabalho diário. Ainda assim deviam ser gratos; em meio a tanta pobreza e desgraça tinham a barriga cheia, roupas quentes e um teto sobre a cabeça!

— Poderia ser pior — pensou ela em voz alta. — Sim, poderia ser bem pior!

Annie abriu a porta sentindo no rosto a brisa fresca da noite. Normalmente suas funções não incluíam abrir a porta ou mesmo servir à mesa. Ela costurava muito bem, sabia engomar renda perfeitamente e era muito hábil em arrumar cabelos. Fora admitida como criada de quarto, mas, quando milady descobrira que sabia ler, praticamente a promovera à dama de companhia. Foram muitas as noites ao pé da lareira lendo em voz alta para milady, acompanhada de algumas xícaras de chá, o que a alçara a uma posição superior à de uma simples criada. Mas, naquela noite, ela teria que substituir a Senhora Nichols, e sinceramente isso não a incomodava. Com uma reverência, afastou-se, dando passagem ao visitante com os olhos baixos.

— Lady Heyes o espera na sala de estar, milorde.

O homem estendeu-lhe a capa e a cartola, e seguiu em direção à sala sem lhe dirigir a palavra, mas, para sua surpresa, voltou-se após alguns segundos e a encarou, os olhos percorrendo seu corpo de forma ostensiva e ultrajante.

— Como eu nunca a havia notado? Onde Belinda a esconde? — perguntou com um sorriso lascivo, estendendo a mão para tocar-lhe os cabelos. — Cabelos desta cor me atraem — completou.

— Lady Belinda o aguarda, milorde — insistiu Annie, recuando e furtando-se a responder ao comentário grosseiro.

Infelizmente, ele não era o primeiro dos amigos de milady que notava sua presença, mas, ao contrário dos outros que pareciam inofensivos, aquele lhe causara um estremecimento de repugnância e receio.

O lorde alto, de cabelos claros, vinha todas as semanas, mas até então não reparara nela e nem poderia. Era sempre a Senhora Nichols que lhe abria a porta, além disso, normalmente ansiosa pela chegada, Lady Belinda fazia questão de recebê-lo. Annie já o havia visto de longe algumas vezes, e, inclusive, não simpatizara com sua figura, mas como tinha ciência da paixão que sua patroa sentia, mantivera-se calada a respeito.

O homem encarou-a por mais alguns segundos e deu uma gargalhada no momento em que, num ato de rebeldia, ela levantou o olhar e não se afastou.

— Um espírito rebelde! Interessante...

— Meu querido, você chegou!

A voz um pouquinho aguda de milady interrompeu o visitante, que imediatamente se voltou para ela, tomando-lhe a mão e depositando um beijo num gesto galante.

Annie escapuliu para a cozinha. Aquele homem tinha olhos... cruéis! A sensação de desconforto a acompanhou por toda a noite, muito embora, depois do comentário inicial, ele a tivesse ignorado completamente. Foi com certo alívio que recebeu a ordem para retirar-se logo após ter servido o licor. Definitivamente o amigo de Lady Heyes tinha uma aura desagradável.

— Acabou?

A pergunta de Tim foi feita no momento em que ela retornou à cozinha, levando a bandeja com os últimos copos servidos.

— Sim — respondeu Annie com um suspiro cansado. — Mas eu ainda vou colocar esses copos na tina e lavá-los. São muito delicados e não gostaria que algum se quebrasse. Mas você pode ir descansar, não precisa esperar — completou com um afago carinhoso nos cabelos do garoto.

— Não, eu prefiro ficar aqui, assim conversamos mais um pouco.

— Está com fome? Sobrou um bom pedaço do assado — disse Annie com carinho.

— Hum — resmungou Tim, para quem comida nunca era demais. — Acho que eu comeria um pedaço, sim!

— Venha, vou servir a nós dois. E junto com um bom copo de cidra, hoje nós merecemos! — disse a jovem com um gracejo, enquanto separava dois pratos da louça grosseira destinada ao uso dos criados.

— Um dia vamos comer assados em pratos de porcelana e beber vinho tinto, em vez de cidra, em copos de cristal mais finos do que os de milady — devaneou Tim mais uma vez.

— Eu espero que você realmente consiga alcançar seus sonhos, meu amigo, mas por enquanto um bom pedaço de carneiro acompanhado de um copo de cidra já é um manjar dos deuses!

— Você tem razão, Annie, não podemos reclamar! — disse o garoto, enchendo a boca e empurrando a comida com grandes goles da bebida.

O barulho a acordou! Ela não soube identificar o som, mas fora forte, talvez um grito.

Atordoada, Annie levantou a cabeça para tentar entender o que a havia despertado de um sono profundo. Cansada e relaxada pelo copo de cidra, ela dormira tão logo encostara a cabeça no travesseiro e não fazia ideia de quanto tempo havia se passado desde então.

Algo pareceu cair, um baque surdo...

Levantando-se, ela embrulhou-se no velho xale de lã e, de pés descalços, abriu a porta. Seu quarto ficava no sótão, um espaço pequeno e parcamente mobiliado, que, ainda assim, Annie considerava seu refúgio. Pé ante pé, empunhando um toco de vela de sebo, aproximou-se da escada de madeira, procurando identificar algum ruído, mas apenas um silêncio sepulcral se instalara. Annie concluiu que estivera sonhando. Voltando ao quarto, estava pronta a deitar-se novamente quando o barulho do que parecia ser uma porta batendo rompeu a quietude outra vez. Curiosa, aproximou-se da pequena janela redonda, bem a tempo de ver o homem que estivera na casa naquela noite aproximar-se da carruagem que o aguardava na rua.

Antes de embarcar no veículo, ele levantou a cabeça e olhou em direção à sua janela, como se pudesse vê-la. Era impossível, para ele, enxergá-la, oculta que estava pelas sombras da noite, no entanto, mesmo assim, Annie recuou, enquanto um arrepio a percorria. A claridade que o lampião da rua, mantido à base de óleo de baleia, proporcionava era muito pouca, mas suficiente para lhe permitir um vislumbre da expressão que transformava as feições de um homem, que poderia ser considerado atraente, num ser maligno.

Assustada, Annie voltou para sua cama.

As primeiras luzes da manhã encontraram-na desperta. Fora impossível conciliar o sono novamente. Decidida, levantou-se, vestiu-se e fez sua higiene despejando água em uma bacia de louça. Ela adorava o prazer de um banho quente, mas luxos desta espécie não eram permitidos às damas de companhia e criadas com frequência, assim, contentava-se com a água fria da jarra.

A Senhora Nichols deveria estar de volta a tempo de servir o café para milady, e Annie pensou que não lhe custaria nada ir adiantando as coisas. A cozinheira não lhe dedicava mais afeto do que ao pobre Tim; na verdade, a mulher era uma solteirona amargurada, e Annie desconfiava que invejava sua juventude. Por mais que tentasse agradá-la, jamais conseguia romper o clima de animosidade ou convencer a velha mulher de que gostaria de ser sua amiga. Trabalhavam juntas há cinco anos, e a empregada jamais tivera um gesto de carinho ou amizade para com ela.

*Não havia nada mais que pudesse fazer a respeito. A decisão de ser gentil, ou não, cabe a cada um. Ela continuaria sendo, como sempre, atenciosa mesmo que a cozinheira não lhe dispensasse o mesmo tratamento. A satisfação em ajudar lhe fazia bem, talvez, mais do que à Senhora Nichols.*

Com cuidado, prendeu os belos cachos sob o toucado e amarrou o avental. Aproximando-se da janela, viu que o céu já clareava, sugerindo em seu tom vivo de azul que aquele seria um lindo dia de verão. Ia descer para a cozinha quando a lembrança da noite a invadiu.

*Teria sonhado? Não, pensando bem, não foi um sonho. Lady Belinda e seu amigo devem mesmo ter discutido, e os gritos a acordaram.*

Desperta, foi mais fácil para Annie analisar os acontecimentos com clareza. Lembrou-se de que ouvira o barulho de algo caindo ou se quebrando e de ter visto milorde saindo pouco depois.

*Deve ter sido uma briga de casal — concluiu. — Estranho foi milady não ter me chamado até agora!*

Não era incomum seus serviços serem solicitados durante a noite. Por vezes, Lady Belinda lhe pedia um chá ou até um escalda-pés, principalmente se algo a houvesse desagradado em seus encontros noturnos. E, se houvesse ocorrido uma desavença com seu *amigo* querido, ela seguramente estaria chateada.

— Hum, talvez a Senhora Nichols ainda não tenha chegado, acho melhor verificar se milady já acordou, pois, se ela quiser, posso eu mesma lhe preparar o chá — disse baixinho a si mesma, dirigindo-se diretamente aos aposentos de sua senhora.

A porta do quarto de dormir, inexplicavelmente escancarada, de imediato lhe causou estranheza. Um sentimento de apreensão ainda maior a invadiu quando ela notou a cama desfeita e nenhum sinal de Lady Belinda.

Assustada, Annie entrou devagar no aposento, contornou a cama de dossel e sufocou um grito na garganta ao ter seus temores confirmados.

Lady Belinda Heyes, em trajes de dormir, estava caída em meio a alguns pertences espalhados. Instintivamente, Annie correu para ela, envolveu-a nos braços e amparou-a, chamando-a pelo nome na vã tentativa de despertá-la. Os olhos arregalados e vidrados que a encararam, assim como a mancha de sangue no chão, disseram-lhe que nada mais havia a ser feito.

Milady estava morta! A seu lado, um cofre aberto, uma caixa de joias vazia e uma pesada estatueta de jade.

Assustada, ela pegou a peça. Estava suja de sangue. Ela tinha que sair dali, chamar por ajuda, mas suas pernas não obedeciam...

O barulho de louça se partindo e o grito da Senhora Nichols a despertou do transe. A mulher estava parada à porta, uma bandeja e cacos de louça jaziam a seus pés.

— Assassina!

— Senhora Nichols, não é o que pensa. Eu ouvi um barulho esta noite, vim agora...

Com frases desconexas, Annie tentou explicar o que havia acontecido, mas sua roupa suja de sangue, a estatueta em suas mãos e o cofre visivelmente aberto conspiravam contra ela.

— Assassina — repetiu a mulher aos gritos. — Socorro! Chamem a guarda!

Desesperada, Annie correu para fora. Precisava sair daquele quarto, daquela casa. Foi com alívio que encontrou Tim na cozinha; o garoto ouvira os gritos lá do estábulo e, assustado, correra para dentro.

— Você está machucada, o que aconteceu? — gritou ele ao vê-la.

— Não, foi milady! Ela está morta... Eu a encontrei no chão — as palavras saíam aos borbotões.

— Quem a matou? — perguntou Tim, perplexo.

— Não sei, ela está caída no quarto, o cofre está aberto... isso estava ao lado dela — completou, soltando a peça de jade sobre a mesa.

Os gritos da Senhora Nichols clamando pela guarda continuavam.

— Ela pensa que eu a matei — disse Annie, estupefata.

— Venha comigo — disse Tim, puxando-a pela mão. — Os gritos dela vão atrair gente, você precisa sair daqui agora.

— Eu não fiz nada, posso explicar...

— Venham, a assassina está na casa! Socorro!

Atordoada, Annie percebeu que a Senhora Nichols abrira a porta da frente e chamava a atenção da milícia, acusando-a abertamente.

— Rápido, temos que sair daqui — disse Tim, puxando-a pela mão. — Ninguém vai acreditar em você, suas roupas estão sujas de sangue... vão achar que você a matou para roubar...

Rapidamente Tim a levou para o estábulo e escondeu-a atrás de um monte de feno.

— Vamos ficar aqui por um minuto, precisamos pensar no que fazer.

— Tim, eu entendo sua boa vontade, mas não quero me esconder. Eu não fiz nada errado, não a matei e nem roubei — protestou Annie com veemência.

— Eu tenho certeza disso, Annie, mas será que os outros vão acreditar? Vão pensar que você a matou para roubar e, mesmo que não encontrem as joias em seu poder, vão dizer que as escondeu.

Uma dor profunda atravessou seu peito. A cozinheira não titubearia em dizer que a encontrara debruçada sobre o corpo, suja de sangue e com a estatueta nas mãos. O cofre estava aberto... diriam que ela estava roubando as joias e fora pega... Ela sabia quem era o assassino... mas quem acreditaria que um nobre havia matado uma lady viúva para roubá-la? Tim estava certo, se ela ficasse, seu futuro seria a prisão... talvez a forca!

— O que eu faço, Tim? — perguntou desesperada.

— Temos que fugir — disse o garoto com a experiência aprendida nas ruas. — Mas antes você tem que tirar este vestido e o avental. O sangue vai chamar a atenção de todos. Provavelmente a Senhora Nichols já atraiu a guarda do rei, não temos muito tempo. Em minutos eles estarão aqui.

— Mas o que vou vestir? — perguntou ela, confusa.

— Tenho uma ideia — disse ele, tirando de um cesto nos fundos do estábulo uma calça e uma camisa muito simples, remendadas, mas limpas. — Vista isso, será até melhor você mudar sua aparência — falou. — E coloque este colete, eles procurarão por uma jovem e não por um moleque.

— Está certo, vire-se, por favor! — pediu Annie, já desabotoando o vestido.

Tim tinha quase a sua altura e era igualmente esguio. A calça lhe serviu, mas a camisa denunciava o volume dos seios. Rapidamente ela rasgou uma faixa de tecido da anágua e enfaixou-os bem apertados, para que sua aparência fosse a de um garoto. O colete surrado ajudou a disfarçar seu corpo feminino.

— Que tal? — perguntou.

— Está ótimo, mas temos que dar um jeito nesses cabelos. E é melhor sujar um pouco o rosto, pois sua pele é muito clara.

— Você tem mais um gorro?

— Não, mas pode usar este — disse o garoto, descobrindo a própria cabeça.

Com habilidade, Annie torceu ainda mais os cachos e prendeu-os sob o boné. Depois esfregou um pouco de terra no rosto.

— Obrigada, Tim, eu juro que voltarei para devolver suas roupas e seu boné — respondeu ela com doçura.

— Você acha que eu a deixaria ir sozinha? — perguntou ao perceber que ela não esperava que a acompanhasse.

— Eu não posso arrastar você nessa loucura...

— E quanto tempo você acha que aquela megera demoraria para me colocar para fora agora que Lady Belinda está morta? Pior, quanto tempo ela demoraria para me acusar de ser seu cúmplice? Não, eu tenho que sair daqui e não será só por você.

A observação de Tim tinha procedência; o abrigo que ele havia encontrado não existia mais, não agora que madame estava morta. Com um sorriso triste, aquiesceu, lamentando a sorte que os esperava.

O burburinho na rua começara a ganhar volume. Espiando pela porta do estábulo, o garoto notou que uma pequena aglomeração se formara à porta da casa. Sem falar, sinalizou para que ela o seguisse e esgueirou-se para fora.

Com o coração aos pulos e a respiração suspensa, Annie o seguiu. Com cuidado, Tim a conduziu para longe, e ninguém prestou atenção aos dois garotos maltrapilhos.

# CAPÍTULO IV

A brisa calma inchava as velas brancas, garantindo uma aproximação tranquila. O enorme navio rompia a superfície lisa como vidro, deixando um rastro de espuma branca sobre a água. Uma revoada de airos e o som do bando de cormorões anunciavam terra firme a poucas milhas.

De pé, no alto do castelo de popa e próximo ao leme, as pernas abertas para manter o equilíbrio e braços cruzados no peito, o homem alto, de ombros largos e longos cabelos negros presos na nuca, observava o horizonte tentando enxergar a costa inglesa oculta pela neblina.

Nem ele conseguia definir o sentimento que o invadia – um misto de ansiedade e nostalgia. Sete anos! Como prometera à memória do pai e a si mesmo, estava voltando para afastar a desonra e encontrar o responsável por suas perdas. Um longo caminho havia sido percorrido desde que seu nome fora lançado na lama como devedor insolvente, e ele se vira impelido a fugir para os confins do Novo Mundo para escapar à vergonhosa prisão.

— Capitão, já estamos avistando a costa.

A voz de seu imediato afastou-o das lembranças.

— Vamos nos aproximar. Posicione o navio dentro do estuário do Tâmisa e lance âncora.

— Você tem certeza?

Drake olhou para o homem à sua frente. Benjamin Stuart era, desde sempre, um homem do mar e o que ele tinha mais próximo de um amigo. Anos antes, Ben deixara a marinha inglesa, seduzido pelas mulheres e pelo clima de Nassau. Haviam se conhecido quando, em meio a uma briga, livrara-o de receber uma punhalada covarde pelas costas. A busca por oportunidade e fortuna os unira e, quando Drake enfim conseguira respeito e dinheiro suficiente para ter seu próprio navio, Ben ficara satisfeito em ser nomeado seu imediato.

— Sim, eu tenho certeza — respondeu com segurança. — Não se preocupe, conheço este porto bem demais para saber que estará lotado. Os anos não mudaram isso, nem poderiam. Não chamaremos atenção, seremos apenas mais um navio com a bandeira da Nova Providência aguardando ao largo sua vez de atracar. Ninguém nos incomodará por alguns dias, e quando nossa imobilidade começar a despertar interesse ou suspeita, já estaremos prontos para zarpar.

— Alguma determinação a mais?

— Assim que fundear o navio, libere os homens para irem à terra, mas mantenha um bote à minha disposição. Quando lançar âncora, venha falar comigo em meu camarote, tenho mais uma tarefa para você. Preciso que localize o Capitão Norton e entregue meu bilhete. Quanto antes eu conseguir me encontrar com ele, melhor.

Drake observou a tabuleta sobre a porta, confirmando que estava no lugar certo. *"O Gamo Negro"* era uma taberna próxima ao cais do porto; o animal que lhe justificava o nome fora abatido há muito tempo, mas a cabeça, empalhada e presa na parede frontal à entrada, ainda chamava atenção por sua imponência.

O taberneiro e alguns poucos clientes viraram-se para observá-lo. Certamente não era um dos frequentadores habituais, porém, a curiosidade não durou mais do que alguns segundos. Entre os rostos pálidos do centro de Londres, alguém com a pele tisnada pelo sol e ostentando uma argola de prata em uma das orelhas certamente chamaria muito a atenção, mas ali, sua aparência, embora peculiar, não diferia tanto da dos frequentadores locais. Tomaram-no por um capitão, talvez corsário, e com o respeito que dedicavam aos homens do mar, simplesmente abaixaram a cabeça e afastaram o olhar. Além disso, o brilho predador dos olhos acinzentados sugeria ser mais aconselhável manter distância.

Precavido, Drake varreu o lugar com os olhos. O taberneiro gordo, com o avental sebento, o chão sujo e o cheiro de cerveja e vinho azedo não eram muito animadores, mas ele já estivera em buracos muito piores nos últimos anos. Por outro lado, havia um clima de camaradagem no ar. Um sujeito jogava dardos e bebericava um *pint* de cerveja, outro cantarolava uma canção popular tentando conquistar a rapariga que relutava em sentar-se em seu colo. Aquilo era Londres, e ele não pôde impedir que mais uma vez uma certa nostalgia o invadisse. Era bom estar de volta a solo inglês! Desde que sua prisão fora decretada anos antes, não retornara. A liberdade era um bem do qual não poderia prescindir, mas sua alma sentia falta da terra natal.

A tarde ainda ia ao meio, e o fato de o lugar estar razoavelmente vazio facilitou sua busca. Foi com alegria que identificou o homem ao fundo, sentado no canto mais escuro. Com largas passadas, Drake seguiu em sua direção, mas, antes que chegasse até ele, o sujeito já se levantara para recebê-lo com um abraço forte e acolhedor. O Capitão Norton parecia o mesmo, mas foi apenas ao se aproximar que Drake notou as rugas profundas ao redor dos olhos e os cabelos mais ralos e cheios de fio brancos.

— Quanto tempo faz, sete anos? — perguntou o marujo, cumprimentando-o com afeto.

— Quase isso — respondeu Drake, correspondendo ao abraço. — Tempo suficiente para eu sentir falta do *fog* e da cerveja inglesa.

— O que tem feito, para onde foi? — perguntou Norton, visivelmente interessado. — Nas poucas cartas que me enviou não contou muito.

— A cautela me impediu de ser mais explícito, meu amigo. Mas não me importo de relatar agora — disse, fazendo sinal para que o taberneiro lhes trouxesse cerveja. Tinha a garganta seca de ansiedade, embora a voz baixa e controlada não traísse nenhuma emoção. — Naquela fatídica manhã, quando meus credores se recusaram a aceitar qualquer das minhas propostas, eu soube que era uma questão de tempo até o Magistrado decretar minha prisão por dívidas. E o pior: percebi que não havia nada que eu pudesse fazer para salvar meu nome e a Companhia, a não ser que dispusesse de capital próprio.

— Eu nunca entendi, Drake, como as coisas chegaram a esse ponto. Seu pai era um homem prudente, ainda assim arriscou tudo...

— Meu pai era um homem prudente e também era um homem honrado. Não contava que houvesse inimigos tão aguerridos a seu lado, lobos disfarçados em peles de cordeiro — disse Drake com certo amargor. — Sua ascensão aos círculos da aristocracia...

Por um segundo, as lembranças de outra vida interromperam as palavras, mas ele se recompôs rapidamente. Não adiantava relembrar o que perdera, seu foco era o que ainda estava por vir.

— Naquela manhã — continuou Drake —, eu reuni alguns pertences pessoais, o pouco dinheiro de que dispunha em casa e segui para o cais. Era uma questão de horas até a guarda vir à minha procura para levar-me à frente do magistrado. Confesso que a ideia de fugir era repulsiva, mas saber que o criminoso ficaria impune era ainda mais. Por sorte havia um navio recrutando homens para uma viagem ao Novo Mundo e, com a ajuda de um amigo, consegui embarcar.

— Como simples marinheiro? — surpreso, o capitão perguntou.

— Sim — respondeu Drake com um sorriso. — Foi o disfarce perfeito. Ninguém imaginaria que o filho de Sir Morgan, herdeiro de uma companhia de navegação, se submeteria aos rigores da vida no mar. Graças a isso, consegui sair de Londres de forma discreta e anônima. Em alguns dias chegamos a Roterdã, depois Sevilha, onde carregamos o navio com azulejos e facas, e seguimos para as Ilhas Canárias... Foram meses de lucrativas viagens para o capitão e vida dura para os marinheiros, até que aportamos em Nassau, onde decidi ficar.

O olhar assustado do capitão fez o canto da boca de Drake se elevar num arremedo de sorriso. Há algumas décadas, a cidade fora a capital da República de Nassau, um bastião pirata, reduto de homens que aterrorizaram os navios mercantes ingleses e espanhóis que se atreviam a navegar pelas águas do Novo Mundo. Porém, após o término da Guerra da Independência, americanos legalistas estavam seguindo para lá; o comércio estava se desenvolvendo e as oportunidades de riqueza aumentando. A Nova Providência prosperava, e a ameaça pirata já não era tão assustadora.

— Nassau, a terra de oportunidades, desde que se tenha coragem e conhecimento — disse, com segurança. — Depois de dois anos servindo como imediato eu consegui reunir o suficiente para começar a comercializar por conta própria, comprando e vendendo mercadorias que eram transportadas por barcos de terceiros. O negócio prosperou, principalmente depois que Lorde Dunmore assumiu a administração da ilha. Ele incentiva o comércio e *"fecha os olhos"* para a situação legal dos homens que negociam por ali. Muitos são condenados, mas, desde que se mantenham em paz, paguem os impostos e ajudem a ilha a prosperar, ele não interfere em seus negócios, sequer os denúncia. Depois de algum tempo agenciando, comprando e vendendo mercadorias, e comandando embarcações alheias, eu consegui meu primeiro navio. Nesses últimos anos tenho transportado açúcar e rum para abastecer portos europeus e levado mercadorias diversas para o novo mundo, carente de muitos produtos manufaturados, sempre com bons lucros. Apenas evitei usar portos ingleses, já que, até que minha dívida esteja totalmente paga, a sentença de prisão pesa sobre minha cabeça.

— E quais são seus planos agora?

O capitão sabia que a chegada de Drake em Londres representava uma mudança significativa. O homem que tinha à sua frente não era mais o jovem inteligente, porém um tanto inexperiente, que conhecera. Ele se transformara num sujeito duro, forjado em aço e disposto a tudo para esclarecer fatos e limpar o nome da família. O brilho frio daqueles olhos cinzentos não deixava dúvidas quanto a isso. O Drake gentil e curioso que conhecera não existia mais; o homem à sua frente inspirava temor e respeito.

— Como estão as coisas? — perguntou Drake, mudando de assunto bruscamente, sinal de que o momento de confidências estava encerrado.

A pergunta parecia um tanto vaga, mas o capitão sabia exatamente o que ele queria saber. E as notícias não iriam deixá-lo feliz.

— A polícia encerrou as investigações há alguns anos — disse o capitão de forma objetiva. Quanto mais direto fosse ao assunto, melhor seria. — Concluíram que o incêndio foi proposital, mas não puderam atribuir a culpa a outro além do infeliz que acendeu o estopim. Qualquer suspeita sobre os credores foi afastada, pois eles conseguiram provar que a perda da carga lhes trouxe tanto prejuízo quanto a você. Afinal, as garantias acabaram sendo insuficientes para cobrir o valor dos empréstimos, e o decreto de sua prisão por dívidas não lhes trouxe lucro nenhum.

Drake cerrou os maxilares. As sobrancelhas negras, uma delas marcada por uma cicatriz, resultado de uma escaramuça de cais, se uniram deixando o cenho ainda mais carregado.

— E quanto às suas investigações?

— Infelizmente não reuni informações novas; o tempo embota a memória dos homens. Nesses anos eu só consegui confirmar a identidade e a história do sabotador. Ele era mesmo um desafeto de seu pai, conforme desconfiávamos. O infeliz foi pego roubando num dos navios da Companhia e acabou expulso com estardalhaço, além disso, era um notório incendiário. Alguém usou seu ódio pelos Morgan e lhe pagou para colocar fogo na carga. Ele se vangloriou disso no porto. Ocorre que o nome de quem lhe deu as ordens morreu com ele.

Drake assentiu com a cabeça. Sabia que o capitão fizera tudo o que era possível para ajudá-lo. A partir daquele momento, caberia a ele conduzir as investigações em outras frentes, pois junto aos homens no mar não havia mais ninguém capaz de lhe trazer informações. Mas, para isso, era necessário quitar suas dívidas e se reabilitar. Ainda precisaria do auxílio do Capitão Norton, já que não tinha ninguém mais a quem recorrer.

— Eu agradeço toda a ajuda durante esses anos, Norton.

O capitão assentiu com a cabeça. Por um instante ficou tentado a lhe contar que Lady Poppy se casara com um daqueles nobres enfastiados. Há alguns anos lera uma nota no Times sobre a cerimônia. Ele reconhecera o nome da jovem, mencionado anteriormente por Drake, mas jamais ouvira falar do noivo. Não dera muita importância, afinal o assunto não tinha qualquer relação com o incêndio e era de se esperar que a jovem se casasse. Pensando bem, que vantagem teria Drake em ser informado sobre o casamento da ex-noiva naquele momento? Melhor calar, mais cedo ou mais tarde o rapaz descobriria, mas não seria ele a lhe causar mais esse desconforto.

— Você sabe que pode continuar a contar comigo — acabou por dizer — apenas lamento não ter conseguido descobrir o nome do verdadeiro responsável pela tragédia. O maldito vai escapar impune.

— Isso não acontecerá, eu ainda não desisti e jamais o farei. Mas, para prosseguir, continuo precisando de sua ajuda. São bem poucos aqueles em quem posso realmente confiar.

— Farei o que for preciso, acredite.

Drake sabia que a oferta era verdadeira.

— Norton, conseguiu apurar qual o valor de minha dívida?

— Assim que recebi sua carta fui aos bancos, e meu interesse depois de tanto tempo despertou uma certa surpresa por parte deles. Não me surpreenderia se a polícia fosse avisada sobre minhas perguntas.

— Não se preocupe, os credores podem até suspeitar de minha presença na Inglaterra, mas a possibilidade de virem a receber o que ainda lhes devo será muito mais atraente do que a de um espetáculo de prisão em público. Eles não me denunciarão até que descubram o que pretendo.

Assentindo com a cabeça, o capitão colocou sobre a mesa alguns documentos que retirou de um alforje que trazia ao ombro. Com atenção, Drake analisou os papéis; uma ruga de ressentimento se formando entre os olhos.

— Malditos, os juros são escorchantes! Uma pequena fortuna! Mesmo tendo confiscado as propriedades ainda se sentem no direito de me extorquir em centenas de libras.

— Alegam que, além de juros, havia impostos atrasados... Bem, você sabe como os abutres da City se comportam.

— Você definiu bem... são abutres! Porém, isso não muda meus planos, apenas vou ter que dispender mais dinheiro para colocá-los em prática — murmurou de forma enigmática.

— O que você quer dizer? O que pretende fazer? Talvez algum amigo possa ajudá-lo em seu retorno?

Imediatamente a imagem de Lorde Crawson lhe veio à mente. Robert fora um dos poucos que demonstrara apoio e solidariedade quando sua vida desmoronara. Na verdade, fora ele que o ajudara, encontrando acomodações no navio mercante que o levara para o Novo Mundo. De certa maneira, devia-lhe sua liberdade. Mas ainda não era hora para procurar o amigo, não seria justo envolvê-lo e fazê-lo correr riscos mais uma vez. Ele o faria assim que pudesse caminhar pelas ruas como um homem livre novamente.

— O que importa agora é o que o senhor fará por mim — disse Drake, decidido. — Eu estou fundando uma nova Companhia e através dela pretendo continuar a comercializar mercadorias das Antilhas diretamente com a Inglaterra. O açúcar continua valendo ouro e por aqui os lucros são ainda maiores. Naturalmente, para não correr riscos desnecessários, terei que quitar as dívidas e ter minha sentença revogada, somente então poderei usar o porto e a bolsa de mercadorias de Londres para realizar operações mercantis. Todavia, mesmo saldando todas as dívidas e estando livre, prefiro evitar que saibam que sou o dono e responsável pelos negócios. Meu objetivo primordial continua sendo descobrir quem foi o responsável pela falência da Companhia Marítima Morgan e, consequentemente, pela morte de meu pai. Pretendo manter o anonimato o máximo possível, embora eu saiba que, quando voltar a Londres, isso será impraticável. Mas até lá, enquanto eu ainda estiver navegando, acho que conseguiremos dar um jeito. E, para isso, conto com o senhor, capitão. Preciso que fique à frente dos negócios em meu nome. O senhor é o amigo que pode me ajudar nesse momento.

Os olhos do capitão brilharam.

— Basta dizer o que deseja que eu faça...

— O senhor será procurador da Paradise's Company. Através dela irá resgatar as dívidas que pesam contra mim e realizar as operações. Tenho aqui comigo uma carta de crédito e alguns documentos que o autorizam a negociar...

Com objetividade, Drake orientou o capitão sobre como proceder. Se tudo saísse conforme planejara, em breve seria novamente um homem livre... e rico! A aristocracia teria uma surpresa...

# CAPÍTULO V

— Puxa vida, não achei que voltaria a passar fome — resmungou Tim. — Por favor, Annie, tenho certeza de que sou capaz de surrupiar um daqueles pães e sair correndo. Você fica me esperando e...

— Não, por maior que seja a nossa fome, não vamos roubar. Pense, meu amigo, se nos pegarem será uma questão de tempo até descobrirem quem somos... Não podemos arriscar, seria perigoso demais, além de não ser certo. Roubar não é uma solução.

— Mas então o que faremos? — perguntou o rapazinho.

— Se eu estivesse com roupas femininas, acho que conseguiria que algum taberneiro me deixasse servir mesas em troca de um pouco de pão e de um canto para passarmos a noite, mas com essa aparência de garoto...

— Se você estivesse com roupas femininas, as mulheres da taberna não a deixariam ficar — disse ele com a malícia que a rua lhe havia ensinado.

— Por que não deixariam, Tim? — perguntou Annie, sem entender o que o garoto estava dizendo.

— Ora, porque com sua aparência achariam que você lhes roubaria todos os clientes — disse o garoto, piscando o olho. — Isso sem falar nas gorjetas...

Por um segundo, Annie não entendeu a alusão a *clientes.* Que tipo de *clientes* uma mulher que servia mesas em tabernas teria a não ser os que estivessem ali para beber e...

— Tim! Como pode pensar que eu...

A indignação em sua voz, ao perceber o que o garoto insinuara, chegava a ser cômica.

— Ora, Annie, é claro que eu sei que você é uma moça direita e não faria nada disso, mas elas não sabem. Veriam apenas uma garota linda querendo trabalhar numa taberna.

— Garota linda só aos seus olhos! De qualquer maneira, isso não vai acontecer — disse, com certo tremor na voz. — Afinal, não estou vestida como mulher, portanto...

Eles haviam passado o dia escondendo-se pela cidade, afastando-se o máximo possível da casa e do bairro de Madame, sentindo o coração disparar a cada vez que alguém parecia olhar para eles com mais atenção. Nenhum dos dois tinha ideia do que fazer a seguir; talvez a única alternativa segura fosse deixar Londres por algum tempo. Annie só tinha uma certeza em seu coração: iria lutar para provar sua inocência nem que levasse toda a vida para isso.

— Por quanto tempo você acha que vão nos procurar, Tim?

— Mas, não estão nos procurando! Estão procurando por uma garota!

— Não brinque, você sabe que a situação é terrível. Não poderemos vagar pela cidade sem rumo indefinidamente. Estive pensando... Se conseguíssemos um lugar num navio, poderíamos voltar para a Irlanda. Eu ainda tenho um tio, irmão de minha mãe... talvez ele nos acolha — disse Annie sem entusiasmo.

Ela sabia que seus pais haviam deixado aquele país para fugir da fome e da pobreza. Lá não haveria muito futuro, mas eles estariam livres da prisão, ou pior, da forca!

— E como pagaríamos a passagem em um navio? Não temos um pêni...

— Temos que encontrar uma maneira de ganhar algum dinheiro. Eu tinha algumas economias, e se...

— Nem pense em voltar àquela casa, com certeza estão vigiando o lugar esperando que você faça exatamente isso — contestou Tim.

Desalentada, Annie percebeu que haviam chegado ao cais de Londres, ao sul do Tâmisa. A região era assustadora, especialmente para ela que não costumava andar por aqueles lados. Becos imundos, marinheiros bêbados, prostitutas à procura de clientes, gatos vadios e esfomeados revirando monturos de lixo... O cheiro também era ruim, uma mistura de peixe podre, urina e vômito, amenizado de tempos em tempos pela brisa que vinha do mar. Mas, pelo menos, a chance de um policial ir até ali à procura deles era pequena.

Ainda assim, com a noite se aproximando, além de comida, eles precisavam de um local minimamente seguro para passar a noite. Talvez a solução fosse mesmo pedir trabalho em uma taberna. Se conseguissem, poderiam se acomodar em algum canto do estabelecimento. Seria uma alternativa melhor do que a rua.

— Tim, quem disse que garotos não podem servir bebidas? Tenho certeza de que vou conseguir convencer um taberneiro assim que lhe mostrar que consigo equilibrar uma bandeja cheia sem derrubar as canecas de cerveja. Vamos!

Com uma animação que não sentia realmente, olhou ao seu redor em busca da melhor direção a seguir. Com sorte encontraria um lugar decente onde poderia trabalhar por um prato de comida, e um lugar seco e quente para acomodar o corpo cansado.

— Está bem — concordou o garoto. — Não podemos roubar pão, mas também não podemos morrer de fome. Vamos procurar uma taberna, mas não exatamente aqui. Esse lugar é lúgubre demais; nem mesmo numa taberna estaríamos seguros. Se caminharmos naquela direção, talvez encontremos algum lugar mais limpo na Bermondsey Street.

— Você já esteve aqui muitas vezes, não é, meu amigo? — perguntou Annie, lamentando o fato de o garoto estar de volta às ruas.

Por um segundo, os olhinhos brilhantes de Tim se perderam no horizonte, mas ele rapidamente se recompôs.

— Vamos por ali! — disse, apontando para o Sul com o dedo indicador, sem responder à pergunta.

Por alguns minutos eles caminharam rapidamente, até chegarem a uma rua um pouco mais limpa e iluminada. Algumas tabuletas penduradas indicavam serviços diversos.

— Talvez você consiga convencer um taberneiro de que é capaz de servir uma mesa em troca de pouso e comida — animou-se o garoto. — Ninguém resiste a uma pechincha, apenas não deixe que percebam que é uma mulher; isso seria muito perigoso. E precisamos de um nome, não podemos dizer que se chama Annie.

— Você tem razão... que tal Auggie?

— Auggie... — repetiu Tim, tentando se acostumar com o som. — Olhe, acho que podemos tentar naquela. E, se não conseguirmos trabalho, podemos esmolar — murmurou baixinho.

— O *Gamo Negro*! Que nome esquisito — disse Annie sem se atentar para essa última observação.

Tim, desesperado de fome, seguiu rápido em direção ao local, mas Annie segurou-o pelo ombro. Fosse por receio de ser desmascarada ou de se deparar com um ambiente por demais nefasto, ela decidiu observar a taberna por algum tempo antes de entrar e pedir trabalho.

— Vamos ficar aqui alguns minutos para olhar quem entra e quem sai — disse cautelosa.

— Está bem — resignou-se ele. — Mas não espere por fregueses de classe, essa taberna é pouco mais do que uma espelunca e...

Nem mesmo terminara a frase e a porta se abriu, dando passagem a um homem alto, usando uma capa negra sobre os ombros e um chapéu que lhe escondia parcialmente o rosto. Era possível notar que o sujeito estava bem vestido, movia-se como um lorde e seguramente não parecia nem um pouco bêbado. Tim, impelido pelo instinto de sobrevivência, adiantou-se, surpreendendo até mesmo Annie com o gesto inesperado.

— Por favor, milorde, uma moeda para comprar pão e matar nossa fome — pediu, estendendo a mão.

Percebendo que o homem parara e observava Tim, Annie adiantou-se, apavorada com a possibilidade de o estranho machucar o amigo e, colocando-se ao lado dele, completou o pedido adotando uma pose que julgou ser masculina.

— Não pedimos muito, senhor, apenas o suficiente para um pão.

Por um instante, o homem observou os garotos à sua frente, franzinos e evidentemente esfomeados. Então, para a surpresa de ambos, anuiu com a cabeça, colocou a mão na algibeira e sacou um *shilling* que depositou na palma estendida de Tim.

Os olhos do garoto se arregalaram. Esperava receber um pêni, talvez dois... nunca tanto dinheiro.

— Obrigado, senhor — disse ele, realmente agradecido. — Que Deus lhe conserve a vida e lhe pague com juros!

O homem permitiu que um sorriso irônico lhe subisse aos lábios, mas não comentou nada. Seus olhos insondáveis prenderam os de Annie. A sobrancelha esquerda, marcada por uma cicatriz, se elevou com um toque de curiosidade, mas, em seguida, ele lhes deu as costas e se afastou.

Um suspiro sibilou por entre os lábios da jovem. Por um segundo ela temera que o homem houvesse desconfiado de sua condição. Não conseguira divisar perfeitamente suas feições, obscurecidas pelas sombras da noite, mas, ainda assim, seu coração disparara. Medo, ansiedade e... o que mais? Não saberia dizer... apenas percebia as batidas descompassadas e sentia o peito comprimido. Aspirou o ar com força, encheu os pulmões e, resoluta, entrou na taberna seguida por Tim.

— Acordem, vamos!

A voz do taberneiro fez com que Annie despertasse de vez. Embora cada parte de seu corpo estivesse dolorida, a noite não fora de todo ruim. A princípio, o dono do lugar lhes negara o trabalho, mas, por fim, diante da argumentação e insistência de Annie, concordara que o ajudassem em troca de um prato de comida e um canto para dormir. Era uma noite de sexta feira, e a taberna enchera rapidamente, assim, ao perceber o movimento, o taberneiro concluiu que dois pares de mãos extras seriam bem-vindos, principalmente a um custo irrisório.

Reanimados por um prato de peixe e batatas, os dois serviram as mesas e anotaram pedidos. E quando a taberna enfim fechou, acomodaram-se sobre palha seca, e a exaustão física e psicológica os fez cair rapidamente em um sono pesado e sem sonhos. Mas agora já era manhã, um novo dia os espreitava e Annie sabia que não poderiam ficar por ali indefinidamente. Mais cedo ou mais tarde, seu disfarce seria descoberto e, quando isso acontecesse, não estaria segura. E não era somente a polícia que a assustava, aqueles homens rudes e acostumados a mulheres de vida fácil não seriam uma companhia agradável para uma jovem como ela.

— Vocês trabalharam bem — disse o taberneiro, enquanto eles se punham de pé, esfregando os olhos ainda sonolentos. — Se quiserem podem voltar esta noite.

Antes que Tim dissesse algo, Annie se adiantou.

— Se quiser, podemos limpar o chão, lavar os copos e tirar as cinzas da lareira esta manhã. Em troca de comida e de 5 pennies — completou corajosamente.

O homem olhou para ela com o cenho carregado e em seguida explodiu numa gargalhada.

— Você tem colhões, moleque! Está bem, limpem tudo e lhes darei pão, um pouco de cerveja e... 2 pennies, nem um centavo a mais.

Tim olhou para Annie mal reprimindo o riso. Assim que o taberneiro lhes virou as costas, repetiu a palavra sem emitir som.

— Colhões?

— Quieto, Tim! Trate de limpar as cinzas enquanto eu recolho os copos, depois me ajude a varrer esse chão — disse ela, instintivamente arregaçando as mangas da camisa e lançando-se com vigor à tarefa.

— Ei, o que pensam que estão fazendo?

A voz feminina, com acentuado sotaque Cockney, os fez virar a cabeça ao mesmo tempo. A mulher roliça parada à porta, usando um chapéu fora de moda e com um decote que pouco ou nada escondia dos seios bem fornidos, agitava os braços indignada.

— Ruppert, o que esses moleques desgraçados ainda estão fazendo aqui? Você me disse que seria só por uma noite! E vocês, acham que vão tirar meu emprego? Seus...

Os palavrões e impropérios saíam de sua boca como uma enxurrada em dia de tempestade. Assustada, Annie quedou-se imóvel enquanto Tim arregalava mais e mais os olhos a cada vez que a mulher blasfemava.

— Mildred!

O grito do taberneiro se fez ouvir acima dos xingamentos.

— Deixe-os em paz, são só dois garotos famintos. Vá para a cozinha cuidar das batatas. E cale essa boca. Se continuar guinchando assim, vou mesmo colocá-la na rua.

Ela chegou a abrir a boca para continuar protestando, mas o tom da ameaça fez com que tirasse o chapéu e se encaminhasse para a cozinha, não sem antes lançar um olhar rancoroso para os dois *garotos*.

Por duas horas eles limparam e arejaram o ambiente. Mildred, de tempos em tempos, voltava ao salão e observava os dois trabalhando, mas manteve-se quieta.

— Pronto, senhor — disse Tim quando acabaram. — Acho que está tudo limpo, agora aceitaremos de bom grado o pão e a cerveja.

O homem assentiu com a cabeça e fez um sinal para que se aproximassem do balcão. Ia servi-los quando a mulher veio da cozinha, limpando no avental as mãos avermelhadas pelo calor do fogo.

— Pode deixar, Ruppert. Eu mesma vou servi-los.

O homem deu de ombros e voltou ao que estava fazendo. Mildred colocou um bom pedaço de pão e duas canecas de cerveja diante deles, observando a forma rude como Tim segurava a sua, fazendo o líquido descer em grandes goles, enquanto Annie, ainda envergando seu boné, mantinha os olhos baixos e bebia com delicadeza.

— Ontem à noite eu não percebi, mas olhando assim de perto... essas mãos delicadas, os pulsos finos...

Mildred se debruçou no balcão. Annie notou sua intenção, infelizmente não foi rápida o bastante para impedir que ela arrancasse seu gorro. Os cachos estavam amarrados em um coque apertado, mas daquela forma, sem o disfarce, as feições se revelaram indiscutivelmente femininas. Foi tudo rápido e inesperado, e Tim reagiu primeiro. Agarrou o pedaço de pão com uma mão e puxou Annie com a outra.

Desse modo, antes que o taberneiro ou mesmo a mulher contornassem o balcão, eles já saíam pela porta, correndo em direção à rua, seguidos pelos gritos furiosos dela.

— Embusteiros!

— Droga... droga... droga! — praguejou Annie, assim que conseguiu recuperar o fôlego a alguns quarteirões de distância. — Como foi que ela percebeu?

— Ora, Annie, você não é exatamente muito masculina. Estava bebendo aquela cerveja como se fosse um vinho raro, cortando o pão em pequenos pedaços e...

— Eu percebi tarde demais, não posso me comportar dessa forma — resmungou ela. — Tenho que esquecer tudo o que Lady Belinda me ensinou, Tim, mas não será fácil. Não sei o que faremos, pois esse meu disfarce não vai enganar muita gente por muito tempo. Precisamos sair de Londres, pelo menos até encontrarmos um jeito de provar minha inocência.

— Como faremos isso... e para onde iremos?

Annie notou que o garoto estava angustiado; a incerteza do futuro não era mesmo uma sensação agradável. Ele já passara por tanta coisa, principalmente após a morte da mãe, e agora via o pouco de estabilidade que havia conquistado se perder novamente.

— Vamos encontrar uma solução — disse ela para acalmá-lo. — O melhor nesse momento talvez seja irmos para a Irlanda, pelo menos por algum tempo, até que eu pense em como resolver nosso problema. Se continuarmos na Inglaterra não estaremos seguros...

— E como vamos provar inocência, Annie?

— Eu não sei, Tim, mas vou pensar em alguma coisa. Talvez, se eu explicar a um juiz...

Aquilo soou mais como uma pergunta esperançosa do que uma afirmação segura, e o olhar descrente do menino lhe disse o que ela temia: aquela era uma esperança vã, nenhum magistrado acreditaria nela, não sem uma prova. Naquele momento, um garoto com uma pilha de jornais passou por eles, gritando:

— Extra! Extra! Mulher encontrada morta, a criada é suspeita!

Annie sentiu seu estômago embrulhar. Ficou tentada a comprar o jornal, mas controlou-se. Não podia desperdiçar um pêni. Uma sensação de desespero a invadiu. O que faria, como provaria sua inocência?

# CAPÍTULO VI

Drake observou a casa do outro lado da rua, sem se aproximar demais. Mesmo considerando que sua aparência havia mudado nos últimos anos, não podia correr o risco de ser reconhecido. A visita inicialmente não fazia parte de seus planos, mas estar em Londres despertou-lhe certa nostalgia, e ele decidira voltar à cidade naquela manhã. As ordens que transmitira ao capitão incluíam a compra de uma propriedade no padrão de sua antiga casa. Se em razão de estar retornando, ele não sabia, mas sentira a súbita necessidade de rever o lugar onde passara os melhores e também os piores momentos de sua vida.

A sensação era de que outro Drake vivera aquela vida e morara naquele local. Ele reescrevera sua história – o homem que se encontrava defronte à mansão não era o mesmo que a deixara há sete anos. Por um instante, avaliou seus sentimentos. A casa lhe trazia lembranças felizes, mas também o obrigava a recordar da perda dos pais e da fortuna. Ainda assim, representava tudo o que ele jurara reconquistar, e visitar Egerton House reavivava seus propósitos.

Estava imerso em seus pensamentos quando notou uma carruagem elegante aproximar-se e parar defronte à mansão. Uma jovem senhora desceu, e algum detalhe lhe despertou uma sensação de reconhecimento. Antes que a porta da frente fosse aberta, a mulher virou-se e...

— Lady Poppy?!

A exclamação irrompeu de seus lábios sem que ele pudesse impedir. Não conseguiu ver seu rosto com absoluta clareza, mas certamente era ela. Continuava esbelta, os lindos cachos dourados brilhando ao sol, a postura de rainha. Uma leve sensação de perda o invadiu, uma nostalgia de sonhos dispersos no tempo. Alguns segundos depois, a porta foi aberta pelo mordomo, e ela entrou com a segurança de residente.

*— Com todos os diabos — praguejou Drake mentalmente. — O que Poppy faz em Egerton House?*

Drake aspirou o ar com força. Aquela não era a hora certa para divagações, devia retornar ao navio. Já excedera em muito o tempo em que poderia permanecer em terra. Passara as últimas horas tentando entender a razão de Poppy estar em sua antiga casa. Até onde tinha conhecimento, o visconde não tivera nenhuma relação com o que acontecera a seu pai e à Companhia, mas agora encontrara a filha frequentando, talvez morando, em Egerton House! Seria possível que Lorde Campbell tivesse se aproveitado da derrocada de seu pai para obter vantagens financeiras? Se assim fosse, seria uma atitude repugnante, e ele não conseguia crer que o pai de Poppy pudesse ter sido tão desprezível. Não! Isso não tinha lógica, talvez ela estivesse apenas visitando uma amiga... ou mesmo a família de um possível marido... Seria uma simples coincidência?

Respirou fundo. Não acreditava em coincidências. A situação merecia investigação, mas, infelizmente, não tinha tempo suficiente naquele momento. Por um segundo pensou em encarregar o capitão de mais essa tarefa, afinal ele era o único em quem confiava. No entanto, isso exigiria muito do pobre homem e o resultado poderia não ser verdadeiro. Norton havia trabalhado incansavelmente para descobrir quem havia incendiado o navio, mas fizera isso em seu meio habitual, junto aos cais do porto e marinheiros. O pobre homem era um lobo do mar, como conseguiria informações sobre os negócios realizados pela aristocracia? Não tinha acesso aos clubes de cavalheiros ou a seus membros e, se o pai de Poppy estivesse envolvido em algo escuso, teria sido discreto. Além disso, se o capitão saísse fazendo perguntas sobre uma dama da sociedade levantaria suspeitas sobre si mesmo. Não colocaria o amigo em tal situação. O capitão já precisara se desdobrar para descobrir o montante de sua dívida e Drake tinha certeza de que somente conseguira porque os abutres da City não se mostravam relutantes quando farejavam a possibilidade de conseguir dinheiro. Capitão Norton conseguiria organizar seus negócios, mas isso não o faria ter acesso à aristocracia. Não... ele teria que pensar em outra forma de descobrir o que acontecera com Poppy. Mas faria tudo a seu tempo, primeiro o que mais importava. Voltar a Londres livre a com recursos para iniciar sua vingança.

Entornou os últimos goles de cerveja e, deixando algumas moedas sobre o balcão, saiu do pub. Não havia mais nada que pudesse fazer em Londres sem despertar suspeitas, estava na hora de partir. Havia arriscado demais, cada minuto passado em terra colocava seu plano e sua liberdade em risco.

Afastou-se rapidamente. A distância até o cais era grande, mas a caminhada lhe faria bem. A cada passada larga, procurava organizar os pensamentos e reformular seus planos futuros. Teria que incluir entre seus propósitos descobrir com quem Poppy se casara e qual a relação de seu provável marido com a bancarrota da Companhia Marítima Morgan. Apenas coincidência ou ele seria mais um elo daquela corrente?

Pelo menos a conversa com o capitão acontecera de forma satisfatória. Tudo havia ficado ajustado, e ele estava otimista. Norton era um bom homem, além de esperto. Drake tinha certeza de que o capitão faria tudo o que lhe fora pedido e, o melhor, sem que ninguém suspeitasse de quem estava por trás das transações encomendadas.

A brisa fresca limpou seus pulmões do ar viciado da taberna e ajudou a clarear a mente. A bebida consumida no pub enevoava um pouco sua visão e seus pensamentos. Desde aquela manhã, não se alimentara, sequer se lembrara disso, e, com o estômago vazio, o álcool o afetava mais do que o normal.

As longas passadas o levaram rapidamente. Já era possível avistar o *Tempestade II* ao largo. Com os olhos, ele varreu o espaço à sua frente; certamente haveria um bote amarrado a uma das pilastras do cais, como determinara a Benjamim pela manhã. Em minutos ele estaria a bordo, bem a tempo de dar as ordens para que levantassem âncora. O navio zarparia com a maré vazante. Permanecer em Londres aumentaria o risco de serem descobertos, e, embora sua curiosidade sobre Poppy fosse grande, o mais prudente nesse momento seria partir. Não colocaria seus planos em risco por nada, haveria tempo no futuro para descobrir o que queria.

A capa esvoaçou ao sabor do vento, tampando sua visão por um segundo. Talvez tivesse sido isso, ou talvez a bebida consumida em demasia, ou ainda seus sentidos embotados pelas descobertas daquela manhã... O fato era que ele, sempre tão alerta, não notou o homem saindo das sombras. Um vagabundo, ladrão de cais, hábil com a faca...

A ponta da arma cutucou suas costelas enquanto o bafo fétido do sujeito chegou-lhe às narinas.

— Calma, me passe a bolsa de dinheiro e ficará bem!

Drake não se intimidou; deslizou a mão ao cabo da adaga espanhola, mas, não foi suficientemente rápido. A estocada veio firme e forte, a lâmina penetrando na altura da cintura, cortando pele e músculo. Ainda assim, ele reagiu, golpeando também o malfeitor.

Embora ferido, avançou para desarmar o oponente e manter o controle da situação. Teria sido bem-sucedido se um segundo sujeito não se juntasse ao primeiro, golpeando-o com um bastão e deixando-o momentaneamente atordoado.

Naquele momento, um grito agudo cortou o ar. A distração possibilitou que Drake avançasse e acertasse novamente um dos oponentes. A briga parecia longe de se encerrar. Foi quando uma patrulha de homens do rei despontou no extremo do cais. Assustados, os malfeitores fugiram correndo, não sem antes desferir um último golpe e, por fim, arrancar a bolsa de dinheiro.

Ferido, Drake tentou se aprumar, precisava sair dali também. Ser encontrado pela patrulha do rei não era uma opção. Estava bem vestido, ainda que mentisse seu nome, os homens estranhariam sua presença ali; mais ainda sua recusa em ser levado ao médico ou a prestar queixa perante o magistrado.

Porém, a perda de sangue e a pancada na cabeça estavam fazendo com que ele perdesse a consciência, e, ainda que conseguisse chegar ao bote, dificilmente poderia remar. Respirou fundo, na esperança de que o oxigênio ao inundar seus pulmões o mantivesse alerta, mas as pernas trôpegas não o sustentaram, e o chão veio ao seu encontro.

— A cicatriz na sobrancelha... Você é o homem que nos deu o *shilling!*

Um garoto debruçava-se sobre ele, os olhos assustados.

— Ajudem-me a chegar ao meu navio... O *Tempestade II*... está ancorado ao largo... vou recompensá-los...

— Temos que ajudá-lo, ele está sangrando. Tampouco podemos ficar aqui e sermos encontrados pela guarda — respondeu o outro, debruçando-se também.

A parca luz do final de tarde e a visão nublada não lhe permitiu ver as feições com clareza, mas a voz aguda e a face imberbe sinalizavam que deveria ser um garoto bem jovem. Drake forçou o olhar, e um par de olhos cor de avelã com pontinhos dourados lhe despertou uma fugaz sensação de reconhecimento...

— Você tem lindos olhos — murmurou incoerentemente, enquanto os dois passavam os braços sob suas axilas e o ajudavam a levantar-se e a caminhar em direção a um bote.

Annie e Tim receberam a caneca d'água com alegria, a boca seca de tensão e ansiedade. Há algumas horas eles haviam chegado ao porto ainda pensando em como conseguiriam viajar à Irlanda, quando avistaram um homem sendo agredido. Pelas roupas lhes pareceu ser o mesmo que os ajudara na véspera. O homem parecia ferido e estava sendo atacado por dois numa luta desigual.

Instintivamente, Annie gritara, sem imaginar que isso o ajudaria, mas ajudou. Distraiu a atenção dos malfeitores por um segundo, o suficiente para que a vítima revidasse os golpes. Infelizmente, não foi apenas a atenção dos bandidos que seu berro agudo despertara. Uma patrulha de soldados do rei também estava por ali.

Se chegassem até eles, seriam descobertos; e se fugissem deixando o homem caído, a patrulha poderia pensar que eles o haviam atacado e começaria a persegui-los. A situação era desesperadora.

O pedido de ajuda formulado pelo estranho fora a salvação; não houvera razão para hesitar.

Com dificuldade carregaram o homem até um bote amarrado no ancoradouro e o levaram para o navio. Agora estavam ali, como lhes fora determinado, aguardando a recompensa prometida.

— Será que ele vai morrer?

A pergunta de Tim a tirou de seus devaneios.

— Certamente, não. Ele foi ferido, mas não acredito que com gravidade, apenas perdeu sangue e ficou tonto com a pancada. E pelo cheiro, desconfio que também havia bebido muito...

— Ele nos deu o *shilling*. Qual será nossa recompensa agora que o ajudamos? — perguntou Tim com os olhinhos brilhando. — Aposto que conseguiremos comprar a passagem para a Irlanda!

— Tomara, estamos correndo muitos riscos em Londres. E eu não consigo imaginar outro lugar para irmos. As pessoas no campo desconfiariam de dois garotos de Londres perambulando pelas estradas à procura de comida e trabalho, dificilmente nos ajudariam...

— Seria perfeito se o capitão estivesse indo para a Irlanda! Ele certamente nos levaria — resmungou Tim, esperançoso.

O marujo que os recebera a bordo - o imediato, como concluíra o garoto ao vê-lo distribuir ordens - chamara o homem ferido de Capitão Drake. O sujeito os olhara com desconfiança a princípio, mas, ao notar que haviam ajudado, mandara lhes servir uma caneca d'água e determinara que ficassem ali.

Isso acontecera há mais de uma hora, e eles continuavam esperando pela prometida recompensa. E se aquele não fosse o lugar perfeito para se esconderem, já estariam aflitos com a demora.

— Esse navio está muito bem cuidado — percebeu Annie, notando o tombadilho esfregado, as velas bem costuradas, o castelo de popa com a madeira envernizada e os vidros das grandes janelas brilhando.

— Eu sempre quis conhecer um navio por dentro. Este parece incrível!

Tim era curioso como normalmente são os garotos de sua idade e admirava tudo à sua volta. Homens recebiam ordens e corriam de lá para cá, alguns manuseando os cordames, outros acomodando barricas ou prendendo cabras e galinhas em grandes engradados de madeira. Ele nunca imaginara que navios levassem animais vivos! O mundo no mar pareceu fascinante ao garoto.

Um súbito solavanco, um balançar mais forte, velas se inflando, um sujeito enorme virando o leme...

— O que está acontecendo? — indagou Annie, levantando-se rapidamente.

Olhando pela amurada, percebeu que a terra estava se distanciando e o navio deslizava suavemente ao sabor das ondas.

— Tim, estamos partindo, não é possível! Precisamos descer...

Abismado, o garoto olhou o porto cada vez menor. O navio lentamente afastava-se. A ideia de partir não seria de todo ruim se eles tivessem noção de para onde estavam indo.

— Calma, vamos procurar pelo imediato, talvez eles estejam indo para a Irlanda — disse Tim com esperança, mas sem muita convicção...

— O que ainda fazem aqui? — a voz forte e grave ecoou.

Um par de olhos cinzentos, brilhantes como aço, os observava. O maxilar quadrado e rígido, e os lábios firmemente cerrados, evidenciavam desagrado. Com as pernas cobertas por calções negros e justos, levemente abertas para acompanhar o balanço do navio, Drake se postara à frente deles com as mãos na cintura. A camisa de seda branca aberta no pescoço deixava entrever os músculos rijos e o tórax enfaixado no local do ferimento. Os pés estavam metidos em botas de couro preto e luzidio, e ele usava uma argola de prata em uma das orelhas e uma adaga no cinto... Os últimos raios de sol iluminavam suas costas e lhe davam uma aparência demoníaca.

Annie arquejou. Estavam perdidos, o homem que haviam ajudado era um pirata! Só podia ser! E pelo visto era o capitão do navio!

— Benjamim! O que esses dois fazem aqui?

A grosseria tirou Annie de seu estupor. Era óbvio que não eram bem-vindos. Pior, talvez fossem jogados ao mar! Talvez tivesse sido o medo, ou quem sabe a certeza de que não havia mais nada a perder... Erguendo o queixo numa atitude desafiadora e impensada, a jovem retrucou sem nem mesmo pensar em disfarçar o timbre da voz.

— O que fazemos aqui? Ora, senhor capitão, nós o ajudamos a seu pedido. Esqueceu-se? Estamos esperando a recompensa prometida!

Por um segundo, tudo parou por conta do atrevimento: um garoto maltrapilho ousava questionar o implacável capitão. Pelo código de conduta do mar, o comportamento poderia ser considerado insubordinação. Benjamin adiantou-se. Ainda que o petulante merecesse um castigo, a culpa deles ainda estarem a bordo era sua e, se havia uma coisa que os homens do mar respeitavam e exigiam, era que seus superiores fossem justos.

— Eles o trouxeram, Drake. Você estava perdendo sangue e confuso. Eu os mandei aguardar aqui e, envolvido com as ordens de partida, esqueci-me dos dois.

— Nós o ajudamos... e ficamos esperando a recompensa que nos prometeu — repetiu Annie, mantendo a cabeça erguida, desafiando Drake com os olhos.

— Moleque, como ousa falar novamente? Sua impertinência passou dos limites!

A voz do imediato cortou o ar como um chicote. Uma coisa era o direito à verdade, outra, a arrogância de interpelar o capitão livremente. Benjamim já se preparava para agarrar o atrevido quando Drake falou num tom baixo e incisivo.

— Deixe-o, Ben, não há nada que eu admire mais em um... homem do que coragem para defender seu ponto de vista. Eles estão certos, eu lhes pedi ajuda. E, se ainda estão aqui, não é exatamente por culpa deles, você deveria tê-los desembarcado antes de partir — respondeu, olhando para o imediato.

— Então vai nos dar a recompensa e nos levar de volta? — daquela vez foi Tim quem perguntou.

— Não, garoto, ainda que a culpa não seja de vocês, não vamos levá-los de volta.

— O quer dizer com isso? — a pergunta saiu dos lábios de Annie num tom um tanto desesperado.

Drake olhou-a fixamente, a sobrancelha fendida levemente erguida. Em seguida retirou uma libra de ouro da algibeira.

— Nunca deixo de cumprir minhas promessas... garoto. Eis sua recompensa, minha dívida está paga — afirmou, estendendo-lhe a moeda. — Quanto ao navio, vocês têm uma escolha. Podem juntar-se ao grupo ou saltar e nadar até a terra.

— Podemos nos juntar ao grupo como marujos? — A animação transpareceu nos olhos arregalados de Tim. Ele nunca vira uma libra de ouro, além disso, a possibilidade de navegar era excitante. — Aprender a dar nós, a subir no mastro a...

— Calma, garoto — interrompeu o imediato, muito sério, ainda que um leve repuxar de lábios indicasse que a seriedade era fruto de esforço. — Não se anime. Antes disso haverá muito convés a ser esfregado, animais a serem alimentados, batatas a serem descascadas...

— Eu não vou fazer isso — interrompeu Annie com um acento desesperado na voz, enquanto girava a moeda brilhante e pesada entre os dedos. — Não posso... nem sei para onde estamos indo...

— Como é seu nome, garoto?

— An... Auggie, senhor. Meu nome é Auggie — corrigiu ela rapidamente.

— Muito bem, Auggie, parece que seu amigo já se decidiu. Quanto a você... faça como quiser, mas terá que ser agora, antes que a distância da costa aumente e impeça sua partida. E então?

Annie olhou a costa ao longe. Já haviam se afastado mais de duzentas jardas; sabia que não conseguiria nadar até lá, além disso, o sol se punha, e em questão de minutos a escuridão seria total. Por outro lado, se permanecesse, como iria manter seu anonimato entre marinheiros embrutecidos? Seria descoberta antes que a manhã seguinte chegasse, pensou desesperada. Seus olhos procuraram os de Tim numa mensagem muda e agoniada. O garoto entendeu seu desespero.

— Está enganado, senhor, eu não me decidi. Por mais que a vida no mar me atraia, farei o que meu amigo quiser. — Solidarizou-se o menino, com uma coragem que estava longe de sentir.

Drake encarou-o com olhos semicerrados. Estava claro que o rapaz seria fiel ao amigo ainda que seu desejo fosse agregar-se à tripulação. Isso o agradou. Fidelidade era algo que admirava, mas a decisão era deles.

— Pois bem, como quiserem. Imediato, arranje um cantil de água e uma prancha para ajudá-los, depois desça-os ao mar.

— Não! Quer dizer... precisamos de um bote, não conseguiremos nadar contra a corrente mesmo com a prancha. Vamos morrer. É assim que nos paga a ajuda prestada? Sendo cruel? — a pergunta de Annie escapou por entre seus lábios.

Drake se aproximou, e a expressão de seus olhos era assustadora.

— Eu lhe dei uma opção... garoto. Não há mais nada a fazer. As boas condições da maré só se repetirão daqui a muitas horas, e eu não posso esperar. Por isso, ainda que lhe seja grato, não voltarei. Também não posso prescindir de um bote, a única coisa que posso oferecer é a ajuda de uma prancha. Última chance...

A explicação do capitão não pareceu justificativa suficiente à Annie, mas a fez perceber que o homem à sua frente não mudaria de ideia. Pelo olhar do imediato, a simples explicação já era uma deferência ao fato de eles o terem ajudado. Não adiantava esperar por clemência ou auxílio maior do que o oferecido.

— Está bem... nós ficaremos — concordou Annie num sussurro.

Com os olhos baixos, ela não notou o brilho fugaz de alívio que reluziu brevemente nos olhos de Drake, tampouco a alegria que se refletiu plenamente na expressão de Tim.

— Não me perguntou, mas sou Tim, meu capitão. Nós ficaremos, às suas ordens!

A reverência exagerada do garoto e sua evidente satisfação fez um dos cantos da boca de Drake se erguer e arrancou uma gargalhada de Benjamin, que deu um tapa de leve na cabeça do rapaz.

— Vamos lá, grumete, regra número um: jamais fale diretamente com o capitão. Regra número 2: espere que o imediato fale com você. Agora desçam à cozinha e procurem por Jim Arranca-Dentes, ele certamente terá serviço para vocês. Depois encontrem um canto para dormir.

Cabisbaixa, Annie guardou a moeda que recebera no bolso do colete e seguiu Tim à procura do cozinheiro. Se conseguisse passar o tempo todo na cozinha, quieta e de cabeça baixa, suas chances de não ser descoberta seriam maiores. Precisava encontrar uma maneira de fazer suas necessidades e cuidar do asseio sem ser notada pelos homens. Certamente seriam poucos dias, talvez apenas horas até chegarem a...

E foi somente neste momento que ela percebeu que nem mesmo sabiam quanto tempo duraria a viagem, ou, pior, qual era seu destino.

# CAPÍTULO VII

— Você está bem? Conseguiu dormir?

Benjamim notou que Drake estava pálido e cambaleara levemente ao levantar-se da cadeira. Era a primeira hora da manhã, e ambos estavam reunidos no camarote. A noite fora tranquila, o mar estava calmo e o vento favorável propiciaram um navegar sem sobressaltos. O capitão, no entanto, não parecia ter conseguido descansar.

— Estou bem. Em breve o corte estará fechado e vou parar de sangrar — disse Drake, observando a faixa de algodão que lhe enfaixava o tórax marcada por pontos vermelhos.

— O ferimento foi profundo e rompeu músculos, acho melhor você ficar quieto para que isso cicatrize. Se fizer esforço, os pontos vão abrir e o sangramento recomeçará com força.

— Isso não é nada, já tive cortes piores. Não vou me afastar de minhas obrigações por uma bobagem assim — resmungou o capitão, menosprezando o machucado.

Benjamin apenas concordou com a cabeça. Drake estava certo, um capitão tinha uma imagem a manter e um compromisso com seus marujos. Ele conhecia o amigo por demais para saber que um ferimento a faca não seria suficiente para afastá-lo de suas funções. Ainda assim, se a ferida infeccionasse, poderia se tornar algo grave. Teria sido melhor se na véspera ele tivesse sido costurado por um cirurgião, mas, inobstante sua insistência, o capitão se recusara a chamar um médico, alegando que isso atrasaria a partida.

— A patrulha no porto pode estar em alerta — justificara. — E um navio com a bandeira da ilha da Nova Providência, chamado *Tempestade II,* vai acabar chamando a atenção das autoridades portuárias. Não posso arriscar minha liberdade ou a dos homens que poderiam ser arrastados à prisão por estarem sob minhas ordens. Temos que sair com esta maré.

Sem alternativa, Ben costurara o ferimento de forma tosca e agora rezava para que fechasse sem complicações.

— Você vai precisar de alguém para trocar as bandagens; elas estão novamente sujas de sangue, e creio que Robbie não será a melhor pessoa. Sabemos que ele não tem jeito e nem paciência com homens feridos — disse o imediato, referindo-se ao marujo que eventualmente fazia as vezes de criado de bordo, levando as refeições e limpando o camarote do capitão.

— Sim, o velho detesta esse tipo de tarefa — retrucou Drake, lembrando-se do mestre do navio cuja brutalidade no trato era bem reconhecida. — No entanto você tem razão, a posição do ferimento não vai facilitar para que eu mesmo faça os curativos. Mas você pode me ajudar nisso, não há por que tirar um marujo de sua função por tão pouco.

— Não seja teimoso, você terá que ficar quieto para os pontos não abrirem. Vai precisar de ajuda para vestir a camisa, para...

— Está bem, já entendi — interrompeu Drake, visivelmente aborrecido, mas reconhecendo que daquela vez Ben estava certo. Se forçasse os pontos e o ferimento se abrisse, as consequências não seriam agradáveis, e ele teria sérios problemas. — Procure alguém que faça isso.

— O que você me diz do garoto, o atrevido que cobrou a promessa de recompensa?

— Hum... Talvez... Algo naquele moleque está me incomodando. Ele parece ser um encrenqueiro e tenho a sensação de que esconde algo...

— Ora, Drake, não vi nada de mais, só um menino assustado. Deve ser bem novo, talvez uns 12 anos... um pouco alto para a idade, mas a voz e a cara...

— Não... não é isso... os olhos são desafiadores demais para uma criança... Eu ainda não sei, mas vou descobrir o que aquele garoto tem de estranho — resmungou incomodado. — Tenho um palpite, mas me recuso a acreditar...

— Afinal, quer que eu o mande para cá ou não? Vamos ver se ele tem jeito com ferimentos.

— Está bem, ele me será útil e eu poderei descobrir o que me intriga.

— Alguma ordem direta esta manhã? — perguntou Benjamin, voltando ao assunto da reunião.

— Não, vamos seguir o curso habitual.

Aproximando-se da mesa, Drake examinou um grande mapa marítimo aberto sobre ela. O cenho franzido e o olhar atento deixavam claro que os cuidados com o ferimento, assim como o novo grumete, já haviam sido esquecidos.

— Meus planos são chegar às Antilhas em no máximo três semanas — disse, traçando uma rota com o auxílio do sextante. — Nesta época do ano, os ventos sempre são favoráveis ou nos possibilitam navegar à bolina.

O imediato concordou com a cabeça. Drake, embora jovem para um capitão, tinha habilidade e inteligência mais do que suficientes para conduzir a nau. Suas previsões costumavam ser acertadas, porém, ainda que condições climáticas inesperadas e adversas os surpreendessem, ele tinha capacidade para levá-los em segurança até o destino. Faltavam várias semanas para que a temporada de furacões se iniciasse no mar do Caribe, mas, por cautela, seria interessante que eles já estivessem atracados antes do início do próximo mês.

— Vamos aportar diretamente em Nassau. Temos provisões suficientes, certo? Não serão necessárias paradas?

— Sim, temos víveres e água com abundância. Quanto a isso, não precisaremos nos preocupar.

— E a carga? Conseguimos embarcar tudo conforme o pretendido?

— O capitão Norton comprou tudo o que pediu: tecidos, chá, panelas... A venda nos dará um lucro substancial, a viagem será bastante proveitosa.

— Folgo em saber. Meus planos incluem vender esses produtos aos comerciantes locais, recarregar o navio com açúcar e rum e retornar à Inglaterra. Se tudo sair como pretendo, serei um homem livre ao voltar.

— Quanto tempo pretende ficar em Nassau?

— Devo retornar à Inglaterra o quanto antes, logo que carregarmos uma nova carga de açúcar. Mas tenho que considerar o tempo que levarei para acertar os últimos detalhes em relação à Companhia. Não pretendo deixar nenhuma questão pendente, porque, desta vez, ficarei fora por um longo tempo.

Benjamim assentiu com a cabeça. Até esse ponto a programação era a esperada, ainda assim ele queria confirmar o que havia entendido com a afirmação "*ficarei fora por um longo tempo*". Sua expressão deve ter deixado a dúvida evidente, porque Drake apressou-se a explicar.

— Chegou a hora de colocarmos os planos em andamento, meu amigo. Paradise's Company vai entrar em atividade, e, quando eu voltar à Inglaterra, vou fixar residência em Londres. Estou pronto para vingar a morte de meu pai, recuperar meus bens e meu nome. Como combinamos, você e o Capitão Norton dividirão as tarefas. Você cuidará dos negócios em Nassau, e ele ficará responsável pela frota em si.

— Fique tranquilo, porque farei minha parte. Sentirei sua falta, Drake, mas estou contente que tudo caminhe conforme o planejado. Sei há quanto tempo espera por isso. Você vai trazer a verdade à tona, e os desgraçados serão punidos.

— Tenha certeza disso...

A voz saiu baixa, sem emoção, mas foi o brilho gelado nos olhos acinzentados que fez com que Benjamim chegasse quase a sentir pena dos responsáveis pela tragédia de Drake.

— Jamais duvidei — respondeu Ben. — Agora descanse, vou atrás do moleque. Como é mesmo o nome dele? O impertinente?

— Auggie?

— Sim, acho que é esse. Vou mandá-lo para cá. Você tem que cuidar dessa ferida, não pode morrer antes de conseguir o que quer.

— Faça isso — respondeu Drake. — E não se preocupe, Ben, não pretendo morrer. Não será a faquinha de um meliante de porto que acabará comigo; não antes de minha vingança estar concluída...

Tim olhou desanimado o barril de batatas que Jim Arranca-Dentes, o despenseiro, colocou à sua frente.

— Tenho mesmo que descascar...?

Ele nem mesmo terminou a frase, pois o olhar que o corpulento marujo lhe lançou foi o suficiente. Diligentemente, lançou-se à tarefa, mas não foi difícil perceber seu desânimo. Para quem imaginava a vida no mar como uma sucessão de aventuras, passar o dia e a noite descascando batatas não era nada melhor do que ficar confinado a um estábulo escovando e alimentando cavalos.

Discretamente, Annie se lançou a fazer o mesmo. A noite não havia sido de todo ruim, pois ela escolhera um canto afastado e até conseguira dormir um pouco. A cozinha era escura, quente e abafada, além disso, Jim Arranca-Dentes não parecia um cara muito amigável. Isso mantinha os marujos do lado de fora, o que era extremamente favorável a seus planos. Se trabalhasse bem e ficasse quieta, não chamaria atenção. Conseguira até se aliviar durante a noite junto à amurada do navio sem que alguém notasse sua condição. A situação era desconfortável, mas diante da realidade não lhe restava alternativa.

— Temos que fazer isso, Tim. Não podemos aborrecer o despenseiro, caso contrário ele pode nos deixar sem comida, ou, pior ainda, nos expulsar. E aqui em baixo me sinto um pouco mais segura do que no convés — disse, atacando as batatas com disposição.

— Por que será que ele se chama Jim Arranca-Dentes?

Annie deu um risinho abafado diante da curiosidade de Tim.

— Não sei, imagino que seja ele quem cuida dos dentes dos marinheiros...

— Será que ele usa as facas ou o alicate?

A pergunta feita num tom visivelmente assustado arrancou mais um risinho de Annie.

— Espero não ter que descobrir. De qualquer maneira é bom cuidar da higiene de seus dentes como eu lhe ensinei.

O garoto deu um resmungo inaudível. Ele nunca ligara muito para as recomendações de Annie no sentido de limpar os dentes todos os dias com um pedaço de tecido limpo. Mas agora a ideia de precisar ter um deles extraído por Jim Arranca-Dentes lhe dava calafrios.

— Ei, você! Sim, você...

O grito do cozinheiro e seu dedo apontado fizeram o coração de Annie bater mais forte. O que poderia querer com ela? Antes que pudesse perguntar, a figura do imediato surgiu em seu campo de visão.

— Venha comigo — disse Benjamin, para consternação dos dois *rapazes.*

— Por quê? Fiz algo de errado...

— Por enquanto, não, garoto, e vai ter que tomar cuidado para que continue assim. Não. Você fica! Continue com as batatas! — disse, apontando o dedo quando Tim fez menção de segui-los.

Inconformado, o menino titubeou, porém, o olhar de Annie sinalizou que não deveria contrariar a ordem recebida. Rebeldia naquele momento só lhe traria punição e não a ajudaria em nada. Ela sabia que, se descobrissem sua condição de mulher, a situação deles ficaria muito ruim, mas não havia nada que Tim pudesse fazer.

— Auggie, não é? — a voz do imediato que seguia à sua frente se fez ouvir acima do barulho do vento. — Pois bem, Auggie, você terá a honra de ser criado de bordo do capitão nesta viagem. Ele precisa de ajuda, e você ficará encarregado disso. E não faça nenhuma besteira, caso contrário, eu mesmo lhe aplicarei um corretivo do qual você não se esquecerá.

Annie sentiu o sangue fugir do rosto. A ameaça de um castigo não lhe parecia tão assustadora quanto a tarefa de cuidar do capitão. Aquele homem tinha olhos de águia, ela não conseguiria esconder seu segredo por muito tempo. Sua sina estava lançada, e a única esperança era que capitão fosse um homem honrado, mas como esperar isso de um pirata? Com o coração gelado, concluiu que o futuro talvez lhe reservasse um castigo pior do que a morte.

# CAPÍTULO VIII

O imediato bateu à porta do camarote e, sem esperar pela resposta, abriu-a e fez sinal para que Annie entrasse, ao que ela obedeceu. Para sua surpresa e apreensão, ele a fechou às suas costas, deixando-a só. Indecisa, estacou, a respiração em suspenso. Os olhos que haviam enfrentado um sol brilhante no convés esforçavam-se para enxergarem nas sombras do espaço fechado o homem que, dentro daquele navio, tinha nas mãos o poder de decidir sobre a vida e a morte de seus marujos.

O silêncio era quebrado apenas pelo barulho do casco rompendo a água. O mar estava calmo desde a partida, e o oscilar do navio não era suficiente para desequilibrá-la. Ela permaneceu parada. Aos poucos a respiração foi se normalizando e os olhos se acostumaram com a penumbra interior.

Capitão Drake - como o chamavam - estava em pé atrás de uma mesa de trabalho que ocupava o centro do aposento. Sobre ela, mapas, uma luneta, alguns instrumentos que Annie jamais vira e livros. Sem tirar os olhos do que estava fazendo, ele ordenou:

— Há bandagens limpas em algum lugar e um pote de unguento. Vai ser preciso limpar minha ferida e trocar o curativo. Você é capaz de fazer isso, garoto?

— Acho que sim — disse Annie, adiantando-se. — Já cuidei da pata de um cão ferido. Não deve ser muito diferente.

— Um cão?! — exclamou o capitão, levantando a cabeça.

— Sim, um pobre cão que tinha uma ferida profunda!

— Você está me comparando a um cão?!

— Não... quer dizer, sim... ou melhor...

Ela percebeu que a comparação mais parecia um insulto, e o instinto natural de preservação fez com que tentasse se desculpar...

— Ora, não se ofenda! Afinal, há cães que são muito melhores do que homens... — *Meu Deus, como pude dizer isso? Ficou ainda pior!*

Drake arqueou a sobrancelha marcada pela cicatriz diante do comentário. Por um instante, manteve os olhos nela sem movimentar um único músculo, a expressão congelada em granito, até que um sorriso pareceu lhe subir aos olhos, ainda que os lábios se mantivessem imóveis.

— Você é muito descarado e atrevido. Sua sorte é que eu concordo com você, alguns cães são mesmo melhores do que muitos homens.

Annie exalou o ar que estivera prendendo nos pulmões com alívio. Sem esperar um segundo, olhou ao seu redor, imaginando onde as bandagens e o pote de unguento poderiam estar. Melhor tratar daquele ferimento antes que sua língua solta a colocasse em uma situação pior. Além da mesa, havia duas cadeiras de espaldar alto, um armário, uma arca e, sob as grandes janelas envidraçadas, através das quais era possível entrever o céu, uma cama com os lençóis desfeitos e emaranhados. Um biombo parecia isolar um dos cantos, talvez para que o capitão tivesse mais privacidade para suas necessidades pessoais.

Foi sobre uma pequena mesa e ao lado da navalha que ela encontrou o que iria precisar. Havia ainda uma jarra com água, uma tigela de louça, toalhas, um pedaço de sabão. No chão, uma tina de estanho sinalizava que o capitão tinha o hábito de tomar banhos. Annie olhou para tudo com os olhos brilhando de desejo. Seria maravilhoso se pudesse se refrescar com água doce, mesmo que fria. As tiras que lhe apertavam os seios estavam suadas, pegajosas e machucavam a pele. Infelizmente, aquele era um desejo impossível. Resignada, ela despejou um pouco d'água na tigela e pegou uma toalha, o pote de unguento e bandagens limpas.

— Senhor, deixe-me...

Ela virou-se e um arquejo lhe escapou do peito.

Drake havia arrancado a camisa. Usava apenas os calções negros e justos. O torso nu deixava à mostra os músculos delineados e as cicatrizes que marcavam a pele dourada pelo sol dos trópicos. Uma trilha de pelos escuros e macios desciam do peito e parecia ultrapassar o cós dos calções. Era um magnífico exemplar masculino, mesmo para ela que jamais havia visto um homem seminu. Com esforço, pigarreou e forçou uma voz grave, torcendo para que suas mãos não tremessem.

— Tenho que tirar as faixas...

— Vamos logo com isso, não tenho a manhã inteira! — disse o capitão, erguendo um pouco os braços para que ela desenrolasse a tira de pano manchada de sangue que enfaixava seu abdômen. A faca rasgara a lateral do corpo uns 20 centímetros abaixo da axila esquerda, e a aparência do corte não era bonita. A pele estava quente e avermelhada, as bordas mal costuradas não estavam totalmente fechadas, havia sangue coagulado, mas em alguns pontos o ferimento ainda exsudava linfa. Com delicadeza, Annie limpou o local com uma toalha limpa e úmida, aplicou uma nova camada de unguento e tornou a enfaixá-lo.

— Se fizer esforço, esses pontos vão se abrir. Nunca vi uma costura tão malfeita, nota-se que quem fez isso nunca pegou numa agulha...

— Auggie é seu nome, não?

Assustada, Annie percebeu que o capitão a encarava com olhos de rapina, semicerrados, atentos e frios. Com a garganta subitamente seca, limitou-se a acenar afirmativamente. Estava falando demais e num tom de voz feminino. Um pressentimento ruim a invadiu e ela fez menção de recuar.

Antes que ela pudesse se afastar, Drake agarrou-lhe o pulso e virou as mãos com as palmas para cima, examinando-as. Em seguida, com um puxão, arrancou-lhe o boné. Com a força do movimento, os cachos se desprenderam e caíram emaranhados sobre os ombros. Instintivamente, Annie ergueu os olhos para ele, em um misto de fúria e desespero, encarando-o através de um mar dourado e desafiador.

— Eu sabia... uma garota — rosnou Drake. — Uma maldita garota! Como você ousou embarcar no meu navio?

Dando um passo para trás, Annie replicou no mesmo tom.

— Como ousei embarcar? Salvei-lhe a vida, e seu maldito navio partiu antes que eu tivesse chance de desembarcar. Não se atreva a me culpar, apenas o ajudei! Por mim jamais teria pisado nele!

Não havia como contestar a veracidade daquela afirmação, e ele não costumava ser ingrato com aqueles que o ajudavam. Ela merecia pelo menos ser ouvida antes de ser julgada, muito embora uma pontada de desconfiança houvesse se instalado. E se a ajuda prestada não fosse um acaso?

— Ajude-me a vestir a camisa e depois comece a falar. Quem é você? Por que se veste como homem? Eram vocês na porta da taberna também, não eram? O que faziam no porto, estavam me seguindo? Fale tudo e não se atreva a mentir.

— Eu nunca minto — protestou Annie, indignada.

— Tem certeza? — a pergunta era claramente irônica. — Então seu nome é mesmo... Auggie? Esse não me parece um nome feminino e você tampouco é um rapaz

— Não... Quer dizer... isso não é exatamente uma mentira!

Drake ergueu uma das sobrancelhas numa expressão interrogativa, mas não pronunciou uma palavra. Ficou de pé à frente dela, os braços cruzados aguardando a explicação. Milhões de pensamentos cruzaram a mente de Annie, a vontade de contar tudo e a certeza de que não deveria fazê-lo. Teria que falar sem revelar demais.

— Sim, éramos nós na porta da taberna e, não, não o seguíamos. Foi uma coincidência! O que fazíamos rondando por ali? Infelizmente mendigávamos, a única maneira de não passarmos fome! Tentamos um emprego na taberna, mas fomos expulsos por outra criada.

Annie percebeu que a expressão dura no rosto do capitão não se alterou. Ele não se contentaria com informações tão vagas, por isso, continuou.

— Não tenho família. Há sete anos era criada de uma casa cuja senhora morreu repentinamente e não me deixou referências. Tim, o garoto que está comigo, cuidava do estábulo, ele também não tem ninguém. Enfim, a verdade é que fomos ambos jogados na rua e lá vivemos desde então. Essas roupas eram dele. Mudar a aparência foi uma forma de proteção, eu não tive intenção de mentir ou enganar. Não pode me culpar por tentar me proteger e não querer morrer de fome — concluiu Annie, erguendo a cabeça para olhar Drake nos olhos, esperando que os seus não denunciassem a meia-verdade contada.

— Você é criada há sete anos?! Quantos tem? — perguntou ele com uma crescente inquietação.

— Dezenove.

A resposta o deixou aturdido. Uma coisa era uma garota de doze ou treze anos, que poderia se passar por um rapaz aprendiz sem chamar a atenção dos homens, outra bem diferente era ter uma mulher a bordo. Drake conhecia marujos o suficiente para saber que primeiro a apreensão os consumiria, pois homens criados no antigo bastião de piratas que era Nassau acreditavam que mulheres a bordo traziam má sorte. Depois de alguns dias, no entanto, ela deixaria de ser apenas um símbolo de mau agouro e, ainda que fosse feia ou suja, despertaria a luxuria daqueles homens embrutecidos. Homens há muitos dias no mar podiam ficar incontroláveis, eles a disputariam, brigariam, teriam que ser castigados... Isso sem contar que a garota passaria o inferno nas mãos deles... Se soubessem de uma mulher sozinha a bordo ele poderia perder o controle da tripulação e do barco. O prognóstico era péssimo!

— Você tem ideia do que pode acontecer com uma mulher confinada a bordo na companhia de sessenta homens? Acha que serão gentis ou cavalheiros depois de duas semanas no mar? — a indignação transparecia em sua voz e em sua expressão furiosa.

— Duas semanas?! — a voz de Annie era pouco mais de um sussurro. — A viagem levará todo esse tempo?

— Não... duas semanas será o tempo médio que eles levarão para atacá-la... A viagem levará três, se tivermos sorte.

— Para onde estamos indo?

Havia tamanha angústia nos olhos dela que Drake sentiu uma pontada em seu coração. A garota estava certa, não havia pedido para subir a bordo, apenas o ajudara.

— Antilhas. Mais especificamente para Nassau.

— Então minha intuição estava correta, você é mesmo um pirata. O que vai acontecer comigo agora? E com Tim? Ele é só um garoto, não tem culpa por eu tê-lo enganado... Não pode castigá-lo! Tampouco permitir que eu caia nas mãos desses... bandoleiros!

— Eu não me lembro de ter mencionado castigos. Ainda não, pelo menos.

Drake ficou tentado a esclarecer que a Nova Providência estava pacificada, que era apenas um comerciante e que corsários e piratas faziam parte do passado, mas não o fez. A garota parecia teimosa e petulante, e seu tom de voz traduzia mais indignação do que medo. Talvez a crença de que estava à mercê de piratas cruéis a mantivesse sob maior controle.

— Senhor — arriscou Annie —, agora que conhece a realidade, seria possível nos deixar em algum porto? Isso seria melhor para todos...

— Acredite, eu faria isso com prazer, mas está fora de questão. Nossa rota não inclui paradas em nenhum porto antes de Nassau.

Annie ia protestar quando a porta do camarote se abriu dando passagem a Benjamin.

— Capitão, eu...

O olhar surpreendido do imediato dispensou palavras. Com os cabelos soltos, nem mesmo a sujeira ou as roupas masculinas escondiam que ali estava uma mulher.

Em um instante, a expressão de Ben se fechou. Ele conhecia as implicações daquela descoberta e não foi preciso emitir uma única palavra para demonstrar seu descontentamento. Uma mulher sempre significava problemas...

— Ela me ajudou e não parece que tenha sido com interesses escusos. Não posso simplesmente jogá-la pela amurada — disse o capitão com firmeza, respondendo à pergunta muda de seu imediato.

— Então o que faremos? Vai ser um inferno...

— O melhor a fazer será nos deixar em algum porto — arriscou Annie, contudo, o olhar fulminante do capitão a calou.

— Não faremos nada, já lhe disse que não há possibilidade de desviarmos a rota, estamos atravessando o Atlântico! — dirigindo-se a Ben, concluiu: — São apenas dois garotos que me ajudaram e acabaram ficando a bordo. É melhor que os homens não saibam que um deles é... mulher. Isso evitará problemas. Contudo, se descobrirem, eu a requisitarei para mim, é a única solução.

Ben concordou com um inclinar de cabeça. O capitão, como sempre, estava certo.

— O ferimento será a justificativa para eu ter decidido usar um deles como criado, coisa que nunca quis. Portanto, você ficará no camarote — disse, dirigindo-se a Annie. — Vai, inclusive, dormir aqui. Não posso correr o risco de que seja descoberta.

— Dormir aqui... com você?

— Comigo, talvez — disse Drake com malícia. — Aqui dentro, certamente.

— Ora, seu...

— Não se atreva! Minha paciência não é grande. Se me ofender ou desafiar, eu mesmo a jogarei aos tubarões e não necessariamente aos que estão na água... se é que me entende. Agora arrume isso aqui! — disse, apontando as bandagens sujas jogadas ao chão. — E não saia do camarote, vou mandar o garoto lhe trazer um pouco de comida. Não se preocupe, Benjamin colocará uma enxerga para você em algum canto.

Com essas palavras, Drake saiu para ouvir o que o imediato tinha a lhe dizer.

Desconsolada, Annie olhou ao redor. Três semanas! Como conseguir suportar três semanas confinada a um camarote, à mercê daquele sujeito - um pirata sem coração, acostumado a matar, saquear, violar... Um tremor a percorreu.

*Eu a requisitarei para mim!* O que será que ele quis dizer com isso?

Quanto mais pensava em sua situação, mais ansiosa ficava. Ser descoberta pelos marujos era uma possibilidade aterradora, afinal, ela não sabia até que ponto o capitão poderia protegê-la. Será que ele se indisporia com seus homens por ela? Por outro lado, não suportaria passar três semanas presa ali dentro.

*Pense, você precisa pensar, para tudo há solução, precisa apenas encontrá-la! Não adianta se desesperar, terá que ser sua própria ajuda! Hoje tudo lhe parece terrível, mas amanhã será um novo dia. Não se desespere...*

A mente fervilhava, mas Annie sabia que precisava se acalmar e organizar os pensamentos. Sem mesmo atentar ao que fazia, começou a recolher as bandagens e arrumar o camarote. Seria bom ocupar as mãos com alguma coisa. Decidiu que um pouco de ar fresco seria bem-vindo ao observar as grandes e inclinadas janelas decorativas.

Com esforço, tentou alcançar os ferrolhos, mas, por mais que se esticasse, não conseguiria abri-los sem subir na enorme cama. Titubeou. E se o arrogante capitão entrasse naquele momento e a surpreendesse ali? A vontade de respirar ar fresco foi mais forte, então, foi em frente. Rapidamente arrancou as botinas e subiu ao leito. Com um pouco de esforço - o ar marinho sempre trazia um pouco de ferrugem aos ferros - conseguiu abri-las. A brisa do mar invadiu o espaço e agitou seus cabelos. Annie fechou os olhos e debruçou-se, sentindo o calor do sol na pele. A sensação era prazerosa, e ela encheu os pulmões de ar enquanto observava o infinito e sereno mar azul à sua frente. Nada parecia ser capaz de conturbar a quietude das águas, e navegar lhe pareceu uma maravilha, a aventura perfeita em direção ao infinito. A situação não seria tão ruim se... Um sorriso cínico, olhos de aço e a imagem de um dorso nu, musculoso e com a pele dourada pelo sol lhe veio à mente.

*Se aquele arrogante está pensando que vou dividir a cama com ele está muitíssimo enganado! Jamais! Prefiro dormir no chão duro e frio, embaixo da mesa...*

O barulho da porta a fez sobressaltar-se, e ela pulou da cama com agilidade, abençoadamente o fato de ser apenas Tim carregando uma trouxa e uma caneca de folha de flandres.

— Você está bem, Annie? Veja, eu trouxe pão, queijo e um pouco de cerveja fraca. Deve estar com muita fome, já que não comeu nada essa manhã — disse, estendendo os alimentos para ela enquanto observava o ambiente com curiosidade. — O imediato me disse que o capitão mandou você ficar aqui para ajudar com os ferimentos, como vai fazer se ele descobrir que...

— Ele já descobriu... E o imediato, o que chamam de Ben, também.

— E ele não se zangou? Quer dizer, você não tem culpa de ser mulher e não escolheu subir a bordo. Mas é por isso que ele quer que você fique aqui?

— Sim, ele se zangou, mas não me culpou exatamente. Pelo menos isso tenho que reconhecer, ele é um pirata, mas foi justo. A preocupação é com o que os homens vão fazer quando descobrirem que sou mulher. Veja, eu não sou uma lady, tampouco uma refém que lhes renderia um bom resgate, os marujos não teriam motivo algum para me respeitar ou...

— Não se preocupe, se alguém lhe fizer mal terá que se ver comigo. Eu não sou muito grande, mas aprendi a me proteger nas ruas. Não vou deixar ninguém machucá-la, acredite, Annie.

— Ah, meu amigo, tenho certeza disso. Mas você vai me prometer que não fará nada, absolutamente nada, contra o capitão ou qualquer dos homens em minha defesa. Isso não adiantaria, e você seria castigado — argumentou Annie, preocupada com o que o menino poderia sofrer nas mãos do capitão ou de outro brutamontes.

— Mas, Annie...

— Prometa, Tim, por favor!

— Eu posso prometer não discutir, brigar ou avançar em ninguém... mas isso não quer dizer que não a ajudarei se você precisar e eu tiver oportunidade.

— Está bem, meu amigo, posso aceitar isso, é melhor do que nada.

— Há outra coisa — disse Tim, com um brilho diferente nos olhos. — Eu descobri para onde estamos indo e não é para a Irlanda.

— Sim, eu também já sei. Vamos para as Antilhas, para Nassau — disse Annie de forma apática.

— Não é maravilhoso? Imagine, vamos para a terra dos piratas, das aventuras... Ah, Annie, estou tão entusiasmado! E Jim Arranca-Dentes disse que quando eu acabar de descascar as batatas vai me ensinar alguns nós de marinheiro.

A alegria do garoto contrastava fortemente com sua apreensão, mas ela não teve coragem de desestimulá-lo. Era bom ver Tim tão feliz e animado. Além do mais, fazê-lo enxergar a verdade não os ajudaria em nada. Assim continuou a ouvi-lo, ainda que sua atenção não estivesse presa ao que o menino dizia. Enquanto sacudia lençóis, afofava travesseiros e limpava o chão, sua mente agitada não conseguia parar de pensar no que o futuro realmente lhes reservava.

*Três semanas de viagem até chegar a Nassau.*

*Em risco constante de ser descoberta!*

*O que fariam lá? Como iriam sobreviver?*

*Mas, o que era pior, como ela iria sobreviver ao convívio diário com o Capitão Drake?*

Sentia-se refém de seu próprio destino. O que esse insensato lhe reservava?

# CAPÍTULO IX

Ele olhava o horizonte com os lábios crispados e o semblante fechado. Estavam no mar há dias, e a viagem vinha sendo tranquila. O ferimento, porém, não sarara completamente, ainda latejava e dificultava seus movimentos. Drake sabia que deveria estar trocando os curativos com mais frequência, mas evitava fazê-lo.

Ser tocado com delicadeza por mãos femininas era uma situação por demais tentadora. Não que a garota fosse exatamente bonita, pelo contrário, sua aparência era terrível. A infeliz dormia numa enxerga, no canto do camarote, como um bichinho encolhido. Não devia tomar banho há semanas, e seu cheiro não era lá muito agradável. Tinha o rosto recoberto por uma camada de sujeira, os cabelos pareciam uma maçaroca emaranhada e os lábios estavam secos pelo sal do mar. Ainda assim, havia um brilho em seus olhos dourados e uma doçura em seu toque que a tornavam atraente, principalmente para um homem sem o consolo de outros braços.

*Afaste essas ideias* – pensou consigo mesmo. – *Qualquer envolvimento com ela é encrenca. Os homens acabariam por descobrir e, ou acreditariam que você passou a se interessar por garotos ou perceberiam que ela é mulher. Nenhuma das duas hipóteses é conveniente. Além disso, existe a possibilidade de ela se recusar a ceder... A garota é teimosa e impertinente, nem mesmo concordou em dizer seu nome verdadeiro, insiste que eu continue a chamá-la de Auggie. E, por mais que eu sinta falta de uma mulher, jamais a tomaria à força.*

— Capitão!

O chamado de Benjamin, vindo pelo tombadilho em sua direção, o desviou daqueles pensamentos.

— Estamos com problemas — disse o imediato. — Alguns dos cabos que prendem a bujarrona estão frouxos.

— Há algum risco de ela se soltar?

A voz de Drake manifestava preocupação. A bujarrona, uma vela triangular presa ao mastro principal, era um elemento essencial para a navegação com ventos moderados, como os que sopravam. Eles não poderiam prescindir dela sob pena de prosseguirem muito devagar, o que atrasaria a viagem em dias.

— Não creio, o trinqueiro está subindo para verificar o que aconteceu e refazer os nós. Os cabos parecem estar íntegros, mas a brisa está mudando, de leste para oeste, e, se enfrentarmos uma tempestade, não podemos ter velas mal amarradas.

Drake colocou uma das mãos sobre os olhos e observou o sol a meio caminho do horizonte. Seu tom avermelhado não era sinal de calmaria, ao contrário, prenunciava uma mudança nos ventos.

— Vou analisar os instrumentos. O barômetro confirmará, mas acredito que você esteja certo. Talvez demore algumas horas, talvez dias, mas teremos tempestade. Comece a tomar as providências. Trave bem as vigias, mande amarrar tudo o que estiver solto, leve os barris de água e rum para completar o lastro no porão. Avise aos homens que, dependendo de a quantos nós o vento chegar, talvez tenhamos que aquartelar e, até que a tempestade passe, corte a ração de rum, precisamos de todos bem alertas. Quando tudo terminar, todos receberão ração dupla por dois dias, mas, até lá, apenas água.

Benjamin assentiu com a cabeça. As providências eram corriqueiras. Tempestades não eram tão raras naquela região, ainda assim poderiam ser assustadoras e muito perigosas. Drake agia sempre com coragem, mas também com cautela, o que o fazia ser bastante respeitado. Essa característica já havia salvado a vida de mais de um marinheiro a bordo.

— Pode ficar tranquilo, tudo será feito como de costume — disse o imediato, afastando-se para fazer o que lhe fora ordenado.

Drake voltou-se mais uma vez para o mar, observando as águas enganosamente plácidas como um espelho.

*O mar, como as mulheres, sempre parece suave e calmo! Ledo engano, apenas quem o conhece sabe como essa calmaria pode se transformar num turbilhão e engolfar a todos e a tudo em poucos segundos.*

A comparação mental o fez lembrar dos últimos acontecimentos em Londres, e a imagem de Poppy lhe veio firme e forte à mente. O que a jovem estaria fazendo em sua antiga casa? Teria ela ou seu pai alguma relação com o que acontecera com ele e com a Companhia Morgan? Uma inquietude angustiante voltou a incomodá-lo, mas rapidamente Drake afastou a sensação. Estava no mar, uma tempestade se aproximava, sua prioridade era outra. A integridade de homens e barco dependiam de suas decisões, e ele precisava concentrar toda sua energia e pensamentos em mantê-los seguros.

Voltando-se, ele deixou os olhos correrem pelo convés e pelo tombadilho; um reflexo para checar se todos estavam a postos.

— Maldição, o que esse garoto pensa que está fazendo?

O impropério saiu com tanta força de seus lábios que chamou a atenção do mestre próximo. O homem virou-se curioso para a direção à qual os olhos de Drake se dirigiam e viu um grumete, talvez um dos que haviam se juntado à tripulação em Londres, no convés superior derrubando sobre a própria cabeça um balde de água.

*O capitão vai dar um corretivo nesse folgado por estar vadiando em vez de estar fazendo seu serviço, principalmente às vésperas de uma tempestade,* pensou o homem, abrindo a boca num sorriso desdentado. *Que tolo, arriscar um castigo apenas por conta de um banho! E o idiota ainda está fazendo isso de camisa e gorro na cabeça!*

Annie afrouxou um pouco a faixa que lhe apertava os seios com cuidado; ainda assim, a pele ferida ardeu o suficiente para fazê-la apertar os dentes e soltar um gemido rouco. Havia algumas gotas de água doce na jarra, sobra da higiene matinal do capitão, e ela pensou em usá-la para lavar o local machucado, mas não se atreveu a correr o risco de ser surpreendida seminua. A vontade de se livrar da maldita faixa era tão grande que, por um breve instante, acreditou que ser descoberta não seria tão ruim se lhe permitisse livrar-se daquelas amarras.

*Que idiotice, no momento em que souberem que sou mulher minha vida valerá menos do que a de um gato vadio. Esses bandidos apenas me aceitaram porque acreditam que sou um garoto. Mais do que isso, um garoto que ajudou o capitão ferido. Todo o respeito que possam ter acabará no momento em que descobrirem que os enganei. Preciso continuar a manter as aparências.*

Entediada, abriu as grandes janelas, aspirou o ar salgado e deixou o olhar vagar. O imenso lençol de água azul que se estendia até o horizonte era, ao mesmo tempo, belo e aterrorizante.

*O oceano... tão majestoso... tão imprevisível... Seria bom lançar-me em suas águas frescas e calmas. Em contrapartida, os segredos que esconde nas profundezas me assustam... Eu sinto o perigo, ainda assim o desejo...*

Sem que notasse, o azul esverdeado da água foi pouco a pouco substituído pelo brilho prateado de um par de olhos frios. Numa analogia inconsciente, o mar lhe evocava a figura do capitão.

*Meu Deus! Estou tendo delírios! Só me faltava essa, ter o capitão assombrando meus pensamentos!*

Irritada, Annie afastou-se das janelas e passou a caminhar de um lado a outro, como se o exercício pudesse afastar os pensamentos inconvenientes. Por outro lado, o desconforto físico aumentava no mesmo ritmo das largas passadas. Embora estivesse agradecida por poder permanecer protegida, o camarote começara a lhe parecer uma prisão. Até agora não ousara desobedecer às ordens de Drake, só saía para encher a botija de água e buscar comida. Nessas ocasiões, percorria o convés rapidamente, sempre com os olhos baixos e o cabelo escondido pelo boné sem dirigir a palavra a ninguém.

A solidão poderia ser suportável, até bem-vinda, se não fosse o incômodo das faixas apertadas sobre os seios machucados e a própria sujeira. Para alguém preocupada com asseio, ser obrigada a permanecer dias, semanas, sem qualquer higiene pessoal era desesperador.

O ápice de seu desconforto acontecera naquela manhã quando, ao fazer o curativo no capitão, percebeu que ele se retraía com sua proximidade. A humilhação fora dolorosa, e nem mesmo podia culpá-lo; seu cheiro estava mesmo insuportável e até ela sentia-se enojada.

Fosse pela mente cansada a girar em pensamentos angustiantes, pela solidão imposta ou mesmo pela irritação que a dor latente lhe causava, o fato era que o mal-estar se tornara insuportável. Num gesto de rebeldia impensado, ela soube o que faria.

*Infelizmente não tenho outra roupa, terei que usar estas até que se transformem em trapos e apodreçam, mas não sou obrigada a feder como um bode preso num curral! E ainda que não possa desperdiçar água doce numa atividade considerada tão dispensável quanto um banho, nada me impede de tomar um banho com água do mar!*

Decidida, saiu do camarote à procura de um balde. Já havia visto um tonel no qual ficava estocada a água salgada para limpeza do convés e dos tombadilhos. Ninguém poderia acusá-la de desperdício, afinal, aquele não era um produto escasso. Se exigissem, ela mesma baixaria o balde pela amurada e reporia a quantidade usada. Por mais que fosse cansativo, o sacrifício valeria a pena. Ao encontrar o que precisava, buscou agir de forma natural, enchendo-o com cuidado e despejando a água salgada sobre o rosto e os ombros na esperança de que seu gesto não chamasse atenção e lhe proporcionasse algum conforto. A aflição era tão grande que o fez sem olhar ao redor e nem notou o capitão se aproximando.

— Sua tola, o que pensa que está fazendo?

O murmúrio saiu rascante, num tom que apenas ela poderia ouvir.

— Tomando um banho, se é que se possa chamar água do mar despejada sobre os ombros de banho! E você não pode me criticar, sabe que estou imunda, tanto que pela manhã recuou quando me aproximei! E nem posso culpá-lo, nem mesmo eu estou aguentando meu cheiro!

Drake franziu o cenho e não respondeu, continuou fitando-a sem esboçar nenhuma reação, como se estivesse analisando o melhor a fazer. Annie não se intimidou, ergueu o queixo e enfrentou aquele olhar. Esperava enxergar apenas repreensão e fúria... todavia, pareceu entrever uma pontada de pena, e foi isso, mais do que tudo, o que realmente a magoou e envergonhou.

Naquele momento, ela teve consciência do estado ao qual sua vida se reduzira: procurada injustamente por homicídio, a bordo de um navio com destino a um lugar horrível e à mercê de homens brutais. A imundície de repente lhe pareceu ser o menor dos problemas. Foi como se um vulcão entrasse em erupção dentro de seu peito. A pressão, a ansiedade, o medo, tudo o que fora a muito custo controlado e represado dentro de si explodiu numa torrente de revolta e lágrimas quentes que insistiam em saltar de seus olhos, ainda que ela se esforçasse para impedir. Soluços subiram pela garganta, e ela mordeu os lábios para impedir que escapassem. Não daria a ele o prazer de vê-la chorar.

— Venha comigo!

A ordem foi firme. Com gestos bruscos, Drake deu-lhe as costas e seguiu em direção ao camarote em passos duros, sem nem mesmo esperar pela resposta. Ela o observou se afastar. O banho não minimizara seu desconforto, ao contrário, as roupas encharcadas e grudentas e o cheiro de mar impregnado em sua pele e cabelos a faziam sentir-se ainda pior. Sua aparência era desoladora, ainda assim, algo em seu íntimo a fez rebelar-se. Não fizera nada para merecer a humilhação e o castigo que certamente a esperavam, não iria obedecê-lo e abrir mão da última coisa que lhe restava – sua dignidade.

Fincou os pés no chão e permaneceu imóvel, os punhos cerrados numa resistência inócua. Nada poderia ficar pior...

Drake deu alguns passos, resmungando em voz baixa.

— Você é teimosa e irresponsável, garota tola! A água salgada aumentará seu desconforto, os marinheiros têm a pele curtida pelo sol e suportam o sal na pele, mas algo me diz que esse não é seu caso. Em poucas horas a coceira será insuportável e...

— Falando sozinho, capitão?

A pergunta do marinheiro com quem cruzou o fez cair em si e olhar ao redor. Só então se deu conta de que a garota estava há algumas jardas de distância, imóvel onde a deixara, numa atitude de desafio.

— Não, Sam, estou falando com o demônio — respondeu num tom tão assustador que desencorajou qualquer comentário por parte do rapaz.

Em passadas largas, ele voltou e parou a poucos centímetros de Annie, encarando-a firmemente por longos segundos, os lábios crispados num claro sinal de descontentamento. Então, sem nenhuma palavra ou aviso, ele a ergueu nos braços e jogou sobre os ombros como um saco vazio, sem se importar com o fato de que ela esperneava e blasfemava tentando soltar-se.

— Mande alguém trazer água doce suficiente para encher a tina! — disse para Ben, que se aproximara com uma expressão de incredulidade.

— Você sabe o que está fazendo? Eles vão notar que é uma mulher — protestou o imediato.

— Isso iria acontecer mais cedo ou mais tarde...

E sem se incomodar com a reação de Annie e dos marinheiros que o observavam, seguiu para o camarote.

# CAPÍTULO X

Annie se debatia, tentando soltar-se e esmurrava as costas de Drake com os punhos fechados, mas ele era forte e aguentou firme, carregando-a como se fosse um saco de batatas. Em sua aflição, ela nem mesmo entendeu o que ele dissera a Ben, mas o simples fato de estar sendo levada de forma tão aviltante à vista de todos a fez imaginar o pior.

— Tire as roupas. Você tem razão, está imunda e cheira mal — ordenou Drake assim que a colocou no chão, dentro do camarote.

— Não! Quer dizer, sim! Eu cheiro mal, mas não vou tirar as roupas... não se aproxime ou juro que...

— Pelos deuses do mar, faça o que estou mandando... agora! A não ser que pretenda ter sua pele assada em sal e sol... Eu lhe garanto, será bem doloroso suportar a coceira e o ardor...

A irritação que já começava a sentir lhe pareceu terrível. Com as unhas ela arranhava a pele dos braços na tentativa vã de aliviar a comichão, ainda assim, orgulhosamente levantou a cabeça e negou-se.

— Não vou ficar nua na sua frente... prefiro a coceira!

— Se você pensa que esse é meu intento é ainda mais tola do que parece. Eu não faço a menor questão de vê-la nua. Não costumo e nem preciso forçar mulheres a se despirem para mim, elas o fazem espontaneamente e com prazer — disse com ironia. — Agora, se quiser, tire as roupas e use a tina atrás do biombo. Porém, se preferir ter a pele tomada de feridas... a escolha é sua!

A hipótese era tão assustadora que Annie não o questionou mais. Percebendo que ela começava a ceder, Drake completou.

— Eu posso arranjar-lhe uma camisa limpa...

A menção ao uso da tina, roupa limpa e o fato de Drake receber à porta dois grandes baldes entregues por um dos marinheiros, fez uma centelha de esperança agitar o coração de Annie e desencadeou um debate mental.

*Se ele quisesse violentar-me já o teria feito. Na verdade, estou com uma aparência tão desprezível que ele não deve estar sequer pensando na possibilidade. Ainda assim, ficar nua diante dele...*

*Não seja tola, tome o banho... Sua pele vai se romper em feridas se não o fizer...*

Os pensamentos se atropelavam, e em instantes a tentação venceu o recato. Erguendo a cabeça na tentativa de demonstrar um mínimo de dignidade, ela seguiu para trás do biombo. A tina era pequena, ainda assim, capaz de acomodar seu corpo esbelto. Annie arrancou as roupas, ficou apenas com os calções de baixo e sentou-se, os joelhos dobrados, os braços cruzados sobre os seios a fim de preservar minimamente a decência. Ela tinha noção de que sua figura, suja e emaciada, nada tinha de atraente, ainda assim, a razão lhe dizia para proteger-se.

— Tome isso — disse Drake, estendendo-lhe uma barra de sabão perfumada sem olhá-la. — Vou despejar um dos baldes de água, ensaboe-se e limpe-se. Quando estiver bem esfregada, eu despejarei o outro para enxaguá-la.

— Por que está fazendo isso agora?

— Fazendo o quê?

— Sendo gentil e me ajudando.

— Estou agindo da mesma forma que agiu comigo há alguns dias. Além disso, mesmo aparentando ser um pirata, ainda sou um cavalheiro. Não poderia deixar uma dama em situação tão desconfortável.

— Não sou uma dama — protestou Annie, ainda que não houvesse qualquer lamento na afirmação.

— Mas é uma mulher... Para mim é o suficiente — concluiu, despejando o balde de água doce e fresca sobre a cabeça de Annie sem olhá-la, afastando-se em seguida para dar-lhe privacidade.

A sensação foi tão agradável que ela não pode impedir que um suspiro lhe saísse dos lábios. Com vigor, esfregou o sabão em toda a pele e cabelos, desembaraçando-os com os dedos e fazendo a espuma percorrer toda a sua extensão. Murmúrios de satisfação escapuliam de sua garganta, e Annie esqueceu-se de todas as agruras. Aos poucos, sentiu que toda a sujeira e fedor a estavam abandonando. Relaxada recostou-se e fechou os olhos. A água fria deixava sua pele arrepiada, ainda assim, deixou-se ficar, esquecendo-se da própria nudez e apenas desfrutando da sensação de prazer, os lábios entreabertos deixando entrever os dentes brancos e uniformes.

Foi assim que Drake a encontrou momentos depois, em silêncio, imóvel e com uma expressão de quase êxtase. As pernas dobradas com os joelhos quase encostados no queixo e os cabelos longos e molhados lhe ocultavam o corpo. Ainda assim, ela exalava uma sensualidade inesperada. Atordoado pela sensação imprevista, ele despejou a água e virou-lhe as costas, deixando o camarote. A tempestade se aproximava; aquela não era uma boa hora para se deixar dominar pelo desejo...

Como uma bola de sangue, o sol mergulhava rapidamente no mar e os últimos raios escapavam por entre as brechas das nuvens que boiavam sobre o oceano, repentinamente revolto. A temperatura caía na mesma proporção em que a luz diminuía, e o calor parecia afastar-se levado pelo vento que subitamente soprava forte.

Annie olhou para os próprios dedos e os viu enrugados e arroxeados. Um arrepio a percorreu. Com um suspiro, ergueu o corpo. Havia uma toalha de linho branco ao alcance de sua mão, e ela não hesitou em enrolar-se.

Suas roupas, se é que se os trapos malcheirosos podiam ser chamados assim, estavam num dos cantos. Só de olhar para eles, sentiu o estômago contrair-se.

*Vou arranjar-lhe uma camisa limpa...*

— Bom, capitão, o senhor me prometeu uma camisa, suponho que eu mesma terei que procurar por ela.

O enorme baú de madeira ocupava um bom espaço no canto direito do camarote. Enrolada na toalha e um pouco desequilibrada pelo balanço forte do navio, Annie remexeu seu conteúdo até achar o que lhe interessava. A camisa de seda branca tinha mangas largas presas nos punhos e nenhum enfeite.

*Capitão Drake não parecia ser um homem afeito a rendas e laços. Suas vestes, embora confeccionadas em rico tecidos, eram simples. Com mais uma remexida, encontrou um colete de couro, fechado por cordões na frente.*

*— Bem, isso terá que servir — resmungou.*

A camisa ficou enorme nos ombros, sem falar que atingia a metade das coxas, mas estava limpa, e isso era o que mais importava no momento. Infelizmente as calças do capitão não serviriam em hipótese alguma, mas Annie julgou que o colete, se apertasse bem os cordões, seria um substituto adequado para a faixa imunda que vinha usando para comprimir os seios.

— Hum... pelo menos estão limpas, e eu ainda me livrei da tortura causada por aquelas faixas — resmungou, observando que, se o colete não escondia totalmente, pelo menos disfarçava as curvas dos seios.

Tentava desembaraçar os cachos úmidos com os dedos quando o barulho da porta abrindo a fez voltar-se.

— Tim, que boa surpresa! Venha me contar tudo o que está acontecendo.

— Annie...

— Por favor — interrompeu ela. — Melhor chamar-me de Auggie.

— Você está diferente — exclamou o garoto, notando as roupas e o cabelo solto. — Ele a machucou? Eu vi que a carregou nos ombros, mas o imediato não me deixou segui-los até aqui. Só agora eu consegui vir, aproveitei que estão todos alvoroçados e correndo de um lado para outro, alguns se amarrando...

— Não, ele não me machucou, ao contrário, me deixou tomar um banho e... não importa — disse ela, fazendo um gesto com a mão como se afastasse de si a questão. — O que você quer dizer com *alguns se amarrando?*

— Parece que vai cair uma tempestade, o céu está ficando negro daquele lado — disse Tim apontando para as costas de Annie. — O capitão mandou alguns homens descerem para o porão. Os que vão ficar no convés cuidando das velas amarraram a ponta de uma corda à cintura e a outra ao mastro, acho que para evitar serem jogados ao mar. Benjamin disse para eu vir verificar se as janelas estão bem trancadas e depois ir juntar-me aos outros.

Os olhos do garoto, imensamente abertos, demonstravam excitação. Tudo era novidade, e ele nem mesmo se dava conta do perigo real.

— Uma tempestade?

Só então Annie se deu conta de que a escuridão que avançava não decorria apenas do anoitecer. Pelas janelas do camarote ela percebeu que nuvens carregadas se acumulavam e tornavam o céu ainda mais denso e escuro. A linha do horizonte, antes firme, agora oscilava com o balanço do navio. Seu estômago começou a ficar embrulhado.

— Faça o que o imediato ordenou, Tim, e depois vá para o porão.

— Aonde você vai? É melhor ficar aqui dentro — protestou o garoto.

— Eu volto logo, não se preocupe — disse, um segundo antes de se lançar pela porta em direção ao tombadilho. Ela precisava ver com seus próprios olhos o que a natureza lhes reservava, além disso, era sua chance de sair daquela prisão sem que os homens notassem sua presença, ocupados que estavam com a tempestade que se avizinhava.

O espetáculo era magnífico, mas assustador. O ar estava pesado, a brisa suave fora substituída por ventos fortíssimos, o mar encapelado não guardava nenhuma semelhança com o espelho luzidio que vinha sendo singrado nos últimos dias. Como se tivesse sido evocado, um enorme raio cortou os céus trazendo um brilho prateado e fantasmagórico. O ribombar do trovão que se seguiu a fez pular assustada.

Marinheiros corriam de lá para cá, numa rotina conhecida, e ainda assim, frenética. Verificavam as velas, o cordame, obedeciam às ordens repassadas aos gritos pelo imediato.

— *Aliviem a bujarrona, soltem os cabos...*

— *Nada deve ficar solto, cuidado com os botes...*

— Desçam a vela média...

— Verifiquem o lastro...

— Preparem baldes, os porões não podem inundar...

Annie ergueu os olhos. No alto do castelo da popa, com os braços cruzados e as pernas afastadas para manter o equilíbrio, Drake se assemelhava a uma rocha: firme e estável em meio à tempestade, comandando o navio como um rei. Um rei pirata!

Como se ela o houvesse chamado, ele virou-se, e seus olhos se encontraram no último fiapo de luz do dia. Drake gritou, mas o rugido das ondas batendo com força no casco não permitiu que ela entendesse as palavras, e instintivamente deu um passo na direção dele.

Nesse instante, o chão escapuliu de sob seus pés e o céu desabou sobre sua cabeça. Ela se viu escorregando pelo convés enquanto uma onda gigante arrastava tudo e todos. Céu e mar tornaram-se únicos, a água entrou pela sua garganta e nariz, sufocando-a.

— Sua tola, o que faz aqui fora?

Dessa vez o grito de Drake foi audível. Ele a segurava, tentando ajudá-la a ficar em pé no tombadilho escorregadio. Ao contrário de alguns, não estava preso por uma corda e, mesmo com as oscilações do navio, conseguia manter-se equilibrado.

— Eu quis ver — disse Annie, afastando os fios de cabelo molhado do rosto. — Não imaginei... o oceano... o céu... não dá para ver onde termina um e começa outro — disse ela, assustada e ao mesmo tempo maravilhada diante da fúria da natureza.

— Volte para o camarote, é perigoso ficar aqui. A tempestade está só começando, vai ficar muito pior — respondeu Drake com a voz séria. — E eu tenho muito com que me preocupar sem ter que ficar cuidando de uma garota inconsequente.

— Não sou inconsequente, tampouco quero atrapalhar e...

Uma nova onda levou o navio até sua crista numa subida infernal para lançá-lo no abismo das águas em seguida.

— Meu Deus, nós vamos afundar!

— Não se depender de mim, agora volte ao camarote. Vamos, obedeça!

Mal Drake acabou de falar, um raio cortou os céus seguido por um rugido ensurdecedor; uma rajada especialmente forte de vento atingiu as velas... Uma das velas se soltou, panos e cordas se agitaram e caíram sobre o tombadilho, arrastando consigo alguns homens, seus berros se confundindo com o grito assustado de Annie.

A tempestade desabou com força. O navio adernou, imensas ondas jogando-o de lado a lado, a escuridão tornando tudo mais apavorante. Annie agarrou-se ao mastro menor. Escorregara e agora não tinha forças nem coragem para levantar-se. A porta do camarote, a poucos metros, lhe parecia um local inatingível. Com a respiração alterada e o coração galopando no peito, ela acompanhou os vultos dos marinheiros lutando contra o vento e a fúria das ondas para recuperar a vela caída.

Havia um emaranhado de homens e, entre eles, a voz de Drake se destacava:

— Força! Puxem o cabo! Não deixem o mastro vergar!

A força do vento aumentava. Parecia que todos os demônios haviam sido libertados e transformavam o oceano em um caldeirão em ebulição. O navio escalou uma montanha de água, por segundos pairou em seu topo, então a descida vertiginosa se iniciou. Tudo aconteceu muito rápido, a inclinação fez um dos botes de apoio se soltar e deslizar pelo convés com velocidade, atingindo um marinheiro com força. Seu grito de dor ecoou quando o pesado objeto o arrastou e o prensou contra a amurada. Annie estava próxima a ele, agarrada a um dos mastros e ouvia seu desespero.

Com a claridade propiciada pelos raios que cortavam o céu, ela, aos poucos, conseguiu discernir o que estava à sua frente. O rapaz, preso pela perna, não conseguia se segurar a nada e estava sendo jogado de lá para cá como se fosse um boneco de pano, a cabeça se chocando contra a amurada a cada movimento brusco causado pelo balanço do mar. Os pedidos de socorro repentinamente silenciaram; ele possivelmente desmaiara.

— Ajudem-no! Capitão! Por favor... socorro!

Clamando por socorro, Annie viu sua súplica se perder na balbúrdia de sons e vozes que ecoavam. Procurou Drake com os olhos, mas era impossível vê-lo. Os homens continuavam trabalhando alucinadamente para desembaraçar a vela, o cordame e evitar que o mastro se partisse. Em certo momento, estavam prestes a conseguir, mas infelizmente uma nova avalanche de água fez todo o esforço se perder.

Em um instante ela tomou a decisão. O marinheiro morreria se ficasse ali. Ou teria a cabeça arrebentada, ou acabaria se afogando, engolfado por um vagalhão. Ela não ficaria inerte, choramingando. Não iria simplesmente assistir à tragédia. Arrastando-se, chegou até ele, e com cuidado foi tateando até perceber que apenas uma das pernas estava presa sob o bote, torcida num ângulo estranho.

— Annie!

A voz de Tim a sobressaltou.

— O que você faz aqui? Vá para o porão!

— Vim ajudá-la, segure-se nesta corda. Vamos nos arrastar de volta ao camarote.

Annie sentiu-se tentada a buscar proteção, mas, não. A visão do marinheiro ferido, jogado de lado a lado, a impediu.

— Não posso, vá você. Tenho que soltá-lo, se não o fizer, ele vai morrer.

Naquele momento, Tim percebeu o homem preso e entendeu a intenção da amiga.

— Está bem, eu ajudo.

Rastejando, já que era impossível manter o equilíbrio em pé, ambos se aproximaram. Havia um remo preso ao bote, e, com rapidez, Tim o desprendeu. O navio iniciava lentamente o movimento em direção à crista de uma nova e imensa coluna de água. Era assustador, mas Annie entendeu que poderiam usá-la a seu favor se fossem rápidos. Sinalizando para Tim, ela segurou o rapaz desacordado por baixo dos ombros e o puxou, enquanto o garoto fazia uma alavanca com o remo, liberando espaço suficiente para soltar a perna.

Imediatamente, ambos se arrastaram pelo tombadilho aproveitando a inclinação favorável, levando consigo o rapaz desacordado. A corda lhes dava suporte. Em um primeiro momento, Annie pensou em seguir até o camarote, mas o movimento oscilante do navio estava dificultando tudo. Ela se desesperou, a tempestade aumentava, fazendo-a temer que acabassem todos se afogando. Para seu alívio, Benjamim surgiu à frente deles e, sem esperar que pedissem, amparou o marinheiro ferido enquanto Tim dava a mão para Annie.

— Para o porão — disse ele aos gritos e seguindo à frente.

Sem mesmo perceber como conseguira, Annie se viu descendo as escadas escuras até as entranhas do navio. Com a ajuda de Tim, Ben colocou o garoto sobre uma mesa de madeira tosca. Só então Annie pôde observar as feições do ferido.

— Meu Deus, ele não deve ser muito mais velho do que você, Tim!

— É o Billy, ele é grumete como eu — comentou Tim um pouco surpreso.

— Cuidem dele! — disse Benjamin de forma brusca, mas, ainda assim, Annie pareceu notar certo tom de respeito em sua voz. — Façam o que puderem, que mais tarde alguém virá. Neste momento preciso de todos os homens.

Annie assentiu com a cabeça. Não havia muito o que pudesse fazer, mas não deixaria o rapaz ferido sozinho. Um gemido interrompeu seus pensamentos. Billy se debatia debilmente, parecia estar recobrando a consciência.

— Tim, veja se há algum cantil de água por aí, vamos tentar limpar o ferimento e estancar o sangue da cabeça — disse ela, notando o corte feio por entre os cabelos empapados.

— Os homens trouxeram barris de água para o porão, vou ver onde estão — respondeu o garoto.

Olhando ao redor, Annie viu que não havia nada ali que pudesse usar. Decidida, rasgou uma faixa da barra da camisa.

— Você está ficando experiente em rasgar roupas para transformar em bandagens. — Brincou Tim, estendendo-lhe uma caneca com água doce.

Um sorriso amargo subiu-lhe aos lábios. Aquele não era o tipo de experiência que Annie desejaria ter.

— Há unguento e panos limpos no camarote, mas nenhum de nós conseguiria chegar até lá sem correr riscos. Precisei improvisar — disse ela, tentando fazer com que Billy engolisse algumas gotas de água. — Veja, a perna está torcida, mas pelo menos o osso não perfurou a pele. Talvez não tenha quebrado.

— Tomara que não, seria uma pena se Billy ficasse aleijado, ele é um sujeito bom — respondeu Tim.

A tempestade parecia cada vez mais feroz. Desalentada, Annie temia que o navio não conseguisse resistir à sua fúria, então, só lhe restava confiar na experiência do capitão e rezar. Enquanto isso, tentaria minimizar o sofrimento do rapaz.

Annie se remexeu, o corpo dolorido, exausta. Cochilara por alguns minutos, debruçada sobre a mesa, a cabeça apoiada por cima dos braços. O gemido baixo a despertou rapidamente:

— Calma, estou aqui...

Com delicadeza, ela molhou e torceu o pano para refrescar a testa do marinheiro. Ele falava frases desconexas e parecia ter febre. Aflita, notou que a perna estava bastante inchada. Levantando-se com dificuldade, levou a caneca de água mais uma vez aos lábios do jovem e conseguiu fazê-lo engolir algumas gotas; outras tantas foram derrubadas pelo balançar contínuo. A tempestade não cessara, a fúria dos deuses do Olimpo prosseguia implacável, traduzida em raios, trovões e ondas gigantescas. Ela já não sabia há quantas horas estavam assim.

Tim dormia a alguns passos. O pobre menino acabara por sucumbir ao movimento desordenado das ondas e esvaziara o estômago em um balde até que nenhum alimento, sólido ou líquido, restasse. Pálido e fraco, jogara-se em uma das várias redes penduradas nas vigas do porão e cedera a um sono irregular e agitado.

Um movimento brusco afastou seu torpor. Era Billy que, agitado, tentava erguer-se com os olhos arregalados de medo...

— Acalme-se, você deve ficar deitado! — Em vão, Annie tentava contê-lo, apoiando as mãos em seu peito para impedi-lo de levantar-se.

— Fique deitado, Billy, está tudo bem — a voz masculina se sobrepôs à dela. — Não deve levantar-se, vamos cuidar de você! Deixe Jim examinar sua perna, ele saberá o que fazer.

As palavras ditas em um tom firme surtiram efeito, e o rapaz voltou a deitar-se. Surpresa, Annie viu que Drake e Jim Arranca-Dentes estavam a seu lado, ela não os tinha visto se aproximar. Sem sequer olhá-la, o cozinheiro começou a apalpar a perna do jovem com dedos experientes, ignorando seus gemidos.

— O osso não se partiu, mas a perna está torcida, capitão. Tenho que colocá-la no lugar antes de enfaixar. Vai doer, alguém terá que segurá-lo.

— Eu farei isso, Auggie ajudará — respondeu Drake, consultando-a com os olhos.

Annie aquiesceu. Enquanto Drake segurava o tronco e a perna sã, ela amparou a cabeça de Billy. Jim derramou uma boa quantidade de rum pela garganta do jovem, quase até engasgá-lo. Em seguida, com uma segurança que ela não imaginava possível, colocou a perna luxada na posição correta. Foi rápido, ainda assim, o jovem urrou de dor e desmaiou.

— Pronto, agora temos que esperar. Alguém precisa ficar ao lado dele. O garoto vai ter sede, vai tentar se levantar e não deve fazer isso. Precisa ficar quieto.

— Não se preocupem, não irei a lugar algum. Eu cuido dele — disse Annie.

O barulho ensurdecedor de um trovão lembrou-os de que a tempestade continuava.

— Tenho que voltar ao convés, a situação ainda é crítica. Assim que for possível, alguém virá render você — informou Drake.

— Não se preocupe, já disse, eu estou bem — mentiu para ele e para si mesma.

Drake apenas assentiu com a cabeça e se afastou com rapidez sem esconder a própria apreensão.

*A situação é crítica, vamos afundar! Não conseguiremos escapar, morreremos todos!* Annie sentiu o gosto do medo. Pensamentos angustiantes se sucediam na mesma velocidade com que as ondas gigantescas açoitavam o casco do navio. A possibilidade de perecer no mar era assustadora! Porém, em algum momento, a imagem de Drake como um deus na ponte de comando surgiu em sua mente. *Não, Drake não permitirá que tudo acabe assim! Ele nos tirará desta situação!* Ela nunca entendeu de onde veio a certeza que a tranquilizou, apenas soube que seria assim, que ele os salvaria e, enfim, o ar escapou de seus pulmões e sua respiração se normalizou.

# CAPÍTULO XI

Ela estava pálida, a respiração quase imperceptível, quando esticou a mão para tocar-lhe o rosto. Um movimento das pálpebras lhe mostrou que a imobilidade era, provavelmente, resultado da exaustão. Com cuidado, ele a levantou nos braços, o corpo delgado tão leve quanto uma pluma. Annie se aconchegou, e um suspiro satisfeito escapou por entre os lábios. Parecia estar sonhando.

Drake a levou nos braços até o camarote, colocou-a em sua cama e delicadamente tirou as botinas. Por um segundo, hesitou. As roupas estavam úmidas, e ele pensou em tirá-las também, mas o bom senso o fez decidir deixá-la vestida. Se acordasse nua, a jovem poderia pensar que ele tirara proveito de sua vulnerabilidade, e ela já tinha muitas novidades com que lidar para ser assombrada também por esta possibilidade.

— Hummm... — ela resmungou. — Tim?

— Durma um pouco, está tudo bem — sussurrou Drake, torcendo para que Annie não despertasse, afinal, precisava refazer as forças. Ela merecia esse cuidado.

Um raio de sol entrou pelas vidraças e brincou no rosto dela como se fizesse cócegas. Annie esfregou a ponta do nariz e se acomodou melhor. Olhando-a tão de perto era impossível não notar a beleza que a camada de sujeira havia escondido. Os cabelos espalhados pelo travesseiro emolduravam um rosto de traços graciosos, a boca rosada parecia feita para ser beijada, a pele macia tinha pequenas sardas como se fosse o interior nacarado de uma concha salpicada por pequenos grãos de areia. As sobrancelhas, um pouco mais escuras, formavam um arco perfeito, e ele sabia que emolduravam olhos cor de avelã cujo brilho lhe lembrava ouro puro. Uma pequena sereia, capaz de seduzir o mais duro dos homens com seus encantos. Uma mulher linda e corajosa que havia salvado a vida de um de seus homens, e ele nem mesmo sabia qual era seu verdadeiro nome.

Annie deu um grande suspiro, ainda de olhos fechados, e esticou os braços acima da cabeça espreguiçando-se. Entreabriu as pálpebras lentamente, deixando que o dia se revelasse e a retirasse do reino dos sonhos.

— Bom dia, senhorita Auggie!

A voz grave e rouca a surpreendeu. Sentando-se rapidamente, Annie puxou os lençóis sobre o peito num gesto instintivo de defesa.

— Capitão... o que faz aqui?

Drake estava sentado numa das cadeiras de espaldar alto, as pernas cruzadas nos tornozelos, os pés apoiados sobre a mesa, olhando-a fixamente. Annie notou os círculos escuros em torno dos olhos, a barba por fazer e os cabelos desgrenhados. Era evidente seu cansaço.

— Ora, este é o meu camarote e, embora a esteja ocupando, diria que esta é a minha cama — respondeu, apontando o dedo.

— Sim... claro... não sei como vim parar aqui — respondeu Annie, levantando-se e colocando-se o mais distante possível dele.

— Eu a coloquei — respondeu ele, o canto direito da boca levemente erguido num arremedo de sorriso.

— E por que fez isso? Eu venho dormindo muito bem na enxerga... Billy! Como ele está? — perguntou ela, dando um salto ao lembrar-se do que acontecera horas antes. — Como estão todos? A tempestade passou! Não morremos, ainda estamos navegando!

A exclamação inusitada colocou um sorriso maior e mais irônico no rosto de Drake.

— Não, Auggie, não morremos. E Billy está bem, eu diria que graças a você. Possivelmente vai demorar alguns dias para voltar a andar, talvez fique manco, mas está vivo. Ele, sim, poderia ter morrido se não o tivesse tirado de lá. Quanto aos outros e ao navio... Eu lhe disse que cuidaria de tudo, foi apenas mais uma tempestade.

Drake falava com naturalidade, mas Annie tinha a impressão de que estavam em segurança em decorrência de sua habilidade como capitão e não do fato de tempestades serem acontecimentos corriqueiros.

— E agora, Auggie... preciso saber qual é o seu nome. O verdadeiro. Não há mais como esconder que você é mulher, tampouco razão para continuar chamando-a dessa forma.

Annie sentiu um aperto na boca do estômago. Se isso acontecesse, ela ficaria exposta, à mercê daqueles homens, correndo o risco de ser maltratada, violada...

— Eu não sei por que isso. Auggie é meu nome...

— Seu nome verdadeiro! E isso não é um pedido!

Ele não alterara o tom da voz, mas o brilho em seus olhos cinzentos lhe dizia que era melhor responder com a verdade.

— Annie! Meu nome é Annie MacGiver, capitão.

— Pois bem, Annie MacGiver, a partir de agora você ficará sob minha proteção e... ao meu dispor.

— O que você quer dizer com *ficar ao seu dispor*?

— Exatamente isso, a partir de hoje você vai ficar a minha disposição, vai dormir em minha cama e me servir quando eu precisar. Em um navio todos têm tarefas a desempenhar, e esta será a sua função.

— Eu não vou fazer isso! Dormir em sua cama? Você disse que não precisava forçar uma mulher! — protestou Annie, indignada.

— E não preciso, mas você se revelou e, ainda por cima, em meio a uma tempestade. Marinheiros são normalmente supersticiosos, antigos piratas ainda mais. Uma mulher a bordo não é bem vista. Se você não tiver um dono... será de todos!

— Dono? Você não é meu dono! Eu sou uma mulher livre, não pertenço a ninguém! Não pode me obrigar a nada, muito menos a partilhar sua cama! Não farei isso de boa vontade...

Drake levantou-se lentamente, os olhos fixos nela como um predador prestes a dar o bote. Instintivamente, ela se retraiu quando ele parou a centímetros e tocou-lhe o queixo com a ponta do dedo, forçando-a a encará-lo.

— Livre? Não, nenhuma mulher é livre... Como poderia?! Acostume-se, quer queira quer não... agora você é minha! E eu vou tomar posse do que me pertence!

O barulho da porta se abrindo fez eco ao gemido de protesto que escapou dos lábios de Annie quando ele a enlaçou, a mão direita em sua cintura puxando-a para si, a esquerda envolvendo seu seio com rudeza, a boca pairando a milímetros da sua.

— Desculpe-me, capitão, mas o senhor pediu para que eu avisasse quando o Billy recobrasse a consciência — disse Jim Arranca-Dentes, com um sorriso malicioso a dançar no rosto.

— Estou indo — respondeu Drake sem soltá-la.

O marinheiro saiu e fechou a porta atrás de si tão rapidamente que não chegou a ouvir o estalo da bofetada. Drake foi pego de surpresa. No instante em que afrouxou o abraço, parada à sua frente, Annie o confrontava.

— Como ousa me tocar assim?

Com os olhos soltando chispas, ela pareceu crescer diante dele. A indignação vencera o medo, e a bofetada deixara uma marca avermelhada na face de Drake. Ela deu um passo para trás, tentando afastar-se, mas ele segurou-lhe o pulso e não permitiu. Por um infinito segundo ficou imóvel, os maxilares cerrados com força, os olhos cintilando como um raio em meio à tempestade. Havia um magnetismo tão forte nele que, daquela vez, quando a puxou para si, ela não teve forças e nem vontade de recuar.

— Eu sabia que Jim estaria ouvindo e a toquei para mandar um recado aos homens lá fora, mostrar que você é minha e que somente eu posso fazê-lo. Isso a protegerá, nenhum deles ousará atacar a mulher do capitão, porque o castigo para isso é o açoite. Mas agora... Agora o farei por minha vontade... Será o seu castigo por ter me esbofeteado...

O beijo foi duro, exigente, quase cruel. A língua forçando-se entre os lábios dela, obrigando-os a se abrirem e permitirem a invasão. A boca de Annie era morna, suave como veludo, e ele a penetrou com fúria, absorvendo cada nuance. Os braços a envolveram com mais vigor; ele desceu uma das mãos por suas costas até a curva dos quadris e puxou-a ainda mais contra si, deixando-a perceber toda sua excitação sem qualquer pudor.

Annie, a princípio, tentou empurrá-lo, mas a sensação que percorreu seu corpo era atordoante, como fogo líquido correndo por suas veias, o corpo reagindo e correspondendo independente de sua vontade. E quando ele se afastou, foi como se a tempestade houvesse retornado e ofuscado o sol, trazendo uma onda gélida para dentro dela.

— Esta é a única proteção que posso lhe oferecer.

E com essas palavras, Drake a deixou só.

# CAPÍTULO XII

Ela não conseguira conciliar o sono; o coração inquieto insistia em fazer perguntas que a mente não sabia responder. Não conseguia aquietá-lo, pois a sensação dos lábios de Drake contra os seus persistia e fazia a mente vagar em redemoinhos confusos. *O que ele quis dizer? Talvez sua intenção tenha sido mesmo me proteger... mas ele não tem direitos sobre mim... E por que meu corpo cedeu com tanta facilidade? O que vai acontecer daqui para frente?*

Se ficasse mais tempo trancada naquele camarote, sufocaria. O convés subitamente lhe pareceu o paraíso. O ar fresco e salgado foi um bálsamo, ela aspirou com força, deixando que inundasse seus pulmões e limpasse sua mente. Inebriada, Annie levantou os olhos e contemplou o manto de veludo negro sobre sua cabeça; milhões de pequenos cristais refulgiam e iluminavam a noite. O sussurro das ondas soava como música a embalar o suave balançar da embarcação. Tudo agora estava quieto, não se via a movimentação agitada ou os gritos agudos dos marinheiros repassando ordens. Alguns dormiam, levados pelo cansaço da batalha travada contra a tempestade, outros conversavam em voz baixa ou jogavam dados ao redor de lampiões de óleo de baleia, embalados por generosas doses de rum. Apenas um vigia no alto da torre e um piloto no timão mantinham-se alertas, pois um mar sereno e uma rota segura não demandavam muito trabalho. Satisfeita, Annie enxergou Tim sentado ao pé de Jim Arranca-Dentes e, ao seu lado, o jovem Billy, que parecia estar melhor dos ferimentos. Ambos ouviam embevecidos algo que o marinheiro mais velho parecia contar em detalhes. Nada fazia lembrar o terror vivido, era como se navegassem por dois universos diferentes!

Maravilhada, ela sentiu a brisa agitar seus cabelos, e a sensação foi de paz. Jamais imaginara que gostaria tanto do mar. Não se lembrava do navio que a levara da Irlanda para a Inglaterra, era muito pequena. No entanto, em seu íntimo, sabia que não fora uma viagem feliz. A morte da mãe era muito recente, o pai era um homem bom, mas rude e sem a sensibilidade necessária para lidar com uma garotinha. Ele fizera o possível, não podia culpá-lo. Ainda assim, fora uma época difícil. Não conseguiu evitar o suspiro profundo que as lembranças da infância sofrida lhe trouxeram aos lábios. Um segundo suspiro lhe rompeu o peito ao pensar o quê o futuro lhe reservava.

— Suspirando por um amor, talvez um amante?

A voz grave e baixa, a centímetros de distância, fez os pelos de sua nuca se eriçarem. Ela sentiu as costas se enrijecerem e involuntariamente afastou-se um passo.

— Não, capitão, nada tão frívolo. Meu suspiro reflete meus anseios por liberdade, vida e pelo preço que talvez tenha que pagar por isso.

— Tudo nesta vida tem um preço, Annie, apenas temos que avaliar se nossos desejos valem o que está sendo cobrado.

— Tudo? Honra... virtude... reputação... também têm um preço? Neste caso, quanto custaria sua honra capitão? Ou a minha virtude? Vim a bordo não por vontade própria, mas atendendo a um pedido de auxílio, ainda assim, meu gesto não valeu muito diante de seus desejos, não é mesmo? Serei sacrificada a seu bel prazer...

— Não se atreva!

Drake não chegou a tocá-la, mas as íris, como lascas de gelo, transmitiram sua ira com muito mais força do que se ele a tivesse esbofeteado.

— Não se atreva a questionar minha honra — repetiu. — Jamais imaginei estar pedindo ajuda a uma garota, mas, quando descobri, fiz o necessário para mantê-la a salvo. Entenda de uma vez por todas, eu juro que esta será a última vez que vou explicar. Você não está em Londres, está em meio ao oceano, entre homens rudes e ambiciosos, acostumados a todo tipo de crueldade. Muitos serviram na Marinha Real, foram chicoteados por infrações mínimas, feridos em batalhas, dispensados sem soldo ou desertaram, abandonados à própria sorte. Outros foram piratas, acostumados a pilhar, roubar e matar pelo butim, o que inclui estuprar mulheres. Eu sou o capitão do navio; em troca de um pagamento generoso eles me obedecem sem muitas perguntas. Em contrapartida, eu controlo a tripulação e a mantenho em relativa paz. Mas esse é um equilíbrio tênue, que pode se romper a qualquer momento. Uma mulher a bordo tem o efeito de uma faísca sobre um barril de pólvora. Pode fazer tudo ir pelos ares em instantes, principalmente se eu demonstrar fraqueza.

— Isso é um absurdo! Respeito não é sinal de fraqueza! O fato de eu ser mulher não dá a eles o direito de me tratarem como um animal — insistiu Annie em um tom de revolta.

— Para alguns, uma mulher é pouco mais do que isso. Eles brigarão por você, e eu terei que puni-los com violência, pelos estupros e pelas desavenças, estimulando cada vez mais ódio e rancor. No entanto, ninguém ousará afrontar uma mulher que me pertença, porque o primeiro que o fizer receberá 50 chibatadas, pena suficiente para rasgar suas costas, incapacitá-lo até o fim da viagem e desencorajar os demais. Como eu disse, tudo tem um preço, não me arriscarei a um motim em alto mar, por isso, sua reputação, minha cara, será o preço a pagar pela sua vida e pela manutenção da ordem nesta viagem.

— Eu entendo suas razões. Mesmo em Londres, mulheres como eu não contam com muita ajuda ou segurança, mas não há necessidade de me agarrar publicamente...

— Há, sim — interrompeu Drake, entendendo onde Annie queria chegar. —Temos que ser convincentes. Esses homens não são tolos, e, como eu disse, não posso demonstrar nenhuma fraqueza. Eles saberão... Ah, sim, eles saberão se eu não exercer meu direito.

— Seu direito? Qual direito?

— Esse!

Ela não entendeu o movimento seguinte, e, quando deu por si, estava envolvida pelos braços fortes, sendo puxada ao encontro de um peito largo, de músculos rígidos, os lábios sugados com avidez. Havia uma luxúria escancarada na forma como Drake exercia a posse sobre seu corpo, segurando-a pela nuca e forçando seus quadris contra si.

Um assobio percorreu a noite, uma gaita começou a tocar uma balada. Quando ele a levantou nos braços e a carregou para o camarote como um troféu, os homens cantavam a plenos pulmões, acompanhando o ritmo com os pés.

Nem Drake e nem Annie notaram o olhar curioso de Benjamin sobre eles.

★

Com um chute, ele fechou a porta do camarote e seguiu para a cama. A garota enfim parecia ter entendido a realidade e se acalmara. Parara de se debater e de socá-lo, agora apoiava a cabeça lânguida no vão de seu pescoço, os olhos semicerrados, os lábios entreabertos. Drake sentiu seu corpo se avolumar. Jamais pensara em obrigá-la a ceder, a demonstração no convés apenas visava a garantir sua posse diante de todos, mostrar a eles que ela lhe pertencia, no entanto... ela parecia ter mudado de ideia e querer o mesmo que ele. O corpo em seus braços estava trêmulo, a pele corada, os olhos cor de avelã refletindo a luz dourada das velas... Ele colocou-a delicadamente em pé e procurou seus olhos numa interrogação muda. Ela ajeitou o corpo como se fosse aconchegar-se a ele e ergueu a cabeça para ser beijada...

Antes que os lábios se tocassem, a ponta do punhal o cutucou bem próximo ao local onde já fora ferido, a voz calma em seu ouvido não deixava dúvidas sobre as intenções da jovem em seus braços.

— Eu sei como usar isso... Você está certo, capitão, minha virtude tem um preço e sou eu quem decide quanto cobrar por ela.

Drake soltou-a lentamente e afastou-se alguns passos, com um sorriso zombeteiro lhe erguendo o canto direito da boca. Annie segurava um pequeno punhal, uma peça de ouro de Toledo que costumava enfeitar sua mesa, mais decorativa do que fatal. Poderia desarmá-la facilmente, mas a determinação que leu em seus olhos o fez respeitar sua coragem. Ainda assim, teria que agir, a garota não podia ameaçá-lo impunemente. Antes que conseguisse esboçar um gesto de ataque, ele segurou-lhe o pulso sem machucá-la, enquanto com a outra mão puxava-a novamente para perto.

— Não se preocupe, já lhe disse que jamais forço uma mulher, apenas não mencionei que nunca me privo de seduzi-las — concluiu suavemente, olhando-a nos olhos enquanto seus lábios aproximavam-se perigosamente.

Ele se assemelhava a um falcão à espreita da presa. Annie pensou em reagir, mas seu corpo traidor não correspondeu à sua mente, e um frenesi a percorreu. Quase hipnotizada, ela aguardou seu toque. Ao contrário do que esperava, daquela vez, Drake foi lento, quase torturante. Com a ponta da língua, contornou os lábios fechados, mordiscou-os com suavidade, contudo, não forçou a entrada. Uma das mãos puxou os quadris de Annie para si, de forma que ela sentisse toda a força de sua virilidade enquanto a outra segurava sua nuca. Com um suspiro ela cedeu e então... empurrou-a gentilmente para longe de si.

— Na verdade, garotas inocentes não são interessantes, demandam muito tempo e eu ainda tenho trabalho a fazer antes de chegarmos a Nassau — disse com ironia. — Além disso, acho que já fomos convincentes há pouco no convés. Mas se o punhal a faz sentir-se mais segura, pode mantê-lo, é um presente. Agora deite-se em minha cama e durma. Não pretendo atacá-la durante a noite. Não se preocupe, vamos apenas garantir que se algum homem entrar nesse camarote a encontre em seu lugar.

— Em meu lugar? — perguntou Annie num fio de voz, pasma e chocada pela rejeição.

— Claro, em minha cama... O seu lugar. Mas não se anime, não vou tocá-la novamente, a não ser que você também o queira.

E com essas palavras Drake deu-lhe as costas, serviu-se de uma generosa dose de brandy de sua reserva pessoal e passou a cuidar do diário de bordo como se ela simplesmente tivesse deixado de existir.

Parado ao pé do leito, ele a examinava com olhos críticos e curiosos. Depois de se revirar por algum tempo, Annie enfim adormecera. Ela parecia uma miniatura de porcelana, o corpo delgado perdido dentro das roupas masculinas e disformes. Ainda assim, havia nela uma feminilidade sedutora, uma doçura rara, jamais encontrada nas mulheres com quem Drake vinha se relacionando nos últimos anos. As mãos, embora marcadas pelo trabalho, eram delicadas, e as unhas, limpas. Os cabelos dourados, agora soltos sobre o travesseiro, eram brilhantes e macios; a pele clara como a de uma criança mostrava que ela não ficava exposta aos rigores do clima. Tinha um lindo sorriso e falava com educação, não se ouvia em sua voz o sotaque Cockney, característico da classe operária. E defendia sua virtude de uma forma inesperada e ingênua.

Não, nada nela evidenciava uma pessoa que estivesse vivendo nas ruas, junto aos monturos de lixo do cais do porto, onde a encontrara. Em seu íntimo, Drake sabia que havia algo a mais, algo que ela não contara.

Annie virou-se na cama, e, agitada, resmungou alguma coisa perdida nas brumas do sono. Como se um fantasma houvesse adentrado seus sonhos, ela gemeu e revirou-se mais uma vez, as palavras agora perfeitamente claras:

— Não! Não fui eu... não a matei...

Ele permaneceu imóvel, observando-a em expectativa, mas ela não falou mais nada. Depois de algum tempo, acalmou-se e voltou a relaxar num sono profundo e, daquela vez, aparentemente sem sonhos.

— *Quem é você, Annie MacGiver? Do quê a acusam?*

A pergunta assombrou-o durante toda a noite.

# CAPÍTULO XIII

— Veja, Annie, gaivotas! — Tim apontava alegremente para os pássaros acinzentados e de rabo preto que esvoaçavam em bando por sobre o navio. — Billy me disse que eles são o primeiro sinal de que a terra está próxima!

O dia estava maravilhoso, a luz dos trópicos parecia refletir nas pequenas ondas de espuma branca que se quebravam contra o casco. Uma espiral de nuvens flutuava no céu azul como pequenos montes de açúcar. Annie fechou os olhos por um instante e enxugou as gotas de suor que teimavam em escorrer por seu pescoço. A sombra de alguém se aproximando lhe proporcionou um mísero conforto.

— Você não deveria estar aqui fora. O sol dos trópicos fere com crueldade a pele de quem não está acostumado a ele.

— Oh, Benjamin, eu não consegui ficar presa no camarote, está muito quente — disse Annie com um sorriso, protegendo os olhos da claridade com uma das mãos. O imediato a vinha tratando com delicadeza e parecia haver nele uma preocupação genuína com seu bem-estar. — Estamos distantes ainda?

— Não, em breve aportaremos em Nassau. A viagem transcorreu melhor do que imaginávamos. A tempestade, embora tenha sido dura, nos impeliu com mais rapidez. Foi um mal que veio a calhar.

— E como ela é?

— Ela?

— A Nova Providência... Nassau... Como é?

— É diferente de Londres. Mais agitada, menos formal... mais perigosa também. A comida também é diferente, mas não é ruim, e as pessoas... as pessoas são especiais! Eu não a troco por qualquer outro lugar no mundo — resumiu Ben, notando o suspiro aliviado de Annie.

— Talvez eu fique por algum tempo — murmurou ela baixinho. — Talvez essa viagem também tenha sido um mal que veio a calhar.

— O que você quer dizer com isso? — perguntou o imediato, franzindo o cenho com certa preocupação. — Está fazendo planos? Em relação ao capitão?

— Não! — o protesto de Annie foi enfático. — Não é isso! Apenas não sei se quero voltar à Inglaterra, pelo menos não até que... Veja! O que é aquilo?

Um pássaro azulado de grande envergadura, com um longo pescoço, parecia planar sobre eles, até que num mergulho ousado afundou por instantes e ressurgiu com um peixe no bico amarelo. Maravilhada com a peripécia, Annie acompanhou Tim nas gargalhadas quando este, absolutamente encantado, batia palmas como a criança que ainda era.

Do alto do castelo de popa, Drake a observava.

— *Quem é você, Annie MacGiver?*

A pergunta o vinha espicaçando desde que a ouvira resmungar em meio ao sonho, porém, algo lhe dizia que deveria encontrar o momento certo para questioná-la. Limitara-se a respeitar sua privacidade e simplesmente observá-la, por isso, viu-a correr curiosa até a amurada quando o vigia gritou:

— Terra à frente!

Entre as brumas da manhã, algumas ilhas se delineavam, pontilhando o horizonte de forma esparsa. *Enfim chegamos às Antilhas, este é o Novo Mundo*, pensou Annie em uma mistura de sentimentos que iam da apreensão ao excitamento. Um novo burburinho tomou conta do navio, os homens se tornaram mais ansiosos, até a voz de Benjamin adquiriu um acento mais alegre ao retransmitir as ordens do capitão.

— A genoa a sotavento!

— Rizem as velas!

Por algum tempo navegaram lentamente, contornando os meandros de oceano intercalado por porções de terra até que a notícia aguardada se fez ouvir.

— Nova Providência a bombordo!

A ilha se delineava à frente, uma massa de terra coberta por uma vegetação de um tom exuberante de verde, com as bordas recortadas e guarnecidas por pequenas praias de areia branca e fina. Deslumbrada, Annie observava o tom turquesa das águas até que, logo após um promontório e protegida em uma enseada, Nassau surgiu exuberante.

— Baixem as velas, vamos atracar! Lancem âncoras!

A ordem do capitão foi recebida com exclamações de júbilo. Mesmo os homens rudes se regozijam com a volta ao que consideram um lar. Aos poucos, outro tipo de atividade tomou conta do convés. Ainda havia muito a ser feito antes que o desembarque fosse autorizado e os homens começassem a tomar o passadiço de assalto, descendo em bandos ruidosos.

— Vamos, Tim, vamos desembarcar, tenho certeza de que o capitão não quer que fiquemos a bordo indefinidamente — disse Annie, dividida entre o medo e o desejo de conhecer a nova terra.

— Você me espera aqui? Eu gostaria de me despedir de Jim Arranca-Dentes. No final ele foi um sujeito legal — disse o menino com um sorriso. — Quero dizer adeus a Billy também.

— Claro, faça isso. Eu não tenho de quem me despedir e como não temos nada de nosso para levar — completou Annie com um gesto de desalento —, só me resta aguardar você. Mas vá dizer adeus a seus amigos, depois desembarcaremos e então vamos nos preocupar com o que faremos a seguir. Vou aproveitar e observar a cidade daqui e, se tiver chance, perguntar a Ben se ele conhece um lugar decente onde possamos nos abrigar. No final, a libra de ouro que o capitão nos deu servirá para alguma coisa — murmurou, pensando em quanto tempo uma libra de ouro os manteria numa cidade como Nassau.

Debruçando-se na amurada, Annie passou a observar o porto. Daquela distância não era possível absorver todos os detalhes, mas o pouco que distinguia já lhe mostrava que tudo ali era muito diferente de Londres, a começar pela luz. Ao contrário da capital inglesa cinzenta e fria, o sol transmitia calor e uma luminosidade dourada! Um mar de gente circulava pelo cais, uma mistura colorida e heterogênea. As mulheres pareciam vestir-se de cores alegres e usar flores e turbantes nos cabelos. Até mesmo os homens dispensavam os trajes escuros e os sobretudos pesados, optando por roupas claras e, em vez de sisudas cartolas negras, chapéus de palha. Nassau parecia uma cidade festiva, e Annie gostou do que viu. Talvez tudo ficasse bem afinal.

*Mas não se iluda. Isto aqui é um bastião de piratas cruéis, as aparências podem ser enganosas,* sussurrou-lhe baixinho a própria consciência.

★

Agradecendo por enfim estarem em terra, Annie apressou-se a descer pelo passadiço assim que foram autorizados. Ela não conseguira falar com Ben e tampouco com Drake, ambos ocupados com as providências para o desembarque da carga. Ele se comportara como um cavalheiro nos últimos dias e não voltara a tocá-la, mas era inegável a tensão que existia entre os dois. Com medo de que interferisse em sua decisão de desembarcar, ela não fizera muita questão de encontrá-lo. Na verdade, quanto antes deixasse o navio, melhor seria. Em terra ele não teria mais poder sobre ela, pensou aliviada.

O porto em Nassau não era muito grande, apenas um ou dois navios tinham espaço para atracar de cada vez. Aqueles que ficavam na cidade por vários dias, após descarregar, voltavam a afastar-se por 100 ou 200 jardas mar adentro de forma a permitir que outros navios pudessem fazer o mesmo.

Naquele momento, o cais era uma mixórdia de fardos, caixas e baús amontoados. Na medida em que eram trazidos e empilhados, despertavam o interesse de muitos, a aglomeração de pessoas no entorno era grande. A Nova Providência não produzia produtos manufaturados, tudo o que abastecia as ilhas vinha de fora, e o comércio desses bens ocorria em sua maior parte em Nassau. A população, inclusive os fazendeiros que moravam no interior da ilha, ia em massa ao porto quando era avisada de que navios mercantes trazendo notícias e produtos da Inglaterra estavam para chegar. O acontecimento agitava a cidade e se transformava quase em festa.

— E agora, o que faremos, Annie?

A ansiedade de Tim era perceptível. Pensando no menino, ela se forçou a aparentar uma calma que não sentia.

— Eu pensei em procurarmos um quarto numa estalagem, depois tentarmos encontrar algum trabalho, algo que nos sustente até que possamos tomar um navio para regressar à Inglaterra. Espero que aqui os estalajadeiros não se importem com a aparência e aceitem nosso dinheiro — disse ela, referindo-se à forma como estava vestida.

— Veja, Annie, as mulheres de vestem diferente do que na Inglaterra, mas não vi nenhuma com roupas de homem. Será que não seria melhor você comprar um vestido, afinal, não precisamos mais ficar disfarçados e você fica mais bonita vestida de mulher — sugeriu Tim, com um sorriso travesso.

— Você está me saindo um garoto muito atrevido — respondeu Annie com um falso ar de zanga, dando um piparote na cabeça do amigo. — Venha, acho que a cidade fica naquela direção, vamos procurar um lugar...

— Senhorita Annie? É a senhorita Annie MacGiver?

Surpresa, Annie viu um homem de pele escura aproximar-se com um sorriso aberto que deixava à mostra dentes tão brancos quanto a carapinha que lhe cobria a cabeça.

— E você deve ser Tim — disse ele, estendendo a mão para o garoto. — Eu sou John Doe, o capitão enviou-me um recado dizendo que devia vir procurá-los e levá-los até a casa da senhorita Devereaux. Venham por aqui, a charrete está logo à frente — disse ele, indicando o caminho.

— Espere... Quem é a senhorita Devereaux? E o que faz seu capitão acreditar que vou obedecê-lo?

— Ah. — Sorriu o simpático negro que falava um inglês arrastado. — A senhorita Devereaux é a dona do melhor hotel de Nassau. O capitão costuma ficar lá quando está na cidade — e, desconsiderando totalmente a segunda questão de Annie, completou: — A senhorita vai ficar bem acomodada, o capitão mandou reservar um dos melhores quartos e preparar um bom banho também! Ele até me disse que se a senhorita ficasse em dúvida era para lhe dizer isso. — Riu John Doe, deixando a fileira de dentes imaculados à mostra. — O garoto também vai ficar bem, há um quarto junto à estrebaria onde costumo dormir quando estou em Nassau. Ele ficará acomodado, o capitão me mandou providenciar o que ele precisar e depois levá-lo para conhecer Nassau. Vamos indo! — insistiu, ainda sorrindo. — O Capitão Drake mandou dizer que é para a senhorita descansar que ele a encontrará mais tarde para jantar.

Perplexa, Annie não sabia o que fazer. Drake continuava a agir como se fosse seu dono e se enganava acreditando que ela aceitaria suas ordens. Estava pronta para mandar o pobre John Doe para o inferno quando percebeu o olhar satisfeito de Tim. O garoto estava claramente ansioso para conhecer Nassau.

*O que você tem a perder? Sempre poderá sair do hotel se algo lhe desagradar, não estará confinada em um navio em alto-mar. Além disso, como saber por quanto tempo uma única libra de ouro garantirá um teto e comida para ambos?*

Algo no olhar bondoso daquele homem também lhe dizia que podia confiar nele, e ela decidiu seguir sua intuição, John Doe não os machucaria. Além disso, Drake estava certo, um banho de verdade era uma tentação à qual ela jamais conseguia resistir.

Assentindo com a cabeça, Annie seguiu na direção indicada por John Doe até uma caleche estacionada nas proximidades. A cidade estava apinhada, o que o obrigava a conduzir os animais devagar, dando oportunidade a ela para observar o local. As ruas forradas de areia grossa não eram muito largas, tampouco muito limpas, mas as casas de adobe, algumas de dois andares, eram pintadas de branco e tinham trepadeiras floridas. Vendedores ofereciam aos transeuntes o que pareciam ser frutas exóticas, e o ar tinha perfume de especiarias. Um clima de descontração, oposto ao de Londres, predominava no local.

— O que é aquilo? — perguntou Annie, apontando uma enorme casa à distância. Caiada de rosa, com grandes janelas de vidro, um bonito jardim e circundada por uma grade alta de ferro, tinha seus portões protegidos por dois homens fardados.

— É a casa do Governador das ilhas, ele mora e dirige a Nova Providência de lá — respondeu John Doe. — Depois que ele chegou, Nassau tem vivido tempos de paz e prosperidade — completou com visível satisfação.

O hotel ficava há algumas centenas de metros; uma construção de dois andares, com balcões de ferro batido protegendo janelas com venezianas de madeira. Na parte de baixo, além do saguão de entrada, havia uma taberna que mesmo àquela hora já se encontrava bem animada.

— Mademoiselle, seja bem-vinda!

A mulher de porte avantajado usava carmim nas faces, uma peruca empoada de branco, fora de moda há alguns anos, e um vestido de cetim vermelho berrante com um decote que mal encobria seus seios fartos. Sua idade era indefinível, algo entre os 40 e os 60 anos.

— Está tudo bem, John, daqui para frente eu cuido da senhorita. Leve o garoto para os fundos, veja se ele está com fome e peça para Anette lhe servir uma boa porção de cozido. — E, com um gesto de mão, dispensou John que tratou de sair levando Tim consigo.

De forma ostensiva, a senhorita Devereaux rodeou Annie, examinando-a como se examina um objeto numa vitrine. Consciente de seus trajes e de sua situação precária, a garota instintivamente se encolheu sob o olhar incisivo.

— Não, não se retraia, eu preciso vê-la e também tirar suas medidas para fazer os ajustes necessários. Seria demais esperar que eu tivesse alguma coisa exatamente do seu tamanho, mas acredito que possamos dar um jeito. Você tem uma pele clara e rosada, acho que azul... Não, talvez verde fique melhor. Infelizmente terei que ver o que temos disponível.

— Medidas... Do que a senhorita está falando exatamente?

— De roupas, é claro! Ou você pretende continuar a usar esses trapos que tem sobre o corpo? Seria uma pena continuar a esconder seus belos atributos. Certamente Drake não aprovaria isso. Agora vamos, já sei o necessário. Suba... o quarto fica no segundo andar.

E, como um general, a senhorita Devereaux sinalizou para que Annie a seguisse e marchou a passo rápido, sem lhe dar qualquer chance de protestar contra a suposição de que necessitava da aprovação de Drake para o quer que fosse.

# CAPÍTULO XIV

Annie se espreguiçou, esticando os braços acima da cabeça ainda de olhos fechados. Depois de tantas noites tensas e mal dormidas, ter tanto espaço só para si era um luxo inimaginável. Um luxo ao qual ela não quisera e não pudera resistir, afinal, não fazia a menor ideia de quando poderia usufruir de tudo aquilo novamente. Talvez em breve estivesse de volta às ruas, faminta e sem um teto sob o qual se abrigar, então, aquela era a chance de se recuperar um pouco.

Lá fora, o sol declinava, e o movimento parecia ter diminuído. Era possível ouvir os grilos e as cigarras. Devia ter dormido por horas.

Quando fora recebida pela senhorita Devereaux, no início daquela tarde, o bom senso lhe mandara ser cuidadosa, afinal, não sabia como pagaria por tudo aquilo. Por outro lado, já que estava ali, seria melhor aproveitar, pois, se houvesse uma dívida ela já havia sido contraída e não por sua escolha, afinal, Drake a mandara para lá. O quarto que lhe destinaram era amplo e ensolarado, não havia tapetes ou quadros, mas as cortinas nas janelas lhe davam privacidade. A enorme cama estava forrada com lençóis frescos e perfumados, e o belo espelho sobre o móvel de pequenas gavetas lhe parecia um luxo inestimável. Havia ainda uma mesa com duas cadeiras, um baú e um grande lampadário de ferro que pendia do teto sustentando duas dezenas de velas. Uma segunda porta a deixara curiosa, todavia, o que realmente a encantou fora a banheira de zinco por detrás de um belo biombo de seda.

A senhorita Devereaux mandara preparar um banho com sais perfumados, e ela se deleitara por uma hora na água morna, refrescando a pele queimada de sol. Depois adormecera envolta nos lençóis de linho, perfeitamente relaxada. Se tivesse se alimentado antes, o sono a teria vencido por toda a noite. No entanto, a fome a acordara e agora Annie se perguntava onde conseguiria algo para vestir e sair à procura de comida. Decidida a encontrar, jogou os lençóis para o lado e fez menção de levantar-se.

— É uma bela visão, mas talvez você prefira vestir algo...

— O que você faz aqui? — gritou Annie, puxando os lençóis de volta até a altura do queixo para esconder a própria nudez enquanto sentia a pele do rosto esquentar. — Você me assustou, está novamente me observando enquanto durmo, isso não pode se tornar um hábito! É uma...invasão!

Do outro lado do quarto, Drake afastou os olhos dos documentos que estavam espalhados sobre a mesa. Ele poderia explicar que ela ficava adorável relaxada e com os olhos ainda pesados de sono, que gostava de observá-la e imaginar como seu corpo se encaixaria ao dele, mas não o fez. Apenas sorriu e disse:

— O que faço aqui? Estes são os aposentos que ocupo sempre que estou em Nassau! Mais uma vez estamos dividindo o mesmo espaço. Neste momento, organizo os documentos relativos a esta viagem, verifico o manifesto de carga, as autorizações e os impostos que terei que pagar ao governador para entrar com minhas mercadorias no porto. Ser capitão não se resume a comandar um navio em alto mar, minha cara, há também o trabalho burocrático.

— Mas eu pensei... pensei...

— Que ocuparia este aposento sozinha? Annie, seria muito estranho eu trazer de Londres uma amante que não ficasse ao meu lado durante as semanas que passarei na ilha!

— Você vai insistir nesse... nesse... absurdo?! Não somos amantes! Eu não vim de Londres *com você!* Eu embarquei sem querer! Fui iludida! E se pensa que vou partilhar este quarto, está enganado!

— A verdade é que aqui as notícias correm como fogo num rastilho de pólvora — continuou Drake, ignorando os protestos. — Os marinheiros certamente já estarão comentando sobre a amante do capitão, uma mulher que se veste como um homem e que foi corajosa durante a tempestade a ponto de salvar um dos marujos. Você ganhou o respeito deles — disse com certa admiração. — Isso, somado ao fato de que não costumo manter uma amante fixa, vai despertar curiosidade. Afinal, uma inglesa com essas características é uma novidade deveras interessante e será motivo de comentários e objeto de atenção. Diante disso, achei mais conveniente manter a história, a verdade causaria muito mais *frisson.*

— E por que teriam calafrios ao saber a verdade? — perguntou ela, fazendo a tradução automática da palavra em francês, o que não escapou à observação de Drake.

— Porque a chegada de uma jovem inglesa procurada por assassinato na Inglaterra não é um fato que aconteça todos os dias, mesmo aqui em Nassau. Pelo menos não sob a administração de Lorde Dunmore.

Drake pronunciou as palavras numa voz gelada, os olhos fixos no rosto de Annie para captar todas as reações que suas palavras provocariam. Ele notou o assombro que nublou seus olhos e o tremor que sacudiu seu corpo num espasmo causado pela surpresa.

— O que... o que você quer dizer? Como você descobriu... Não... isso não é verdade — protestou ela em voz trêmula.

— E qual é a verdade? O que realmente você estava fazendo no cais naquela noite em Londres? Quer me fazer acreditar que alguém que entende expressões em francês foi criada nas ruas? Quem é você, Annie MacGiver? O que aconteceu que a faz tremer e gritar presa a pesadelos sem fim? Eu ainda não descobri nada, você mesma vai me contar tudo. Agora!

— É uma longa história — murmurou alquebrada.

— Nós temos todo o tempo do mundo. Vou mandar trazer comida. Enquanto isso, vista algo — disse, estendendo-lhe um robe de algodão, branco e macio, enfeitado de rendas. — Voltarei em alguns minutos e vou querer saber exatamente qual é a sua história. Lembre-se de que a Nova Providência é um território sob o domínio inglês, a lei pode alcançá-la até aqui. Se você for procurada por assassinato na Inglaterra e o Governador descobrir, mandará trancafiá-la. Desta vez não me esconda nada, pois se eu achar que mente ou omite alguma coisa, entregá-la-ei imediatamente a ele.

— Então, você encontrou o corpo de Lady Belinda Heyes, uma viúva a quem prestava serviços como dama de companhia e que recebia a visita de cavalheiros para... jantar ou jogar cartas — repetiu Drake, depois de ouvir de Annie os detalhes da noite fatídica. — E que, ao que parece, mantinha um relacionamento mais próximo com o cavalheiro que recebeu na noite anterior...

— Sim, ela estava caída no chão do quarto pela manhã. E a cozinheira me viu exatamente quando eu segurei a peça de jade que estava ao lado dela. Do jeito que as coisas aconteceram, parecia mesmo que eu a havia matado. Mas por que eu faria isso? Ela foi boa comigo, me acolheu quando meu pai me largou à sua porta e me ensinou a comportar-me como uma dama!

— Você disse que o cofre de joias estava aberto?

— Aberto e vazio! Eu juro que não peguei nada! Você me viu no cais, capitão, por que eu estaria numa situação tão precária, esmolando por um níquel, se houvesse roubado o dinheiro e as joias de milady?

Drake não respondeu, apenas completou os cálices com o vinho espanhol escuro e forte, provavelmente de um lote remanescente de antigos saques piratas. Sobre a mesa havia os restos de uma ceia: carne fria, queijo, pão preto e algumas frutas. A comida era saborosa, mas Annie quase não comera, alegando que o alimento não passava por sua garganta. Aceitara apenas o vinho, na expectativa de que a bebida lhe desse forças e coragem para falar. E ela o fez por muito tempo. Daquela vez Drake pôde perceber que nada fora omitido. A história era coerente, pois ele a fizera repetir por várias vezes para tentar encontrar alguma discrepância, mas Annie não caíra em contradição. Além disso, o tempo que haviam passado juntos fora o suficiente para que avaliasse seu caráter. A garota falava a verdade, ele era capaz de apostar que fora acusada injustamente.

— Você tem certeza de que consegue reconhecer o homem que visitou Lady Belinda naquela noite? Seu amante?

— Ah, sim, eu sou capaz de reconhecer o mal! Aquele homem... Como posso dizer? Era belo, mas sua beleza desaparecia diante da maldade que cintilava em seus olhos. Pobre Lady Belinda, sei que ela o amava, que mantinha ilusões, mas ele... ele... a tratava como...

Um soluço angustiado escapou de sua garganta. Desde que fugira naquela manhã da casa de Lady Belinda Heyes, aquela era a primeira vez que deixava as lembranças aflorarem completamente.

— E Tim, qual a história dele?

— Já lhe disse, eu o encontrei dormindo na porta dos fundos num dia gélido de inverno. Convenci milady a acolhê-lo e lhe dar casa e comida em troca de pequenos serviços. Ele é um ótimo garoto, acabou envolvido na história simplesmente porque tentou me ajudar. Capitão, eu preciso voltar e provar minha inocência. Não matei ninguém! Se não fizer isso não serei a única a sofrer as consequências. Tim deve estar sendo considerado meu cúmplice já que desapareceu ao mesmo tempo. Isso não é justo!

— Nunca lhe disseram que a vida não é mesmo justa, Annie? Agora vá dormir. Não se preocupe, eu não tentarei roubar sua virtude enquanto estiver dormindo — gracejou em tom de ironia, tentando amenizar o clima tenso, mas ela não sorriu.

— O que vai fazer, capitão? Sobre o que lhe contei? Vai me denunciar? Por favor, deixe-me partir, irei para longe e não o aborrecerei mais.

A angústia de Annie era tão evidente que, por um instante, Drake ficou tentado a tomá-la nos braços e consolá-la até que a dor desaparecesse e o brilho da alegria ressurgisse. Com esforço se afastou, pois aquele não era o momento para isso. Se a tivesse nos braços mais uma vez, não responderia por si e não seria justo aproveitar-se da vulnerabilidade que via em seus olhos.

— Vou fazer o necessário! E isso não inclui denunciá-la, pelo menos não por enquanto. Agora pare de me chamar de capitão, meu nome é Drake! É esse o nome que a mulher que supostamente partilha minha cama deve usar para dirigir-se a mim! E nem pense em partir, numa ilha você não teria para onde fugir. Neste momento não há nada a fazer a não ser tentar dormir — disse Drake, vestindo um casaco sobre a camisa de seda branca, aberta no pescoço.

— Aonde você vai? — a pergunta escorregou por entre os lábios de Annie antes que pudesse evitar.

— Ciúmes, minha querida? — o comentário, num tom exageradamente sedutor e acompanhado de uma risada, a fez erguer o queixo num gesto de rebeldia.

— Ora, seu... convencido! Ciúmes? Eu...? Não...! Perguntei por que... Por que...? Afinal, onde você vai dormir?

— No quarto ao lado. Não se preocupe, aqui temos espaço e não forçarei minha presença. Sempre podemos alegar que até amantes precisam de privacidade — disse Drake, apontando a porta de comunicação. — A não ser que você deseje que eu fique — disse, num tom esperançoso, porém irônico.

— De jeito nenhum!

— Então, boa noite, Annie, descanse bastante.

No instante em que a porta se fechou atrás dele, a expressão relaxada de Drake mudou, e um ar de clara preocupação surgiu em seu rosto. Já havia problemas em demasia com que se preocupar, por que envolver-se com algo que não lhe dizia respeito? A hipótese sequer deveria ser levada em conta. Ele deveria ter colocado um ponto final na história de imediato, afinal, provar a inocência da garota não era de sua responsabilidade... de jeito nenhum... Então, por que não o fizera?

— Pelos deuses do mar, o que essa garota de cabelos cor de ouro e olhos iluminados está fazendo comigo?

Sem que ele mesmo percebesse, as palavras foram ditas em voz alta. Sentia-se como uma planta murcha e ressecada que recebia a chuva fresca e farta após um longo período de estio. Era uma sensação estranha que não se lembrava de já ter experimentado, mas que lhe parecia extremamente agradável.

Annie torcia e retorcia as mãos amarradas às costas, tentando libertar-se, enquanto com as pernas trôpegas era arrastada ao cadafalso por um homem que a segurava com força. Com esforço, conseguiu fazer as palavras escaparem por sua garganta inchada, debatendo-se num último grito de desespero:

— *Sou inocente, não a matei! Solte-me! Solte-me!*

— Annie, acalme-se, eu sei que não! Você está tendo um pesadelo, acalme-se!

Assustada, ela acordou, percebendo que não estava na prisão, que as mãos que a seguravam eram de Drake, que tentava acalmá-la, e que o calor em seu rosto vinha dos raios de sol que já entravam pela janela.

— Foi horrível! Eles iam... me enforcar... Eu gritava que era inocente, mas ninguém acreditava em mim...

— Shhh! Foi um pesadelo, eu a ouvi gritar do outro quarto. Acalme-se, você está segura aqui — disse ele, envolvendo-a em seus braços e embalando-a como se fosse uma criança. — Shhh! Acalme-se, eu acredito em você!

Com o rosto banhado em lágrimas, Annie ergueu os olhos para ele, surpresa com a declaração.

— Você acredita mesmo em mim?

— Sim, minha sereia, eu acredito! Não creio que teria matado sua benfeitora por algumas joias. Acredito em sua inocência e pretendo ajudá-la a provar isso quando voltarmos à Inglaterra.

Um suspiro resignado escapou do peito do próprio Drake. Não adiantava tentar enganar-se, em seu íntimo sabia que havia tomado essa decisão no instante em que a inocência transparecera nos olhos dela.

— E por que você faria isso? — perguntou Annie, afastando-se com um brilho desconfiado no olhar.

— Porque conheço a dificuldade de um inocente à mercê de poderosos, sem dispor de armas ou meios para lutar. Contudo, há uma condição: se quiser que eu a ajude a descobrir o assassino, deverá seguir minhas orientações sem discussão. Tenho um grande plano a desenvolver em Londres e vou agregar você a ele, mas não tolerarei rebeldia.

— Você vai me levar de volta a Londres?

— Você voltará a Londres, mas não comigo. Em duas ou três semanas vou retornar à Inglaterra, no entanto, você sabe o que os homens pensam de mulheres a bordo. Terei muito com que me preocupar durante a viagem, e evitar briga entre marinheiros por causa de uma mulher não deve ser acrescentada à minha lista. No entanto, já me informaram que haverá um navio que dispõe de acomodação para passageiros partindo daqui a dois meses. Uma família de fazendeiros vai retornar à Inglaterra, você poderá seguir com eles. Estará segura e acomodada.

— E quanto a Tim?

— O garoto é um bom menino, além disso, sei que você jamais o deixaria para trás. Ele irá com você, providenciarei passagens para ambos. O que foi, Annie? Algo mais que você não me contou? — A expressão de desalento que transpareceu no rosto da garota o deixou abalado. Poderia jurar que sua oferta a deixaria eufórica.

— Voltar a Londres e provar minha inocência, não há nada que eu deseje mais. Mas, há algo em que venho pensando e que acabará por me fazer desistir desse sonho. Se voltar a Londres... o que farei quando chegar lá? Como conseguirei trabalho? Eu poderia tentar uma colocação como criada, no entanto, sem referências e com a polícia à minha procura, será muito difícil! Além disso, se conseguir uma casa que me aceite, certamente Tim não poderá ficar comigo, ele acabaria por voltar às ruas... Não, Capitão Drake, obrigada, mas, não! Nossas chances em Londres seriam mínimas! Por mais que eu anseie me livrar da acusação, Tim e eu teríamos uma possibilidade melhor de sobreviver com alguma dignidade em Nassau. Se tivermos que voltar às ruas, pelo menos o inverno aqui não é tão rigoroso. Teremos uma chance melhor!

Drake a observava através dos olhos semicerrados. Sua expressão era impenetrável, mas em seu íntimo admirava sua reação. Ele lhe oferecia uma chance de redenção e recomeço, e ela pensava em Tim. Lealdade... um sentimento raro! O pior era que ela estava certa, eles não teriam como sobreviver em Londres, pelo menos não sem sua ajuda.

*Com mil demônios, talvez eu me arrependa, mas não vou abandonar esses dois à própria sorte. Não farei com eles o que outros fizeram comigo!*

— Você tem razão — concordou Drake. — Dificilmente conseguirão emprego sem referências e, pior do que isso, existe a possibilidade de a polícia estar mesmo à sua procura. No entanto, que tipo de ajuda eu estaria oferecendo se, quando chegassem, os abandonasse à própria sorte? Não se preocupe, em Londres vocês terão abrigo. Porém, repito, só os ajudarei se você seguir minhas orientações sem discussão. Por mais que considere injusta sua situação, vou abandoná-la sem remorsos se criar entraves que possam atrapalhar o desenrolar de meus próprios projetos. Como sempre, a decisão será sua!

Annie tinha consciência de que não poderia dispensar a ajuda oferecida por Drake. No entanto, a imposição de *seguir orientações* era muito vaga. Havia um ponto que ela precisava esclarecer, sem saber exatamente qual eram as expectativas dele não poderia aceitar sua ajuda. E, dependendo delas, não aceitaria de forma alguma.

— Você me disse há alguns dias que tudo na vida tem um preço, e eu preciso saber exatamente qual terei que pagar pela sua ajuda — perguntou com voz firme; a ansiedade transparecendo apenas no retorcer das mãos.

— O que você quer saber exatamente, Annie?

— Quero dizer que, se o preço for a minha honra, não poderei aceitar sua ajuda, capitão. Não sou nobre, não tenho fortuna, nem mesmo família... a única coisa que tenho é respeito próprio. Não me importo com o que os outros dizem, mas me importo muito com o que penso sobre mim mesma. Não vou sacrificar minha dignidade e se eu tiver que trocar meu corpo por liberdade... talvez lhe pareça uma tolice, mas o que quero dizer é que não vou me deitar com você em troca de ajuda! Não sou uma puritana, o amor entre um homem e uma mulher... bem, eu sei o que acontece. No entanto, acho que deve haver algum sentimento nessa... situação... — O rubor tingia suas faces quando ela insistiu com insolência. — Não aceitarei ser forçada a algo, nem mesmo em nome de minha liberdade!

O olhar que ele lançou foi mais frio do que um dardo de gelo, a sobrancelha fendida ergueu-se com ironia.

— Como já lhe disse, eu não forço ou compro o amor das mulheres. Também prezo minha dignidade, o que não impede que eu seduza as que me interessam. Fique tranquila, quando fizermos amor, será a seu pedido e não a título de pagamento!

— Quando? O que quer dizer?

Drake não respondeu, mas o olhar que lançou a devastou.

Nunca! Annie teve vontade de gritar, mas alguma coisa inexplicável travou sua garganta e ela se calou. Nunca era uma palavra muito forte. Definitiva! Ela não iria pronunciá-la, não em relação a ele. Além disso, sentia que podia confiar; Drake jamais a forçaria a algo que não desejasse e no momento isso era o bastante. A sensação de alívio a percorreu, e uma centelha de esperança se acendeu em seu coração. Talvez houvesse uma chance... talvez ela conseguisse retomar sua vida e provar sua inocência. Se existia alguém capaz de ajudá-la, certamente era ele.

— O que devo fazer... Drake?

— Talvez seja melhor vestir-se e procurar pela senhorita Devereaux. Você vai precisar de roupas e outros itens. Ela poderá ajudá-la, já a autorizei a adquirir o que for necessário.

— Como assim? Se não tenho fundos suficientes para pagar as passagens e o hotel, muito menos para comprar roupas. Como vou pagar por elas?

— Você não pode continuar usando as roupas do Tim, isso seria por demais escandaloso. E, mesmo aqui, chamaria uma atenção desnecessária. Eu arcarei com esse custo, será menos complicado do que mantê-la com tais trajes. Não se preocupe, se a faz sentir melhor eu lançarei cada despesa à conta de um empréstimo, você poderá quitá-lo como e quando puder, sem nenhuma outra cobrança. Mais um detalhe que sinto necessidade de enfatizar, estar em terra não a protege. Uma mulher sozinha em Nassau está tão vulnerável quanto estaria em um navio de piratas. Não estamos entre cavalheiros e, sim, entre homens rudes, acostumados a conseguir o que desejam sob a ameaça de um punhal. Eu não gostaria que, após tê-la mantido em segurança no navio, você sucumbisse a alguma ameaça em terra.

— Pelo visto, mesmo numa terra onde a liberdade é tão valorizada, as mulheres continuam presas fáceis à mercê do desejo dos homens.

— Infelizmente não posso contestá-la. Embora não concorde, essa é a realidade. Por isso, cuidado por onde anda e com quem fala. Além disso, devemos circular juntos; isso reforçará a ideia de que somos amantes e por consequência a manterá sob maior proteção. Aliás, acaba de me ocorrer que esta noite Lorde Dunmore vai oferecer uma *garden party*, gostaria de ir?

— Uma *garden party*?

— Sim, uma festa no jardim ao anoitecer, algo comum por aqui. Uma forma agradável de aproveitar as noites quentes dos trópicos, fazer negócios e manter-se bem informado. Você não imagina como alguns copos de rum destravam a língua dos homens, mesmo dos mais discretos — comentou irônico.

— Eu nunca fui a uma festa — disse ela, o brilho dos olhos denunciando o desejo e a curiosidade. — Não saberia como me comportar.

— Não se preocupe, aqui em Nassau as regras de etiqueta são bastante frouxas, você não terá nenhum problema. Contudo, deverá apresentar-se como uma dama e não como um garoto maltrapilho. A senhorita Devereaux a ajudará a encontrar todo o necessário para isso.

— Obrigada! Um dia eu o reembolsarei dessas despesas, Drake, tenha certeza.

— Não se preocupe, esse é o menor de seus problemas.

Annie assentiu com a cabeça. Acompanhá-lo ou passar-se por sua amante, era um preço pequeno a pagar se Drake a ajudasse a provar sua liberdade. Na verdade, precisava reconhecer que ele se mostrava muito mais honrado do que poderia sequer imaginar.

*Eu prometo, Capitão Drake, um dia vou ressarci-lo por todas as despesas e retribuir essa ajuda, de alguma forma eu o farei!*

No entanto, algo a preocupava e não era exatamente o que as pessoas pudessem pensar a seu respeito. A forma como sua pulsação se acelerara com a possibilidade de passar a noite em uma festa na companhia dele era que a transtornava. Precisava manter o controle de seu corpo e de suas emoções, mas aquele homem despertava nela sensações jamais sentidas. Annie estremeceu, teria que encontrar uma forma de lidar com isso. Na vida que se seguiria não existia lugar para esse tipo de reação. Quanto mais fria e impessoal fosse sua relação com o capitão, melhor. Ele era um homem duro e objetivo, e ela precisaria agir da mesma forma. Havia um plano a ser seguido, teria que se ater a ele.

# CAPÍTULO XV

— Você vai a uma festa na casa do Governador? Junto com o Capitão Drake? Como convidada?

Os olhinhos escuros de Tim brilhavam de excitação e assombro. A vida estava se revelando uma grande e maravilhosa aventura.

— Tim, olhe para mim! Ir à festa na casa do Governador vai ser agradável, mas eu quero que você entenda uma coisa. As pessoas vão comentar e talvez você ouça alguém falar... coisas sobre mim e o capitão, coisas que talvez você não goste de ouvir... Bem, não responda e não se preocupe em desmentir, apenas deixe para lá.

— Annie, você está querendo me dizer para eu não acreditar se ouvir dizer que vocês estão... são... Não se preocupe, eu sei que ainda não são namorados, mas acho que um dia vão se casar, sim!

— Namorados...? Casar...? — perguntou, chocada com o comentário.

— Ora, quando estão juntos dá para perceber que ele olha esquisito para você, todo meloso! E você quando diz o nome dele também se derrete. Drake! — sussurrou Tim, revirando os olhos e dando uma entonação romântica à voz.

— Que absurdo! Isso nunca vai acontecer. Você está enganado, o capitão não me olha de nenhum jeito esquisito, e eu tampouco falei o nome dele dessa forma — protestou Annie com veemência. — E só concordei em ir à festa porque isso é importante para descobrirmos quem fez aquela maldade ...Você sabe sobre o que estou falando. Aliás, é sobre o incidente que eu quero conversar com você. Me prometa que não comentará nada sobre Lady Belinda ou sua morte com ninguém, nunca! Nem mesmo com John Doe ou qualquer outro amigo que fizer aqui. Isso é muito sério, se alguém souber o que aconteceu em Londres, eu poderei ser presa.

— Claro, Annie, fique tranquila, esse é nosso segredo. Estou contente porque o capitão vai ajudar você, ele é um sujeito muito legal. John Doe disse que é bravo, mas é um cara bom. Ajuda muita gente, foi ele que arranjou emprego para John no hotel quando ele foi alforriado. E, falando em John, eu fiquei de ajudá-lo a escovar a parelha de cavalos hoje de manhã — completou, ansioso para ir ao encontro do novo amigo.

— Está bem, faça isso. Eu também tenho muito o que fazer esta manhã. A senhorita Devereaux já deve estar me esperando para ajudar na escolha de algumas roupas. Afinal, eu não posso continuar usando as suas, não é mesmo?

— Não, não pode! Você merece lindas roupas. Um dia ainda vou ser rico e vou lhe dar muitos vestidos, todos novos. Não vai mais precisar usar vestidos de segunda mão, eu juro!

— Tim, querido, um dia você vai ser rico, mas não para me dar vestidos. Vai ser rico porque esse é seu sonho, e eu quero que você o realize.

O garoto ficou repentinamente sério, os olhos cravados em Annie. Por um instante ela teve a impressão de que ele iria dizer alguma coisa, algo importante, mas em seguida o sorriso voltou aos olhos e aos lábios de Tim, então, ele simplesmente despediu-se e saiu à procura de John.

A estranha que a encarava, refletida no espelho, não podia ser ela! Ou podia?

Annie rodopiou e, encantada, examinou mais uma vez a própria imagem. A mulher à sua frente tinha olhos brilhantes e usava um vestido de musseline num tom suave de rosa, com pequenas mangas bufantes e um corpete justo. Sua dona anterior devia ser um pouco mais magra, e a Senhorita Devereaux lhe apertara o espartilho até o limite do suportável para que coubesse nele. O resultado era que a roupa moldava suas curvas deixando parte do colo descoberto. Os cabelos, lavados e perfumados com lavanda, foram escovados e caíam em cachos brilhantes pelas costas, afastados do rosto por duas presilhas, um belo trabalho em prata de ourivesaria espanhola. Certamente a roupa não estava na última moda em Londres, mas não havia dúvida de que ela a deixara bonita e muito feminina.

— A senhorita está perfeita, tenho certeza de que o Capitão Drake aprovará o resultado, principalmente se considerarmos o pouquíssimo tempo que tivemos para providenciar tudo.

— Tenho certeza de que sim, senhorita Devereaux. Muito obrigada, sem sua ajuda não seria possível.

— Pode me chamar de Edith, garota. Senhorita Devereaux me faz parecer uma solteirona — resmungou a matrona, rindo. — Foi mesmo uma pena seu baú de roupas ter se perdido no mar durante a tempestade — continuou, com os olhos argutos fixos em Annie.

— Sim, foi uma pena — a garota limitou-se a responder, lembrando-se da desculpa engendrada por Drake para justificar sua chegada usando roupas masculinas e, pior, sem nenhuma outra peça consigo. — Mas, graças à senhorita e às suas meninas, me apresentarei adequadamente na recepção do Governador. Acredito que esteja na hora.

— Será melhor usar isto — disse Edith, estendendo-lhe um xale de musseline. — Aqui não faz frio suficiente para justificar o uso de uma capa de veludo, mas com o cair da noite será bom se resguardar um pouco.

Annie virou-se para o espelho. A jovem refletida no aço polido sorria feliz e seus olhos brilhavam. Pela primeira vez na vida ela acreditou: mágica existia.

— Então você vai mesmo levá-la à festa? Apresentá-la a Lorde Dunmore?

A incredulidade na voz de Benjamin era compreensível. Ele entendia o fato de Drake sentir-se grato, afinal, a garota o ajudara em Londres e depois praticamente salvara a vida do jovem Billy com muita coragem, colocando em risco a própria, mas, ainda assim, apresentá-la ao governador era um pouco demais!

— Meu amigo, pense bem. Essa Annie não é uma dama, ao contrário, está mais para um moleque de cais do porto, ela não saberá se comportar, vai envergonhar você. Aposto que não sabe sequer como beber numa taça de cristal!

Drake limitou-se a olhar de forma zombeteira para Ben e sorrir, sem retrucar.

— É certo que ela tem belos olhos — continuou Ben. — E eu compreendo que você tenha decidido levá-la para sua cama durante a travessia, afinal, em alto mar qualquer mulher é melhor do que nada, mas instalá-la em sua suíte aqui em Nassau e ainda levá-la à festa... É demais!

— Eu, se fosse você, pensaria duas vezes sobre o que vai dizer sobre ela — interrompeu Drake, num tom tão frio que causou surpresa ao imediato. — Para quem abandonou a marinha inglesa vociferando contra a aristocracia e suas regras idiotas, você está se mostrando muito esnobe. Sinceramente, não creio que ela vá me envergonhar. Annie é uma garota simples, mas muito inteligente. Além disso, estar acompanhado será um alívio! Vai afastar as matronas com filhas em idade de casar, que vivem me cercando a cada vez que apareço em um desses eventos.

— Meu amigo, o que posso dizer? Mesmo assim não concordo com você. Ela é uma garota corajosa, mas certamente vai lhe criar problemas. As damas da sociedade vão ficar escandalizadas se ela beber demais e ficar inconveniente, vão reclamar com os maridos, eles ficarão aborrecidos e nós teremos problemas para vender as mercadorias ou negociar as próximas taxas da alfândega. Definitivamente essa não é uma boa ideia, ao contrário, é uma péssima ideia. Não consigo entender por que esse seu súbito interesse. Se ela fosse uma beldade...

Um leve movimento no salão chamou a atenção de ambos. No alto da escadaria que ligava o hall do hotel ao segundo andar, Annie relanceava os olhos discretamente como se estivesse à procura de alguém. Quando encontrou Drake, um sorriso iluminou seu rosto. Altiva, caminhou em sua direção. Havia nela uma elegância natural, uma aura de alegria e leveza. Annie não tinha uma beleza estonteante, mas seus traços delicados, o sorriso doce e a linda cabeleira dourada a destacavam.

— Pelos deuses, quem diria que sob aqueles andrajos havia um anjo?

A exclamação de Benjamin tirou Drake de seu próprio estupor. Ele sabia que ela não o constrangeria, mas não imaginara que a transformação seria tão grande. Levantando-se, caminhou ao seu encontro com indisfarçável orgulho. Algo lhe dizia que a noite seria muito mais agradável do que imaginara.

— Aborrecida?

— Por que estaria? Nunca estive numa festa, estou achando tudo muito lindo — respondeu Annie encantada. — Você sabe, esse é um mundo que eu só conhecia através dos romances que costumava ler para Lady Belinda. Jamais me imaginei frequentando um ambiente assim, numa noite como esta.

Seus olhos travessos observavam tudo e a todos enquanto bebericava uma taça de *champagne*. A casa do Governador era a maior da ilha e, embora não chegasse nem aos pés de uma mansão inglesa, tinha um belo jardim tropical. Diferentes tipos de palmeiras guarneciam os caminhos recortados entre canteiros de flores coloridas, archotes ardiam aqui e ali, dando uma iluminação difusa ao local. Naquela noite, mesas cobertas por toalhas de linho branco, sustentando arranjos de flores tropicais, haviam sido montadas no gramado. Garçons circulavam oferecendo refrescos, coquetéis a base de rum e taças de vinho ou *champagne*. Em um buffet, pratos de peixes e crustáceos, desconhecidos ao paladar de Annie, pareciam ter grande aceitação entre os convidados. Um quarteto de cordas instalara-se num tablado de madeira, e naquele momento, vários casais dançavam uma quadrilha.

Os dois caminhavam pelo jardim como se fossem amigos de longa data, a conversa fluindo com facilidade e leveza. Acostumado às mulheres impetuosas de Nassau ou com a artificialidade das debutantes londrinas, Drake estava fascinado pela simplicidade de Annie. A garota era totalmente desprovida de subterfúgios e inexperiente em jogos de sedução. Verdadeira, sem qualquer receio de esconder seus sentimentos ou opiniões. Possuía alegria, seus sorrisos eram espontâneos, e seu raciocínio, rápido e inteligente. Para alguém que não tinha as mulheres em grande conta, aquela naturalidade desarmava Drake. Justamente por não fazer força para conquistar, Annie se tornava extremamente atraente e agradável.

— Nassau é muito diferente do eu imaginava — confessou ela, tocando as pétalas de uma flor com delicadeza.

— O antro de piratas não é tão terrível como supunha?

— Acho que fiz um juízo precipitado e absolutamente injusto, todos têm sido muito amáveis — respondeu, levemente encabulada pelos pensamentos que tivera a respeito dele e de todos os outros. Se soubesse que ela o havia imaginado brandindo a espada, matando, violando e roubando tesouros, certamente a taxaria de louca. Ele não era nem de longe o pirata cruel e sanguinário que conjecturara; o homem a seu lado emanava poder e força, ainda assim, era gentil. E certamente sua renda não vinha de saques ou pilhagens, Drake parecia um comerciante honesto.

— Sim, mas não se iluda, a civilidade ainda é um conceito bem recente nesta parte do mundo — esclareceu Drake. — Nassau passou por muitas lutas, enfrentou grandes tragédias e houve excessos, tudo em busca da liberdade e independência. Hoje consegue ter um bom relacionamento com a Inglaterra, de quem é colônia, mas não foi sempre assim. Bons homens deram a vida para que que isso fosse possível, e essa paz ainda é bastante frágil.

— Eu espero que essa paz se mantenha. Esta cidade é pitoresca, e a ilha me parece muito linda! Tão diferente da Inglaterra, sempre enevoada e fria. Sinta! — disse Annie aspirando o ar profundamente. — A noite aqui é perfumada! E o mar? Eu nunca vi um mar dessa cor! É maravilhoso! Como você veio parar aqui, capitão? Como descobriu este paraíso, se me permite a ousadia de perguntar?

— Drake, me chame pelo meu nome.

— Drake — sussurrou ela com um sorriso.

— Eu também tenho uma longa história, digamos que alguns problemas me obrigaram a deixar Londres rapidamente. Mas esse não é um assunto que pretendo discutir agora. Por ora, gostaria de dançar. Vamos?

— Dançar? Não sei, eu nunca dancei. Creio que não me sentirei à vontade diante de tanta gente.

— É uma valsa, basta relaxar em meus braços e eu a conduzirei. E não precisamos nos colocar no meio de todos, podemos dançar exatamente aqui — disse, estendendo a mão para ela em um convite irresistível.

Annie aspirou profundamente para ganhar coragem. Colocou a taça de champagne sobre uma mesa e apoiou a mão levemente sobre a dele. Quando ele a enlaçou, foi como se ela flutuasse até as nuvens. A melodia ecoava pela noite e ela rodopiava nos braços de Drake, a proximidade excitando todos os seus sentidos. Ela sentia o calor de sua mão através da seda do vestido. Tudo ao redor se transformou num borrão, eram apenas eles, a música e uma emoção desconhecida borbulhando sob o brilho das estrelas. Ela jamais se sentira assim, havia algo na maneira como aquele homem a olhava que lhe causava arrepios em lugares nunca imaginados, que a fazia perder o controle de seus desejos, e, mesmo assim, não conseguia pensar em outro lugar no mundo onde desejasse mais estar do que ali, nos braços dele. Por um segundo, após o término da canção, ele a manteve junto a si e, então, se afastou quebrando o encanto no qual a lançara.

— Não foi tão difícil, não é mesmo?

— Como?

— Valsar, Annie, não foi tão difícil.

Não, não fora difícil. O que ela não compreendia era em que momento o pirata cruel de seus pesadelos havia se transformado no príncipe encantado de seus sonhos.

# CAPÍTULO XVI

A rua tinha uma agitação efervescente, uma mistura heterogênea de cores e pessoas. Um galeão vindo de Charleston, Carolina do Sul, carregado de peças de algodão, tabaco e uma diversidade enorme de utensílios, atracara naquela manhã. Alguns fardos ainda estavam agrupados no cais à espera de seus destinatários, mas os marinheiros desembarcados já lotavam as tabernas para a alegria das prostitutas.

Annie sentiu o sol abrasador queimar suas costas mesmo através do tecido fino do vestido. O chapeuzinho de palha elegantemente colocado no topo de sua cabeça também lhe oferecia pouca proteção. O calor sufocante subia das pedras e a envolvia como um cobertor úmido.

— Vamos tomar um refresco, não foi uma boa ideia sair nesse horário para um passeio, ainda está muito quente. Agora entendo por que a hora da sesta é sagrada para os habitantes de Nassau, é realmente impossível caminhar com um mínimo de conforto antes que o sol comece a declinar.

— Você quer voltar para o hotel? Podemos pedir a John Doe que nos leve até o forte Charlotte — sugeriu Tim, animado.

— Não acho que devamos incomodar John novamente, ele tem sido muito atencioso, mas certamente tem seus afazeres e receio que o estejamos atrapalhando. Além disso, eu não estava pensando simplesmente em dar um passeio, pensei em procurar algum tipo de trabalho, talvez em uma das tabernas, afinal, já temos certa experiência nisso, não é mesmo?

— E dessa vez como está usando um vestido, acho que conseguirá com mais facilidade. — Riu Tim. — Mas o que o capitão acha disso? Você comentou com ele?

— Claro que não, por que eu o faria? Não tenho que dar nenhuma satisfação a Drake, aliás, é justamente para poder continuar assim que preciso de um trabalho. Não posso permitir que ele continue pagando nossas roupas, comida, o hotel... e não creio que o dinheiro que temos conosco seja suficiente para tudo isso. Além do mais, seria bom ter uma provisão de fundos para quando voltarmos a Londres.

— Você está certa! Eu consegui algumas gorjetas ajudando John Doe com os cavalos, mas não é muito. Por que você não pergunta à senhorita Devereaux? Ela talvez saiba de alguma coisa.

— Foi a primeira ideia que me ocorreu. Infelizmente ela achou graça e disse que Drake jamais concordaria com tal disparate. Com ela definitivamente não posso contar, terei que encontrar algo por conta própria. Mas não conseguirei fazer isso neste exato momento, acho que teremos que nos abrigar por algum tempo, o sol está abrasador — reclamou Annie, sentindo a boca seca enquanto gotas de suor se formavam em sua testa e sobre o lábio superior.

— Há uma taberna logo ali, em frente àquele píer. Podemos ir até lá — sugeriu Tim.

— Ótima ideia, vamos pedir um refresco, descansar um pouco e, se tivermos sorte, o taberneiro pode até estar precisando de auxiliares — disse Annie dando uma piscadela para Tim.

O Golden Dragon não parecia muito respeitável, mas a possibilidade de sentar--se por alguns minutos em um local fresco tomando uma bebida fria foi razão mais do que suficiente para convencê-la. Decidida, abriu a porta. O ruído de vozes altas e o cheiro azedo de corpos mal lavados os atingiu com força, no entanto, a sede que a consumia era tanta que optou por continuar. Uma dezena de pares de olhos pareceu convergir para eles. Uma mesa pequena à esquerda estava vaga e foi para lá que se dirigiram.

— O que vão querer? — A mulher de cabelos escuros se aproximou, varrendo Annie com os olhos da cabeça aos pés.

— Dois refrescos, por favor.

A gargalhada da moça eclodiu alto, enquanto seu olhar mudava de curioso para sarcástico.

— Lamento, temos rum e cerveja.

— Que seja cerveja, em canecas limpas — revidou Annie sem se intimidar, relanceando os olhos discretamente pelo lugar. Estava lotado de marinheiros, a maioria obviamente bêbados, alguns jogando dados, outros se divertindo com garotas que usavam vestidos muito decotados. Nada muito diferente das tabernas do cais do porto em Londres e, pelo jeito, igualmente suja e perigosa.

— Você acha que eles precisam de ajudantes? — perguntou Tim. — Talvez possamos trabalhar juntos como em Londres. Este não me parece um bom lugar para uma garota sozinha.

— Certamente não é mesmo um bom lugar, a não ser que você esteja em busca de um certo tipo de companhia — gracejou para afastar a inquietação. — Quando a garota trouxer a cerveja, vou perguntar a ela se conhece algum outro que possa estar precisando de empregados. De qualquer modo foi bom sair do sol por alguns minutos. Ainda não me acostumei com o clima nesta parte do mundo.

Com o canto dos olhos, Annie viu o marinheiro se aproximando. Tarde demais ela percebeu que fora um erro entrar ali. O sujeito era grandalhão, tinha cabelos loiros e ensebados, inúmeras tatuagens e, pelo andar trôpego e olhos congestionados, estava embriagado. Arrancando a caneca de cerveja da mão da criada, ele a colocou com força na frente de Annie, entornando uma quantidade razoável de líquido sobre a mesa.

— Olá, boneca, eu trouxe a sua cerveja. Sabe, estou há duas semanas nesta maldita ilha e você é a primeira mulher que vejo em quem vale a pena investir uns trocados. Como é seu nome? Que tal irmos lá para cima nos divertir um pouco?

O homem falava um inglês arrastado, enrolando as palavras e com um sotaque que ela não reconheceu. Devia ser um dos marinheiros que vinham das colônias e claramente significava encrenca.

— Não, obrigada — apressou-se Annie a responder. — Entramos apenas para matar a sede e estamos de saída. Vamos, Tim, temos que ir — disse, colocando rapidamente uma moeda sobre a mesa e sinalizando para o garoto segui-la.

O sol do lado de fora da taberna feriu seus olhos com força. Instintivamente Annie parou por um segundo, protegendo-os com a mão, tempo apenas para que a retina se acostumasse com a claridade e o suficiente para que o sujeito, inconformado com a recusa, os alcançasse.

— Espere um pouco, sua vagabunda — gritou ele chamando a atenção. — Você está dizendo que não vai beber comigo? Eu disse que vou pagar!

— Ela não vai beber com você, deixe-a em paz — interferiu Tim.

— Ora... ora... ora... temos um valentão aqui! Cale a boca, fedelho! — E deu um safanão no garoto, derrubando-o.

— Tim!

O grito angustiado de Annie ecoou. Rapidamente ela sacou o pequeno punhal de Toledo de entre as dobras do vestido e o apontou para o sujeito. Os olhos soltando chispas davam mostra de sua fúria, nem mesmo a diferença de tamanho entre eles parecia intimidá-la.

— Você o feriu! Afaste-se e deixe-nos em paz ou eu não hesitarei em furá-lo.

O sujeito olhou para a arma e gargalhou.

— Você é das que dão trabalho, uma gata selvagem! Exatamente do jeito que eu gosto... Ei, Mathias — gritou para alguém dentro da taberna sem tirar os olhos dela. — Você tem um quarto vago lá em cima, não tem? Eu e a dona aqui vamos nos divertir um pouco. — E fez menção de agarrá-la, mas antes que a segurasse foi arrancado do lado dela e arremessado com força para longe.

— Capitão! — o grito de júbilo de Tim reverberou.

Drake estava parado à frente do homem, os olhos tais quais blocos de gelo, as pernas afastadas e os punhos fechados com força, numa atitude claramente beligerante.

— Não ouse tocá-la!

Drake e Benjamin saíram satisfeitos da reunião. O Governador estava analisando o pedido para que a Paradise's Company tivesse exclusividade no transporte de açúcar e rum de Nova Providência para a Inglaterra. Se conseguissem garantir isso, os ganhos seriam muito mais significativos, tudo de acordo com os planos de Drake.

— Acho que tudo está caminhando bem; em alguns dias começaremos a levar a carga de açúcar para bordo do *Tempestade II*. Depois basta providenciar os víveres para a viagem e checar a tripulação. Tenho ainda alguns detalhes a acertar, mas em breve seguirei de volta a Londres e enfim poderei me dedicar a descobrir quem foi responsável pelo incêndio no *Tempestade* e pela morte prematura de meu pai.

— Fique tranquilo que tomarei as providências, apenas me avise o dia em que decidir partir e o navio estará pronto. E quanto aos negócios por aqui, eu cuidarei de tudo e o manterei informado.

— Tenho certeza de que sim, meu amigo. Com você e o Capitão Norton dividindo os encargos, em breve a Paradise's Company será uma das maiores da Inglaterra e, seguramente, a mais importante no transporte de açúcar do Novo para o Velho Mundo. E eu terei fundos e tempo mais do que suficientes não só para descobrir quem arruinou minha família como também para fazer o nome Morgan voltar a ser pronunciado com respeito.

— Depois de tanto tempo você ainda tem esperança de obter informações que o ajudem a descobrir o responsável pelo incêndio?

— Não lhe contei, mas descobri algo novo. No dia em que deixamos Londres fui até minha antiga casa. Na véspera, eu havia determinado ao Capitão Norton que tomasse providências para, em nome da Companhia, recomprar propriedade a qualquer preço. Não sei ao certo se por nostalgia ou apenas para me certificar de que estava em boas condições; o fato é que senti vontade de rever meu antigo lar. Para minha surpresa, enquanto observava, parado na calçada em frente, vi Lady Poppy Campbell chegar e entrar sem nem mesmo ser anunciada.

— Sua noiva?!

— Sim, minha ex-noiva, a que me abandonou no exato momento em que descobriu que a fortuna dos Morgan havia escorrido pelo ralo — comentou com evidente amargor.

— E o que ela estava fazendo ali?

— Foi exatamente o que me perguntei. Infelizmente já havíamos decidido zarpar naquela noite, seria por demais arriscado permanecer em Londres por mais tempo. Você sabe, meu amigo, eu não era o único a bordo do *Tempestade II* procurado pelos homens do rei; sua cabeça e a de mais dois ou três também estão a prêmio. Não se tratava de colocar em risco apenas meu pescoço, havia outros que sofreriam com minha irresponsabilidade. Não tive tempo para investigar, mas juro que vou descobrir tudo assim que voltar. Acho que o fato de Lady Poppy estar frequentando Egerton House pode ter alguma relação com o mistério que envolve o incêndio do *Tempestade*.

— Agora entendo como você, sempre tão atento e esperto, se deixou golpear naquela tarde no cais — exclamou Benjamin, com um brilho de compreensão nos olhos.

— Sim, eu estava com o pensamento a milhas de distância e não percebi o agressor se aproximando. Poderia ter sido pior se Annie e Tim não tivessem me auxiliado, isso explica por que me sinto tão em dívida para com eles.

Benjamin pigarreou, era visível que algo o incomodava. Drake permaneceu quieto; conhecia o amigo o suficiente para saber que ele acabaria por mencionar o assunto, fosse ele qual fosse.

— Essa garota... essa Annie...

— O que tem a garota, Ben?

— Você está agindo de forma diferente quando se trata dela, acho que está se envolvendo mais do que normalmente o faria.

— Isso não é verdade, eu apenas a trato bem, porque, como disse, sinto-me em dívida.

— Não, meu amigo, você olha para ela de uma forma especial. Não adianta negar.

— Ela é uma mulher bonita, eu a acho atraente e gosto de tê-la em minha cama. Meus olhares são os de um homem que sente desejo. E por que isso o preocupa? Certamente não é a primeira vez que uma mulher me atrai a ponto de eu manter um relacionamento um pouco mais próximo — contestou Drake, esforçando-se para manter a impressão de que Annie era sua amante.

— Você tem certeza de que quer que ela vá a seu encontro em Londres? Cuidado, meu amigo, ela pode atrapalhar seus planos. Seus olhares são de um homem prestes a se apaixonar, isso, sim! Seria ótimo ver esse coração empedernido ser tocado por uma mulher, mas seria melhor ainda se nós soubéssemos alguma coisa sobre ela.

Drake cerrou as sobrancelhas. Benjamin estava louco! Apaixonar-se? Jamais! Annie era um desafio que ele adoraria vencer, mas mais do que isso, era alguém que precisava de ajuda! Não poderia dizer ao amigo que sabia mais sobre ela do que ele imaginava, não sem trair seu segredo.

— Você está completamente enganado — afirmou com uma certa irritação. — Tenho mais com o que me preocupar. Essas insinuações sem sentido não merecem a minha atenção. E devo dizer que conto com você para ajudá-la, se ela precisar de algo depois que eu já houver partido.

Benjamin ergueu as mãos, as palmas abertas em frente ao corpo em sinal de rendição. Se o assunto não era agradável a Drake, ele não insistiria, muito embora tivesse a sensação de que o amigo estava minimizando a realidade. De forma diplomática, deixou a questão de lado e voltou ao assunto principal.

— Tenho certeza de que, quando voltar a Londres, todo o mistério que envolve o incêndio do *Tempestade* será desvendado. Você tem se dedicado a organizar esse retorno há anos. Mas agora, no que diz respeito aos negócios aqui, o que pretende?

— Ainda faltam alguns acertos a serem feitos antes de minha partida. Vou nomeá-lo meu procurador para que possa comprar o açúcar e embarcá-lo em meu nome. Como combinamos, você ficará totalmente responsável pelas transações da Paradise's Company aqui em Nassau. Eu não pretendo retornar antes de conseguir esclarecer tudo e restaurar o bom nome de minha família.

— Eu entendo, meu amigo, e sabe que pode contar comigo. Cuidarei de tudo por aqui em seu nome. Você sabe que não tenho qualquer intenção de voltar à Inglaterra, Nassau tornou-se meu lar.

— Sei que sim — agradeceu Drake, dando um tapinha amigável nas costas do amigo. Ele realmente não sabia quando retornaria, nem mesmo havia razões que justificassem uma volta. No entanto, a amizade fraternal com Benjamin era motivo suficiente para que o elo com a Nova Providência fosse mantido. Na verdade, não estava pronto para simplesmente se desfazer dos últimos sete anos de sua vida, por maior que fosse o desejo de retornar à Inglaterra. Nassau o acolhera e proporcionara a chance de enriquecer e engendrar sua vingança, além de ter lhe propiciado amigos verdadeiros, um *presente* que ele não descartaria. — Vou até o navio, tenho que ir buscar documentos e o diário de bordo para conferir algumas anotações — disse, voltando às questões práticas. — Precisamos concluir a parte burocrática e embarcar logo a carga. Em breve estaremos na época dos furacões e não pretendo ser surpreendido por um durante a jornada. Quanto antes partir, mais seguro será.

— Quer que eu faça isso? Que vá até o navio?

— Não, eu mesmo vou. Pensando bem, acho que vou dispensar os homens de guarda e ficar por lá esta noite, cansei do tumulto de Nassau — completou, ignorando completamente a surpresa estampada na face de Benjamin. Com um gesto de despedida, tomou o rumo do cais.

Ele sentiu o olhar do amigo lhe queimando as costas, realmente aquele não era seu comportamento habitual. Drake gostava do movimento de Nassau, das noites animadas, da taberna da senhorita Devereaux e de suas meninas, sempre dispostas a lhe dar prazer e alegria. Como confessar ao amigo que daquela vez nada disso o seduzia, que não conseguia deixar de pensar em Annie? Se o fizesse, Benjamin insistiria naquele absurdo sobre ele estar se apaixonando. Era verdade que não sentia vontade e nem disposição para tomar nos braços outra mulher que não fosse a garota franzina e atrevida, mas creditar isso à possibilidade de estar se apaixonando era um exagero. Certamente tratava-se apenas de desejo. Um desejo absurdo e feroz que o paralisava e fazia com que suas entranhas se dissolvessem a cada vez que a tocava, nada mais do que isso. No entanto, a força daquele sentimento era uma novidade, e ele precisava de algumas horas em paz, sozinho, para colocar seus pensamentos em ordem e controlá-lo. Havia muito em jogo; seu plano minuciosamente elaborado estava sendo colocado em prática, e ele não podia se deixar distrair, nem mesmo por uma irlandesa adorável de cabelos cor de ouro e sardas no nariz.

*Pelos deuses do mar, eu preciso arrancar essa mulher da minha mente senão vou acabar perdendo o controle, agarrá-la sem pedir permissão e fazer amor até que nossos corpos se desfaçam como espuma, exaustos e saciados.*

Apressando o passo, procurou com os olhos o local onde o bote de apoio deveria estar atracado. O *Tempestade II* já estava ancorado a uma certa distância do cais, e ele precisava que o marinheiro o levasse até lá. E foi então que a viu, à frente da taberna, empunhando o que parecia um punhal e defendendo-se de um gigante loiro. O grito do sujeito chegou a seus ouvidos ao mesmo tempo em que uma névoa vermelha de puro ódio toldou seus olhos.

*O que ela fazia ali? E como aquele verme ousava tocá-la?*

— Não ouse tocá-la!

As palavras, ditas em voz baixa, transmitiam uma carga de raiva mais letal do que se houvessem sido gritadas.

— E quem é você? — perguntou o bêbado, tentando levantar-se para revidar o empurrão.

— Sou o homem que vai arrebentá-lo com as próprias mãos se não se afastar dela agora!

— Ninguém diz a Sam Foster o que fazer, muito menos o miserável de um inglês. — E o gigante lançou-se sobre Drake com toda a força de seu corpo.

Annie mal sufocou um gemido quando os dois homens se engalfinharam. Por um segundo, ela temeu por Drake. O tal Sam era pesado e acertou alguns socos com força. Ela viu Drake se curvar, atingido em algum ponto vulnerável. Porém, a superioridade do capitão logo ficou evidente. Com agilidade ele se reergueu e desviou dos golpes erráticos, golpeando o sujeito com destreza e raiva incontida. Foi quando o marinheiro sacou um punhal, a lâmina longa e letal.

— Maldito inglês — rosnou o sujeito, rodeando Drake enquanto se posicionava procurando o melhor momento para atacá-lo.

A briga já atraíra curiosos que incentivavam os dois opositores com gritos. A possibilidade de sangue jorrar estimulava aqueles homens rudes. Longe de ser apartada, a disputa se tornara um espetáculo de diversão.

Assustada, Annie sufocou um grito mordendo o punho quando viu o gigante loiro investir, o punhal descrevendo um arco no ar em busca de um ponto vulnerável. No entanto, o homem estava bêbado por demais, então, com habilidade, Drake agarrou e torceu-lhe o pulso até que o som de ossos se partindo arrancou do sujeito um urro de dor e o obrigou a soltar a lâmina. Ele tentou reagir, distribuindo golpes a esmo, mas o capitão se esquivou com facilidade e, incentivado pelos gritos de uma plateia acostumada a atos de extrema violência, passou a esmurrá-lo até que a cara do marinheiro se tornou uma massa disforme e sanguinolenta.

— Basta, Drake, você vai matá-lo! Basta, já é o suficiente!

O grito de Annie se sobrepôs ao barulho dos golpes e aos urros do populacho. A contragosto, Drake afastou-se. Limpando um filete de sangue no canto da boca com as costas da mão, ele disse em uma voz alta o suficiente para que todos ao redor escutassem:

— Nunca, jamais, coloque suas mãos sujas nela outra vez! Que sirva de lição a todos, jamais se atrevam a tocá-la!

E virando-se para Annie agarrou-a pelo braço, levando-a com ele.

— Espere... Tim... Onde está Tim? Aquele brutamontes o empurrou — perguntou Annie, preocupada com o garoto enquanto era praticamente arrastada por um Drake visivelmente furioso.

— Estou bem aqui, Annie — respondeu o garoto. — Não se preocupe, estou bem atrás de vocês. Foi ótimo como você socou o desgraçado, capitão, foi ótimo.

Respirando profundamente para clarear a mente, Drake estacou. A adrenalina ainda corria por seu sangue, mas a razão o obrigava a controlar-se. Voltando-se para Tim, o capitão perguntou num tom de voz contido.

— Você está bem mesmo? Ele não o feriu?

— Não, foi apenas um empurrão. Eu não ia deixá-lo machucar Annie, capitão, não ia — afirmou o garoto muito sério.

— Tenho certeza disso, meu amigo, mas o fulano era muito maior do que você. Não seria uma briga justa, por isso eu intervi. Mas, já que você está bem, será que poderia procurar John Doe e avisá-lo de que eu e a senhorita MacGiver iremos até o *Tempestade II*? Tenho que ir buscar alguns documentos e acho melhor não a deixar por aqui. Não se sabe como aquele infeliz vai reagir ao acordar. E você também, fique com John, será mais seguro.

— Pode deixar, capitão. Missão dada, missão cumprida. Vou correndo até lá!

— Obrigado, meu amigo — respondeu Drake, mexendo nos cabelos espetados de Tim. — Nos veremos mais tarde, talvez amanhã. — E, retomando as passadas duras, foi à procura do bote, arrastando Annie consigo.

Ela pensou em opor-se, pois ele sequer havia perguntado se ela desejava retornar ao navio, mas a lava incandescente que parecia transbordar dos olhos furiosos de Drake lhe dizia que talvez fosse melhor aguardar em silêncio até que o vulcão se acalmasse. Ela nunca o vira tão furioso!

★

— Pode me explicar a razão de tanto mau humor? Você arrebentou o sujeito!

Durante o percurso do cais até o navio, Drake mantivera um silêncio opressivo e raivoso. Ela até tentara conversar, mas ele apenas erguera a mão sinalizando que deveria ficar calada. *Talvez ele não queira tratar nenhum assunto na frente do marinheiro,* pensara, ao notar que o homenzinho que conduzia o bote olhava de um para o outro com evidente curiosidade.

Agora, no entanto, estavam sozinhos e não havia por que manter aquele clima de animosidade.

— Afinal, o que foi que eu fiz? — insistiu ela diante do mutismo de Drake. — Era só um marinheiro bêbado, eu me defendi... O que há de reprovável nisso? Se é que esse é o motivo de seu mau humor.

— Só um marinheiro bêbado? — o urro quebrou o silêncio que ele vinha mantendo na última hora. — Você tem ideia do que aquele marinheiro bêbado teria feito com você se eu não tivesse chegado?

— Ora, eu tinha o punhal, se ele tivesse tentando alguma coisa eu...

— Ele a teria arrastado, violado, machucado... Punhal! Aquele brinquedinho dourado não o teria impedido! Ninguém naquele lugar a teria ajudado! Se eu não tivesse chegado... O que você fazia ali? Como foi parar num lugar como aquele?

Annie ficou chocada, Drake parecia realmente desesperado por ela.

— Eu... estava quente demais na rua! Fui procurar uma sombra e um refresco! E tenho certeza de que o teria afugentado...

Só então ela começou lentamente a perceber a enormidade do risco que correra. Nassau não era Londres! Ela realmente poderia ter se ferido, ainda assim, o orgulho não lhe permitia reconhecer que ele estava certo.

— Não importa, o que importa é que estou bem! E não quero ficar aqui com você, prefiro voltar ao hotel. Será que há um bote e um marinheiro a bordo que possa me ajudar? — perguntou, relanceando os olhos pelo convés completamente vazio.

— Você não vai a lugar algum — grunhiu Drake. — Vai ficar aqui, onde eu possa vigiá-la!

— Você não pode me impedir — contestou ela, petulante, com o queixo ostensivamente erguido. — Eu não vou ficar aqui à mercê de seu mau humor. Pare de se comportar como se eu fosse responsabilidade sua, eu sei me cuidar! Se precisar, vou a nado!

— Atreva-se! — rosnou ele.

Annie olhou para o cais. A distância chegava a uma centena de jardas, talvez um pouco mais, mas o mar na enseada era calmo e quase sem ondas. Bastaria uma prancha para ajudá-la. Desafiadora, olhou ao redor para tentar encontrar alguma.

Drake seguiu seu olhar e percebeu a intenção. *Ela só pode estar brincando comigo,* foi o pensamento que lhe ocorreu quando ela colocou o pé sobre uma caixa para alcançar a amurada. Furioso, ele a puxou para impedir o gesto inconsequente. Annie tentou resistir, mas apenas conseguiu se desiquilibrar e cair, como um presente, dentro dos braços dele.

— Você não pode...

O protesto se calou dentro dela, barrado pela muralha de músculos que a segurava.

Drake sentia o martelar furioso do próprio coração. Raiva e paixão se fundiram em um único sentimento, as mãos pareciam ganhar vida própria, desesperadas por tocar, despir e acariciar. Ansiava por sentir o gosto dela, mas se manteve imóvel, como se houvesse sido congelado pelo encanto de uma sereia feiticeira. Se permitisse um único movimento, seu corpo não o obedeceria e simplesmente a devoraria, saboreando-a como um manjar há muito desejado. Todavia sua honra não lhe permitia quebrar a palavra dada. Ele a queria, mas só a tomaria se ela também quisesse. Com o coração corcoveando no peito como um cavalo indomado, sussurrou em seu ouvido:

— Posso, eu posso, sim... mas só o farei se pedir!

A frase de dúbio sentido fez Annie estremecer, o orgulho se digladiando com o desejo feroz que a fazia estremecer nos braços dele. Mas resistir se tornara uma batalha perdida. Ela não tinha mais forças para fugir do que também desejava. Suspirando, reconheceu o próprio desejo e cedeu. Lentamente amoldou seu corpo ao dele, concordando e pedindo com gestos, ainda que não com palavras... Mergulhou nos olhos dele e sentiu o oceano cinzento ficar revolto de paixão.

E quando ela assentiu na rendição muda e sutil, ele soube que o mundo se resumia àquele instante e que nada mais seria o mesmo. Simplesmente deixou que suas mãos, sua boca e seu coração ganhassem vida e a tomassem para si. E dessa vez ela não o afastou...

O corpo de Annie era macio, sua pele suave cheirava a jasmim. O desejo que o assolava era tão intenso que o fazia querer mergulhar nela como se estivesse atirando-se às profundezas do mar. Febrilmente ele afastou o tecido, desnudando-lhe os ombros e expondo a curva dos seios, enquanto sua boca traçava um caminho de fogo, descendo pelo longo pescoço a caminho do colo alvo.

Com cuidado, deitou-a no convés. A razão o mandava carregá-la para o leito, mas em seus sonhos loucos era ali que ele a possuía, ao som das ondas e sob o brilho das estrelas. Habilmente, ele a livrou das roupas, deixando-a completamente nua...

Annie estremeceu, a pele arrepiada pelo vento noturno. Um sussurro rouco escapou por sua garganta. Ela enfiou os dedos entre seus cabelos e puxou-o para si, nada mais importava a não ser sentir o corpo dele contra o seu. Nem decência, nem pudor ou mesmo vergonha. Ela precisava dele! Precisava de seu calor, de seus braços, suas mãos fortes tocando-a, sua boca despertando sensações jamais imaginadas... Por instinto, ela apoiou as mãos em seu peito, afastando a seda da camisa, os dedos longos tateando os músculos firmes. Drake gemeu com o toque e rapidamente livrou-se da barreira imposta pelas roupas, liberando o contato de pele contra pele, coração contra coração...

Maravilhado, ele envolveu-lhe os seios, os polegares acariciando os mamilos rígidos pelo frio e pela excitação. Annie gemeu e ele mergulhou, tomando-os na boca, mordiscando-os e sugando-os enquanto seus dedos a penetravam, descobrindo seus lugares mais íntimos.

— Por favor... — ela implorou pelo desconhecido — Por favor...

Era o que bastava! Incapaz de conter-se por mais tempo, Drake posicionou-se e Annie abriu-se como uma flor que desabrocha, acolhendo-o em seu corpo e em seu coração. E eles mergulharam num oceano de prazer, embalados pelo canto das sereias.

— Como você está, minha pequena sereia?

Annie, envolta na colcha, olhava o céu através das grandes janelas envidraçadas do camarote. Havia milhões de estrelas, certamente mais do que os grãos de areia que forravam o leito do oceano, ainda assim elas não brilhavam tanto quanto seus olhos.

— Feliz! Estou feliz — respondeu ela.

Drake tocou-a novamente, as mãos percorrendo seu corpo delgado, afastando o tecido que a vedava de seus olhos milímetro a milímetro. Ela era maravilhosa em sua nudez, e ele não se cansava de admirá-la. O encontro de seus corpos fora um momento glorioso; ela se entregara com paixão, embora com total inexperiência e ele a desejara ainda mais por isso.

— Eu a machuquei? — a pergunta foi sincera e preocupada. Ela era tão pequena, tão delicada que ele temia tê-la ferido. Mesmo tendo procurado manter o controle, em algum momento a paixão o dominara. — A primeira vez nunca é muito agradável — justificou. —Mas eu prometo que...

— Ssshhh! — Annie colocou o dedo suavemente sobre os lábios dele. — Foi maravilhoso, você foi... tudo o que eu um dia sonhei.

Drake segurou-lhe a mão e depositou um beijo cálido na palma, envolvendo-a nos braços.

— Você precisa dormir um pouco, minha sereia, descanse.

— Hummm, eu não estou exatamente cansada — contestou Annie, enquanto traçava o contorno da mandíbula de Drake com a ponta do dedo indicador e descia sentindo os músculos firmes do peito, até espalmar a mão no abdômen rijo. Drake gemeu. Se ela não se aquietasse, ele se jogaria sobre ela novamente como um lobo faminto.

— Annie, você... Foi sua primeira vez... eu não quero machucá-la... — gemeu, tentando manter um mínimo de sanidade.

Guiada pelo desejo e pelo instinto de mulher, ela girou o corpo e refez o caminho tracejado com a ponta da língua, sentindo o gosto da pele dourada, percebendo cada nuance dos músculos firmes, acariciando cada cicatriz com beijos suaves.

— Você não vai me ferir... tenho certeza de que não — murmurou ela.

Grunhindo, Drake ergueu-se e aprisionou o corpo dela sob o seu, segurando os pulsos finos acima da cabeça.

— Você me enfeitiçou, pequena sereia, e está me arrastando para as profundezas dos desejos com seu canto silencioso. Tem razão, eu preciso de mais, muito mais — gemeu, enquanto deixava os lábios deslizarem pela pele macia, sentindo cada centímetro, embriagando-se com seu gosto e com seu cheiro.

Não havia limites para as descobertas mútuas, mãos e bocas explorando cada saliência e cada reentrância, embalados pelo murmúrio suave das ondas e pelos gemidos de prazer. Até que o céu, mais uma vez, explodiu numa profusão de luzes e cores, corações e almas, unidos em um abraço apaixonado.

Exausta e saciada, Annie aninhou a cabeça em seu peito. Jamais sentira-se daquela forma em toda a sua vida, plena, amada e segura. Seus olhos se fecharam, e ela embarcou em uma viagem ao reino dos sonhos, mesmo sabendo que nenhum deles seria tão belo quanto a realidade que estava vivendo.

# CAPÍTULO XVII

— Aonde estamos indo capitão? — perguntou Tim, ansioso e encantado com o passeio.

A manhã estava luminosa, o céu azul não tinha um único fiapo de nuvem. Àquela hora, o sol ainda não estava forte o suficiente para ferir a pele e os olhos com seu ardor. A carroça, dirigida por John Doe, levava Annie, Tim e algumas cestas de mantimentos. Drake cavalgava ao lado deles, a expressão serena escondendo o tumulto interior.

— Logo à frente há uma pequena praia, poucos a conhecem e sua beleza é indescritível, um verdadeiro paraíso. Quando a descobri, encantei-me pelo local e construí um chalé. É nele que venho me refugiar em busca de paz e sossego quando volto de minhas viagens. É para lá que vamos, para Coral House. Acho que vocês vão gostar.

Nos últimos dois dias ele havia transitado entre o êxtase absoluto e o remorso mais negro ao relembrar a noite passada com Annie no *Tempestade II*. Fazer amor com ela fora uma experiência sublime, pois ela era de uma dualidade desafiadora, sua doçura só se comparava à sua coragem e independência. A sintonia entre eles fora tão grande que a sensação era de que seus corpos se conheciam antes mesmo que eles houvessem se encontrado. Fora gloriosa a forma como se ajustaram e se fundiram. Ele jamais usufruíra de tal plenitude com nenhuma outra mulher. Desejara parar o tempo e permanecer em seus braços para sempre. Fora com tristeza que vira o dia nascer.

À luz do sol, instintos saciados e mente aquietada, ele percebera que seu comportamento fora egoísta e cruel. Ela confiara nele e entregara-lhe sua inocência, mas o que aconteceria dali para frente? As palavras ingênuas de Annie lhe voltaram à mente *"...não sou uma puritana, o amor entre um homem e uma mulher... bem, eu sei o que acontece. No entanto, acho que deve haver algum sentimento nessa... situação"*. Ela vibrara em seus braços, entre eles houvera sentimento, uma paixão arrebatada, sensual, plena. Ele conhecia muito bem as mulheres, Annie se entregara com volúpia. A questão era saber se ela fizera isso acreditando em um *depois*. E ele... haveria lugar para ela em um depois?

Eram perguntas que não sabia como responder. Em Londres tudo seria diferente, ele seria diferente. O depois poderia apenas torná-la infeliz e ele não queria lhe infligir essa dor. Teria que controlar seus desejos.

Ansioso por chegar, Drake sentiu-se tentado a forçar o passo de seu cavalo, mas a prudência o fez refrear o ímpeto. Não adiantaria avançar sozinho, a carroça não acompanharia o ritmo. Sua pressa estava firmemente atrelada à vontade de mostrar a ela Coral House, seu recanto favorito no mundo. Levá-la até lá seria como desnudar a alma e permitir acesso a uma parte que escondia de todos. Ali, ele despia a capa de indiferença e dureza que o mundo jogara sobre seus ombros e deixava o verdadeiro Drake aflorar. Mostrar-se completamente era a única maneira que encontrara para fazê-la saber que sua noite de amor fora especial e que, independentemente do que viesse depois, sempre haveria dentro dele um lugar que pertenceria apenas a ela.

Na véspera, Benjamin comentara que ele tinha um brilho diferente no olhar.

— O que aconteceu? Por acaso foi visitado por belas sereias quando dormiu no navio? Há dois dias você parece ter sido enfeitiçado, meu amigo, está sorrindo sem motivo — dissera, com certa surpresa satisfeita.

Drake rira, afastando a hipótese com um gesto de mão. Justificara os sorrisos alegando que seus planos começando a dar certo o deixavam mais relaxado. Contudo, a verdade era que uma sereia de olhos dourados realmente o enfeitiçara. Havia em Annie algo raro. Seu espírito rebelde associado à sua mente sagaz eram um verdadeiro desafio. Ele estava fascinado! Apenas não sabia como lidar com aquilo. Não sabia como encaixar esse sentimento novo em uma vida total e completamente programada.

Incapaz de controlar a ansiedade que tais pensamentos e lembranças lhe causavam, esporeou o cavalo apressando o passo.

John Doe conduzia a carroça com cuidado sob a sombra de flamboyants floridos. A estrada, pouco mais do que uma trilha arenosa, margeava a costa. A cada curva, Annie se deslumbrava mais e mais com a vista do oceano translúcido, salpicado de ilhotas e debruado por praias de areias brancas. Era realmente encantador, e ela exalou o ar com satisfação.

— Seja qual for o lugar para onde esteja nos levando, deve ser um lugar que se assemelha ao paraíso — gritou para ele. — Veja essas flores, são lindas!

Drake apenas sorriu, ela certamente gostaria. A confirmação veio com o arquejo de Annie e a exclamação de Tim quando, ao final de uma curva, a enseada escondida entre rochas se descortinou aos olhos deles. Era impossível não se deslumbrar com a pequena praia de areia fina ou com o mar azul turquesa, de águas serenas e pontilhado ao longe por ilhotas verdejantes. Sob a sombra dos coqueiros havia uma vivenda de grandes janelas voltadas para o oceano e ladeadas por uma buganvília coalhada de flores escarlates.

Uma mulher de pele cor de chocolate, magra e alta, os lindos olhos escuros já circundados por pequenas rugas, esperava por eles. Ela usava uma roupa diferente e colorida, um turbante na cabeça e colares de contas em volta do pescoço. Parecia uma rainha, altiva e bela, esperando que lhe prestassem reverência. E foi mais ou menos isso que Drake fez ao se aproximar e cumprimentar, beijando-a carinhosamente na face.

— Mandy, como está?

— Bom dia, meu capitão. Estava esperando por vocês. E vejo que temos visita — observou, analisando Annie e Tim com olhos curiosos e críticos.

— Annie MacGiver, esta é Mandy. Estes são Annie e Tim, eles me ajudaram em Londres e acabaram embarcando no *Tempestade II*. Talvez eu não estivesse aqui hoje se não o tivessem feito — assumiu Drake com um tom de voz agradecido.

A mulher ergueu uma sobrancelha e olhou firme nos olhos de Annie, como se quisesse devastar todo seu interior. Satisfeita com o que viu ali, deu-lhes boas-vindas.

— Sejam bem-vindos, os amigos de meu capitão, meus amigos também o são. — E abriu um sorriso enorme e caloroso. E só depois disso esticou os braços para John, acolhendo-o em um abraço apertado.

— Mandy é a esposa de John — respondeu Drake ao perceber o olhar curioso de Tim. — São meus amigos, cuidam da casa e de mim — concluiu, observando a expressão de Annie com certa ansiedade. Embora não soubesse a razão, era importante que ela gostasse do casal e daquele lugar. Satisfeito, percebeu que a jovem mantinha a mesma expressão relaxada e feliz que vinha demonstrando nos últimos dias.

Annie não apenas se sentia bem, estava encantada. Era tudo incrivelmente bonito. E, embora Mandy fosse uma pessoa reservada, ela não viu em seus olhos nenhum julgamento ou adulação por sua relação com Drake. Sentiu-se bem recebida por ela mesma, não por ser a amante do capitão. Aquela era uma boa sensação, e ela sentiu-se grata. Aspirou o ar fresco e salgado até sentir os pulmões se expandirem totalmente, exalando lentamente como se quisesse absorver completamente a vida que naquele instante lhe parecia maravilhosa!

— Venha, Tim, vamos até a beira d'água antes que o sol se torne insuportável!

Erguendo as saias, Annie correu para a orla provocando o garoto que a seguiu em desabalada carreira. Eles mergulharam os pés na água morna e transparente, caminharam até as rochas ao sul, exploraram cada recanto. Incentivado por ela, Tim despiu a camisa e mergulhou nas ondas pulando e espalhando água como a criança que ainda era.

Drake os observava à distância, havia inocência naquela cena. Annie era totalmente despida de artifícios. Transparente, estampava no rosto todas as suas emoções, inclusive a afeição que sentia em relação a Tim. Em um mundo em que as mulheres dissimulavam sentimentos para conquistar objetivos, ela era uma brisa fresca. Sem que se esforçasse, a cena em que se despedira de Poppy, anos antes, voltou-lhe à mente numa comparação inesperada. Lembrava-se da rejeição que identificou nos olhos da noiva quando ela tomou conhecimento da perda de sua fortuna.

— *Que absurdo* — pensou. — *São mulheres e situações diversas, qualquer comparação entre elas é descabida, naturalmente não reagiriam da mesma forma.*

Ainda assim, não pôde se furtar a mais um olhar de admiração no exato momento em que Annie, saias erguidas acima dos tornozelos, gargalhava feliz enquanto as ondas lhe lambiam os pés nus.

Quando o sol atingiu seu pico, Mandy lhes preparou a refeição, arrumando tudo com capricho na mesa posta na varanda. A louça era simples, mas de bom gosto, a comida farta e saborosa, e o clima, agradável, quase familiar, como se todos se conhecessem há muito. Com o canto dos olhos, Annie observou Drake. Jamais o vira tão relaxado em meio a outras pessoas, parecia ter abandonado todas as suas defesas e apenas desfrutava daquela paz. Como se percebendo que estava sendo observado, ele voltou-se para ela e deu-lhe um sorriso que lhe subiu aos olhos. Ela não pôde evitar o estremecimento de alegria que sacudiu seu coração.

— O que é isso? — perguntou Tim chamando a atenção ao apontar para um prato de grandes moluscos que Mandy servira, coberto com um molho espesso e bem temperado.

— É konk, um caracol do mar, sua carne é branca e macia. Experimente, é muito saboroso — disse ela.

— Você tem certeza de que podemos comer isso? — A incerteza dominava a expressão de Tim ao observar o molusco ainda dentro da própria concha.

— Eu, particularmente, gosto muito — interferiu Drake, servindo-se da iguaria. — Mas você só vai saber se experimentar. Às vezes precisamos nos arriscar para descobrir e conhecer o novo, por vezes gostamos, outras, não. Em ambos os casos vale a pena, é sempre útil aumentar nossos conhecimentos.

Convencido, Tim serviu-se de uma pequena quantidade, e, por um instante, mastigou o alimento com uma expressão séria, até que um sorriso satisfeito surgiu.

— É bom mesmo — disse, lambuzando os dedos no molho e enchendo a boca com mais um bocado, o que arrancou algumas risadas de todos.

— Que bom que gostou! Você está muito magro, vamos encher esses ossos de carne! Coma um pouco desse arroz com caranguejo, também é muito bom — insistia Mandy, colocando mais comida no prato de Tim como uma mãe zelosa.

— Annie, a comida de Mandy é muito melhor do que a da Senhora Nichols, e esse lugar é muito mais bonito do que Londres. Acho que vou querer ficar por aqui!

O comentário arrancou novas risadas de todos, e Drake, num gesto amistoso, mais uma vez despenteou os já espetados cabelos de Tim. Annie estava contagiada pela beleza e alegria do dia; não conseguia se lembrar de outra ocasião em que se sentira tão acolhida, nem mesmo quando seu pai era vivo. Seria isso a felicidade? Essa sensação de pertencimento a algo ou alguém? Com esforço, controlou-se e voltou sua atenção ao grupo. Não era o momento para deixar que tais emoções viessem à tona.

— Você tem uma marca diferente aqui, Tim, nunca vi nada assim. — Mandy apontava um sinal na pele do garoto. Visível através da camisa entreaberta, a mancha castanho claro em formato de estrela logo acima do coração, parecia ser um sinal de nascença.

— Minha mãe dizia que era a marca da minha origem — respondeu ele com orgulho.

— Marca de sua origem? — perguntou Drake, curioso. — O que ela queria dizer com isso?

— Eu não sei, capitão, ela apenas dizia que eu nasci como um presente dos céus e que por isso tinha a marca da estrela em cima do coração, igualzinho ao meu pai.

— Que bonito, Tim, sua mãe devia ser uma pessoa muito amorosa. É uma pena que seus pais tenham morrido tão cedo — disse Annie com carinho.

Uma nuvem toldou os olhos do menino, as palavras da mãe lhe voltaram à mente e ele sentiu-se tentado a partilhar seu segredo. Contudo, a experiência nas ruas havia sido cruel, e, ainda que desejasse, não conseguia confiar totalmente. Além disso, talvez eles não acreditassem nele, e isso seria uma decepção enorme.

— O que foi, Tim? — perguntou Annie, notando-o se retrair.

— Nada — respondeu de forma um tanto apressada. — Não foi nada, acho que comi demais, minha barriga está doendo!

— Será? — perguntou John Doe em tom de brincadeira.

— Faça a sesta em uma das redes da varanda, você se sentirá melhor — aconselhou Mandy.

— Acho que vou fazer isso. Você se importa se eu dormir um pouco, Annie?

— Claro que não! E como não comi tanto quanto você, vou caminhar sob a sombra das árvores e explorar a paisagem depois que ajudar Mandy a guardar tudo — respondeu ela.

— Não se preocupe com isso, vá fazer seu passeio. Se subir aquela trilha sob os flamboyants, você chegará a um pequeno promontório. A vista lá de cima é lindíssima. E é um local bastante isolado, você não correrá perigo, tampouco será importunada — sugeriu Mandy.

— Obrigada, farei isso, então.

Por um instante, enquanto amarrava a fita do chapeuzinho de palha sob o queixo, Annie aguardou ansiosa que Drake se manifestasse, mas, para sua decepção, ele não se propôs a acompanhá-la. Parecia ter assuntos a tratar com John Doe, e ela conformou-se em fazer o passeio sozinha.

A subida não era íngreme, e a sombra das árvores a protegia do sol. Ainda assim, Annie precisou fazer esforço para alcançar o alto do promontório. O que a esperava, porém, compensou cada passo dado: a imensidão do oceano se descortinava à sua frente numa paleta de cores que ia desde o azul turquesa ao verde profundo, até encontrar o céu e se fundir num tom único e cintilante. Algumas ilhotas pontilhavam o espelho d'água, envoltas na espuma das ondas que quebravam ao seu redor. Era mesmo muito bonito.

Annie jamais se sentira tão livre. Um ímpeto de se lançar no espaço e alçar voo para alcançar os céus, como se isso fosse possível, a invadiu. Rindo, ela abriu os braços e gritou para o infinito, ao que o vento lhe respondeu com um sussurro agradável. Por um instante, Londres lhe pareceu um mundo absolutamente distante, até mesmo dispensável. O que seria a vida dela se simplesmente abdicasse do desejo de voltar à Inglaterra para provar sua inocência e permanecesse em Nassau? Se criasse uma nova realidade para si e construísse uma vida ali, longe de todo o horror que Londres poderia lhe reservar?

A resposta aflorou em sua mente com a rapidez de um raio. Por mais belo que tudo fosse, a vida naquele lugar só teria sentido se Drake permanecesse a seu lado. Porém ele partiria em breve e, sem ele, aquele mundo perderia a cor, e toda a beleza apenas a recordaria do que não poderia voltar a ter.

Ela estava vivendo um conto de fadas, sentindo-se como uma das personagens dos romances. Ele a trouxera para conhecer seu refúgio. Isso significava que aquela noite representara mais do que apenas um momento de prazer? A ansiedade gerada pela dúvida surgia com a mesma intensidade com que a felicidade a tomava. Sentia-se lendo uma das histórias de amor de que tanto gostava. Como seria escrita a última página de tal livro? O que o capítulo final lhe reservaria? Alegria ou sofrimento?

O ruído de uma folha seca pisada chamou sua atenção. Um arrepio a percorreu, e ela sentiu os cabelos da nuca se eriçando. Annie pressentiu-o, a força de sua presença carregava o ar de eletricidade. Lentamente ela se virou. Os olhos querendo se certificar de que o coração não se enganara, de que ele viera a seu encontro e estava ao alcance de seu abraço.

E lá estava ele, observando-a a distância. Braços cruzados, ombros largos, longas pernas enfiadas em botas de couro negro, os cabelos amarrados na nuca, a barba escura cobrindo o maxilar rígido e firme, sobrancelhas cerradas lhe conferindo um ar selvagem...

Annie temia ver gelo e frieza naqueles olhos acinzentados, tão semelhantes ao mar num dia de tempestade, mas o que encontrou foi fogo e paixão. O calor de um dia de sol!

Um pirata... o seu pirata... Drake...

Ela sentiu um baque. O que era aquele sentimento, forte o suficiente para fazê-la sentir-se no céu e em seguida lançá-la no abismo das dúvidas e incertezas? A realidade a atingiu com força e a fez cambalear.

*Deus me ajude, estou completa e perdidamente apaixonada por ele!*

Foi seu último pensamento racional antes que ele a envolvesse num abraço feroz e apaixonado.

# CAPÍTULO XVIII

Drake caminhava apressado, o tempo parecia curto diante de tantos assuntos a resolver. O encontro que teria com o Governador naquela noite era, sem dúvida, um dos mais importantes, já que definiria um dos aspectos significativos de seu plano. Ele pretendia cobrar todos os favores prestados à Coroa durante os últimos sete anos passados nas Antilhas. Ainda que indiretamente, ele ajudara a fortalecer os laços entre Inglaterra e Nassau. Mesmo banido, mantivera-se como um súdito leal, e seu auxílio em questões que envolviam comércio ou fidelidade ao reino fora inestimável. Da mesma forma, os negócios que pretendia realizar através da Paradise's Company trariam benefícios comerciais e impostos polpudos aos cofres ingleses. Ele pretendia ressaltar tudo isso naquela noite. O Governador seria um tolo se recusasse seu pedido para interceder junto à Sua Majestade, a fim de que o título de Sir lhe fosse concedido, como anteriormente o fora a seu pai. A pretensão não era absurda e certamente lhe garantiria um acesso mais rápido à aristocracia.

Ele conhecia a sociedade londrina o suficiente para saber que suas movimentações financeiras e aquisições deveriam estar despertando a curiosidade de aristocratas e banqueiros. Certamente estavam se perguntando quem seria o homem por trás da Paradise's Company, a firma que surgira recentemente e passara a realizar negócios de vulto na City. O sigilo, porém, era uma de suas armas; todos os negócios estavam sendo realizados por seu procurador. Quem tramara a derrocada de seu pai não precisava saber que o rapaz escorraçado estava voltando em condições muito mais vantajosas às que usufruía quando deixara a Inglaterra.

Ele não seria reconhecido de imediato, o homem que se tornara não tinha nada em comum com o garoto que partira há sete anos, nem mesmo a aparência física. O esforço e a labuta no mar haviam lhe trazido músculos e uma cor de pele que os cavalheiros ingleses não costumavam cultivar. Cicatrizes no copo e na alma somaram-se a um certo cinismo no olhar e o tornavam bastante diferente do rapaz audacioso, porém um tanto inocente, que se vira espoliado de todo o seu patrimônio.

A carta que recebera do Capitão Norton na véspera o tranquilizara. Ele era novamente um homem livre, suas dívidas estavam quitadas, e todas as pendências legais, sanadas. Além disso, o capitão cumprira diligentemente as ordens que lhe dera, o que lhe garantiria voltar a Londres em grande estilo. Sua boca se retorceu num sorriso irônico ao perceber que, possivelmente, seria a maior novidade da próxima temporada. Era isso o que buscava, a surpresa que acometeria a sociedade quando percebessem que o bem-sucedido dono da Paradise's Company era ele, o filho e sócio de Sir Raymond Morgan e ex-noivo de Lady Poppy Campbell. Aos poucos, todos entenderiam que ele voltava em busca do status perdido e de vingança contra os que o destruíram.

Envolto em seus planos, só percebeu que chegara à residência do Governador quando vislumbrou os jardins iluminados. Como sempre, os archotes traziam um brilho dourado aos arbustos e flores. Um sorriso lhe distendeu os lábios ao se lembrar de Annie iluminada por eles, linda e etérea, dançando sob a luz das estrelas.

*Que garota incrível! Tão jovem e doce, ainda assim forte e corajosa!*

A lembrança dela brandindo o punhal contra o marinheiro americano em defesa de Tim o fez rir alto, mas em seguida seu olhar voltou a endurecer. Ela também fora vítima de um canalha sem escrúpulos, provavelmente um patife que, escondido sob um brasão e um título, cometera a indignidade de assassinar uma infeliz para roubar-lhe as joias.

*Ela foi tão aviltada quanto eu! Não posso confundir as coisas, colocar meus desejos acima da necessidade dela em provar a própria inocência ou mesmo de meus próprios planos. Vou ampará-la e abrigá-la até que provas sobre quem é o verdadeiro culpado sejam encontradas, e, quando a Coroa levantar todas as acusações que pesam contra ela, ajudá-la-ei a recomeçar.*

Um recomeço pra Annie... a retomada de uma vida da qual ele não faria parte, um recomeço que poderia levá-la a partilhar sua intimidade com outro homem. Enraivecido, cerrou os punhos fortemente. A ideia de outro homem tocando seu corpo, beijando seus lábios e ouvindo seus sussurros de prazer, era simplesmente intolerável!

Drake sacudiu a cabeça, Annie era uma questão que surgira de forma inesperada e tumultuara seu coração. No entanto, ele precisava limpar a mente e concentrar-se; não podia permitir que nada o desviasse de seu objetivo. Havia lembranças demais, dores, humilhações e perdas reais... Há anos vivia e respirava em função do que estava prestes a acontecer, perder-se em questões secundárias estava fora de questão. Não havia um lugar para Annie na vida que iria iniciar em Londres.

*Descobrir o assassino, vingá-lo e reconquistar o lugar que meu pai almejou tem sido meu objetivo há sete anos, nada deve afastar-me dele, nem mesmo uma garota doce e corajosa. Eu não devo iludi-la, uma ligação permanente poderia trazer consequências, inclusive a possibilidade de um filho ilegítimo. Isso não seria justo com nenhum de nós. Vou controlar meu desejo, manter as mãos e o coração longe dela...! Annie foi uma lufada de ar fresco em minha vida, mas não deve passar disso.*

Decidido, obrigou-se a afastar o pensamento e tocou a sineta entregando seu cartão ao criado que lhe abriu as portas. A conversa com o Governador era um importante detalhe dentro do seu longo planejamento, e ele precisaria concentrar seus esforços em ser persuasivo. Nada e nem ninguém o afastaria do caminho arduamente trilhado.

★

A cama parecia estar forrada por pregos. Annie sentia o corpo tenso e dolorido, e ansiava pelo alívio do sono que se negava a surgir. Se permanecesse deitada, acabaria por se afogar em um mar de angústia. Desconfortável, vestiu um roupão e foi até a janela. A lua cheia distribuía sua luz azulada e tornava a noite quase dia. Em vão, ela procurou enxergar Drake na rua vazia, mas não havia sinal dele. A cidade estava adormecida e inerte.

Os últimos dias haviam sido um misto de alegria, expectativa e incerteza. Annie se sentia contagiada pela alegria de Nassau. Seus dias eram preenchidos por passeios na companhia de Tim e se findavam em tardes preguiçosas deitada numa rede, saboreando uma fruta exótica, o suco escorrendo pelo queixo enquanto se divertia com as histórias de Edith. Foram conhecer o forte Charlotte, e John os levou ao interior da ilha, a uma fazenda de cana de açúcar, para ver o caldo doce e grosso ser extraído e transformado em melaço e depois em açúcar. Mas era ao cair de cada noite que a ansiedade tomava conta de seu coração. A inquietude pelo momento em que a escuridão trouxesse consigo o calor de Drake. Por noites a fio ela o aguardara, enquanto assistia o firmamento se revestir pouco a pouco de estrelas brilhantes, o corpo palpitando em expectativa pelo prazer que ele a faria sentir. Ele estivera com ela todas as noites, porém naquela... naquela ele não viera!

Era sua última noite em Nassau, o *Tempestade II* partiria na manhã seguinte, levando-o para um mundo onde tudo seria diferente. Era aflitivo para ela saber que permaneceria ali depois da partida de Drake. Não conseguia imaginar aquele lugar sem ele, e seu coração se confrangia ao pensar que a mágica que seus corpos juntos produziam não mais se repetiria.

O dia fora longo. Para ocupar a mente e as mãos, passara a manhã arrumando e organizando seus próprios pertences, mesmo ciente de que ela mesma só partiria em algumas semanas. No entanto, a bagagem era mínima, e sua arrumação não lhe tomara muito tempo. Pensara em procurar pela senhorita Devereaux e oferecer seus préstimos, deveria haver algo com que pudesse se ocupar, mas estava por demais ansiosa e desatenta, e, no íntimo, sabia que não conseguiria ser útil. Acabara por voltar a seu quarto, decidida a aguardar por ele e ali permanecera desde então. O sol declinara permitindo à lua demonstrar todo o seu esplendor. Conforme as horas avançavam, sua apreensão aumentava e a esperança de que ele viesse ao seu encontro diminuía.

Inquieta, não conseguia evitar relembrar as sensações que ele despertava ao tocar seu corpo. Sentia os seios se intumescerem, um frêmito entre as coxas e a respiração arfante. A lógica lhe dizia que ele não havia lhe prometido nada, contudo, embora o amor envolva muitas coisas, lógica não é uma delas. A esperança, a amiga íntima dos apaixonados e inimiga declarada da razão, insistia em lhe sussurrar no ouvido que talvez, apenas talvez, o paraíso continuasse a existir para eles. Em sua mente as duas duelavam, razão e esperança, roubando-lhe a paz.

*Sua tola, não se iluda, Drake a teve em sua cama, mas isso não quer dizer que você signifique algo. Ele não a ama! Não virá, sua esperança é infundada. Seja forte, lembre-se de que o amor torna as mulheres tolas. Lembre-se de Lady Belinda. Ela acreditou no amor, e ele a matou. Mantenha o controle de seus sentimentos, não permita que ele quebre seu coração, porque, se ele a deixar, não haverá ninguém para ajudá-la a recolher os cacos!*

*Não... eu o tive em meus braços... li em seu rosto o que seus lábios se negavam a dizer... ele me quer! Meu amor é tão grande que ultrapassará o oceano e se tonará suficiente para nós dois! Ele virá!*

— Basta! — o grito escapou de seus próprios lábios. — Basta de tortura! Amanhã será um novo dia, amanhã eu pensarei no que fazer!

Sacudindo a cabeça para desanuviar a mente, ela deixou de procurar pela silhueta dele na rua e voltou ao leito. O calor sufocante a deixava ainda mais desconfortável. Num gesto de rebeldia, arrancou a camisola úmida de suor e enfiou-se novamente entre os lençóis amarfanhados esperando pela benção do sono e pelo alívio do "*não pensar*". Em algum momento, muito antes que o astro rei reclamasse seu lugar, sua mente cedeu, e, por fim, Morfeu a tomou nos braços levando-a em uma viagem pela terra dos sonhos.

Algo muito leve tocava sua pele. Annie abriu os olhos e se deparou com Drake a centímetros de distância, deslizando o dedo indicador lenta e delicadamente por seu rosto, contornando seus lábios, sentindo a textura de suas sobrancelhas.

— Hummm — resmungou ela com alegria. — Você voltou!

— Contra toda a lógica e razão... não consegui resistir. Que os deuses me perdoem, eu juro que tentei, mas... esta noite, a última noite, ainda é nossa!

— Senti sua falta, meu querido — respondeu Annie, esticando os braços para ele. Com o gesto, o lençol a descobriu, deixando os seios pequenos e redondos à mostra. Envergonhada, ela fez menção de cobrir-se, mas Drake segurou-lhe o pulso delicadamente, impedindo-a.

— Também senti a sua! Não, não se cubra, por favor! Não me canso de vê-la nua em minha cama. Você não imagina quantas noites fiquei acordado imaginando momentos assim — disse, enquanto puxava lentamente o lençol, descobrindo-a completamente. — Você tem ideia do quanto eu desejo tocá-la dessa forma? — E deixou que sua mão escorresse por seu pescoço, deslizando em direção aos seios, ao ventre, ao interior de suas coxas, enquanto a boca tomava-lhe um mamilo entre os lábios num sugar ávido e faminto.

Annie arquejou, seu corpo se curvou em direção ao dele reagindo com a mesma intensidade da primeira noite; a diferença era que agora ela sabia o que esperar. Enterrou os dedos entre os cabelos escuros e puxou ainda mais a cabeça de Drake para si, os lábios dele descrevendo caminhos de fogo por seu corpo, incendiando seus sentidos...

Sofregamente ele arrancou as próprias roupas. Nenhuma barreira deveria se interpor entre eles; ansiava por levar consigo a lembrança desse toque. A luz da lua entrava pelas janelas abertas e iluminava a pele dos corpos suados, fazendo-a brilhar, como se recoberta pela poeira das estrelas. Os movimentos ficaram sincronizados, os gemidos, profundos, até que o universo explodiu num turbilhão de luz e calor.

E tudo o que importava para Annie era que ele estava ali! Ele era seu mais uma vez! Aquela noite ainda lhes pertencia! O amanhã não existia... Gemendo, Drake também se entregou ao calor daqueles braços. Que os deuses o perdoassem, ele se permitiria subir aos céus mais uma vez.

# CAPÍTULO XIX

A Nova Providência ficava para trás. Nassau, com sua alegria esfuziante, suas cores, aromas e sabores, se tornaria apenas uma lembrança feliz. Agitando um lenço branco, Annie se despediu mais uma vez de Edith e John, que, do cais, acenavam de volta. Eles os haviam acompanhado, e ela sentia o coração já se enchendo de saudades.

— Vou sentir saudades deles, Annie — confessou Tim.

— Eu também vou, deles e de Nassau. Tive tanto medo quando soube que estávamos vindo para cá, e, no entanto, foram as melhores semanas de minha vida.

— Mas eu pretendo voltar. Conversei com o capitão antes de sua partida, e ele prometeu que se eu quiser poderei embarcar no *Tempestade II* como grumete. Ele disse que o novo capitão é um homem muito bom, o ensinou a navegar e poderá me ensinar também. E mais, se eu quiser, poderei depois trabalhar com Benjamin em Nassau!

— Drake lhe prometeu tudo isso? Bem, se é isso que deseja, fico contente por você ter encontrado seu lugar, meu amigo.

A animação de Tim perdeu a força ao notar o desalento da amiga.

— Quando chegarmos a Londres, você terá o capitão novamente a seu lado, não ficará sozinha. Quem sabe ele até lhe peça em casamento? — comentou o menino, feliz com a possibilidade, os olhinhos brilhando de excitação. — Por isso pensei que não haverá problema se eu voltar ao mar para navegar em busca de fortuna. Mas, se você não quiser, não irei. Prometi que ficaríamos juntos, que eu cuidaria de você e não esqueço minhas promessas — apressou-se em explicar.

— Não se preocupe. — Sorriu Annie sem desmentir o garoto, afinal, não havia razão para empanar o brilho de sua alegria. — Não sei de onde você tirou a ideia de casamento, mas certamente não ficarei sozinha. E acho que você tem que ir em busca de seu sonho. Se é a vida no mar que deseja, agarre sua chance e vá procurar sorte e fortuna. Caso contrário, como conseguirá me presentear com lindos vestidos?

— Então não vou dizer adeus e sim até breve. Eu voltarei, Nassau! — gritou Tim, agitando a mão em despedida à cidade que já desaparecia envolta na luz dourada do ocaso.

Annie sentiu o coração se apertar. Será que ela também voltaria algum dia? O que o futuro lhe reservava? Uma vida feliz ou um abismo de solidão e tristeza? Como se ouvisse um chamado, virou-se e ergueu os olhos para o castelo de popa, mas não era Drake que se encontrava lá. Seu coração se encolheu de saudades.

Ela não sabia o que aconteceria quando chegassem a Londres, a única certeza que tinha era que provar sua inocência se tornara apenas parte do que desejava. Não desistiria dele, simplesmente não conseguiria. Voltando-se para o oceano, endireitou os ombros e ergueu o queixo, enchendo os pulmões com o ar salgado e limpo. Uma nova vida começava para Annie MacGiver, e ela faria o que fosse possível para que seu pirata fizesse parte dela.

— Minha querida, você é muito boa com crianças. E Tim é um rapazinho muito gentil também, veja a adoração com que Frank o observa!

— Ah, Senhora MacAllister, sua filha é adorável — respondeu Annie, encantada com a garotinha que segurava no colo. — Veja esses olhos azuis, tão expressivos, e ela já está balbuciando algumas palavras... É muito esperta para a idade e nem um pouco manhosa, é muito fácil cuidar de um bebê tão dócil assim. Na verdade, os dois são encantadores, e, acredite-me, Tim está se divertindo tanto quanto seu filho ao ensiná-lo a fazer os nós de marinheiro. Ele estava um pouco entediado nessa viagem em que segue como simples passageiro.

— Tenho muito a lhe agradecer, foi uma sorte estarmos no mesmo navio. Não sei como conseguiria cuidar de duas crianças sozinha. Frank dá muito trabalho correndo de um lado a outro, e eu já me sinto tão pesada — disse a jovem senhora, passando a mão pelo ventre pronunciado de uma terceira gestação. — Meu marido não tem muito jeito com as crianças — completou, um pouco sem graça.

— Eu também fiquei agradecida quando o Capitão Drake disse que eu viajaria na companhia de uma família. Certamente teria sido desagradável ficar encerrada em um navio por três semanas sem ter outra mulher com quem conversar. Não se preocupe, tem sido um prazer ajudá-la.

— Fico admirada em ver como tem conseguido suportar os rigores da viagem; eu continuo enjoando terrivelmente, não sei se pelo balançar do navio ou se por minha condição — disse a Senhora MacAllister, ficando repentinamente pálida e levando um lenço embebido em água de colônia ao nariz. — Gravidez por si só já nos faz passar mal, não é mesmo? Oh, perdoe-me, esqueci que você é solteira, obviamente não terá como saber disso — desculpou-se constrangida.

As duas mulheres, acompanhadas pelas crianças, estavam no tombadilho aproveitando a brisa fresca que vinha do mar. Haviam se conhecido logo no início da viagem, quando Annie, por orientação de Drake, procurara pela família. Simpatizaram uma com a outra de imediato. Percebendo a dificuldade da jovem mãe, ela imediatamente se oferecera para ajudá-la com as crianças.

— Eu adoro o mar. Quando segui para Nassau, há alguns meses, não senti absolutamente nada, mesmo tendo enfrentado uma tempestade tropical. No início dessa viagem estava me sentindo perfeitamente bem, mas nos últimos dias tenho sentido um certo desconforto. Esta manhã precisei usar o balde, imagine! Mas tenho certeza de que não foi em decorrência do balanço do mar e, sim, do peixe salgado que foi servido no jantar de ontem.

— Talvez seja isso, e você tem sorte de ter passado mal apenas com o peixe, quanto a mim... mal consigo segurar água no estômago — disse a pobre senhora, voltando a apertar o lenço sobre a boca.

— Pobrezinha! — murmurou Annie sensibilizada. — Faltam poucos dias, Senhora MacAllister, em breve, estaremos em Londres.

— Será uma benção pisar novamente em solo inglês!

Annie sorriu. Para ela, a benção seria reencontrar Drake. Será que ele estaria à sua espera?

As salas eram perfeitamente adequadas em número, tamanho e aparência. O conjunto localizado em um prédio na City era distinto e passava a impressão de solidez. Com algum esforço, ele conseguiu visualizar o espaço ainda vazio, decorado com móveis, tapetes e todos os itens necessários para seu funcionamento, além de ser repleto de funcionários em atividade, num clima de otimismo e eficiência,

— Você tem toda razão, esse espaço é mais do que adequado, Capitão Norton. Sua escolha foi perfeita, a Companhia ficará muito bem instalada aqui. Os funcionários já estão contratados?

— Já, sim, todas as vagas foram preenchidas. Dei preferência aos que trabalharam na Companhia Marítima Morgan, conforme a lista que você me passou.

— Fico satisfeito com isso, eram homens competentes e fiéis a meu pai e a mim. Mas não comentou com nenhum deles sobre eu ser o verdadeiro dono, não é?

— Claro que não, fiz tudo como combinamos. No entanto, tenho certeza de que ficarão felizes ao descobrir. Alguns usaram o trabalho que prestaram a seu pai como referência, sempre mencionando Sir Raymond como um patrão justo.

— Não conseguiremos evitar por muito tempo mais que descubram minha identidade, a notícia vai acabar se espalhando, mas até lá já terei conseguido meu objetivo que é ver a Companhia em pleno funcionamento com um número considerável de clientes.

— Já temos diversos contratos para transporte e venda de açúcar aqui na Inglaterra. Se sua preocupação era essa, pode ficar tranquilo, estamos bem estabelecidos e com clientes respeitáveis. A inauguração dessa sede será o toque final.

Drake sorriu, tudo estava acontecendo como havia previsto. Todavia, o mais importante ainda estava em suspenso, não tinha conseguido nenhuma pista sobre quem teria sido o mandante do incêndio e responsável pela morte de seu pai.

*Não importa, agora tenho todo o tempo do mundo e fundos mais do que suficientes para descobrir. Vou dedicar-me a isso, nada vai atrapalhar meus planos.*

Curiosamente, sem que conseguisse evitar, um par de olhos cor de avelã marcado por pontinhos dourados invadiu seu pensamento e fez seu coração suspirar. Ela chegaria em breve, e ele temia que, com sua presença ali, seus planos se tornassem mais difíceis de executar. Os últimos sete anos haviam sido cuidadosamente planejados, ele apenas não contava que um furacão, com nome de mulher e doces olhos, surgisse para tumultuar sua vida e exacerbar seus desejos.

# CAPÍTULO XX

## LONDRES, OUTONO DE 1791

A residência, situada numa rua discreta em Mayfair, era suntuosa. A fachada de tijolos escuros, parcialmente coberta por hera, ficava pouco recuada e, por isso, era protegida por uma grade de ferro que não chegava a vedar a entrada principal. A porta, pintada em verde musgo, ao cabo de dois degraus, dava acesso direto à rua e ostentava uma aldrava de bronze muito polida. Grandes janelas brancas, protegidas por cortinas de veludo, permitiam uma fugaz visão do interior. À esquerda de quem olhava havia um portão lateral para a entrada de carruagens e provavelmente de criados e prestadores de serviço.

Abismada, Annie ficou parada sem saber se usava a aldrava ou se dirigia à lateral para ser atendida no acesso dos criados. Qual seria seu lugar ali? Nada a havia preparado para tamanho esplendor. Mais uma vez conferiu o endereço. Sim, aquele era o lugar. Aquela era a casa de Drake Morgan!

ALGUMAS HORAS ANTES

Londres continuava a mesma, fria e enevoada! As ruas lamacentas com as primeiras chuvas do outono e o cheiro desagradável do Tâmisa, carregado pelo vento nordeste, penetrando nas narinas e nas roupas. Por um instante, a lembrança do ar fresco de Nassau a assaltou, mas ela a afastou. Nassau já era passado, ela precisava se fixar no presente.

Um tremor a percorreu, e ela não soube definir se o arrepio decorria da umidade ou do medo. A alegria de voltar à Inglaterra estava obscurecida pelo receio do que o futuro lhe reservava. Nem mesmo o entusiasmo sempre contagiante de Tim fora capaz de diminuir sua apreensão. Ansiosa, Annie voltou a observar a rua através da janela do salão da estalagem, a xícara de chá suspensa a meio caminho dos lábios. Até quando deveria esperar?

O navio aportara há três dias, e ela, ansiosa, vasculhara o cais com os olhos, esperando avistar Drake entre aqueles que vinham em busca dos outros passageiros.

Fora em vão, ele não se encontrava lá, e ela os vira desembarcar um a um até que não pôde mais adiar a própria saída. Acompanhada de Tim, deixara a ilusão e se lançara nas ruas congestionadas da capital inglesa à procura do endereço que Drake lhe entregara ainda em Nassau.

Prevendo algum desencontro, ele a orientara a procurar hospedagem na Estalagem do Marquês. A travessia do oceano não permitia uma previsão exata da data de chegada dos navios, e ele fora cauteloso, pelo que ela estava grata. Havia inclusive um bilhete, com data de muitos dias, à sua espera quando chegara à estalagem.

*"Annie,*

*Espero que a viagem tenha sido satisfatória. Eu tenho tido compromissos e me ausentado algumas vezes de Londres; como não conseguirei saber a data exata em que chegarão, providenciei acomodações para você e Tim. Dois quartos foram pagos por três dias, basta que use meu nome e serão acomodados. Dentro desse prazo eu certamente saberei que vocês estão aqui e irei, ou mandarei alguém, buscá-los. Fiquem no albergue, evitem sair, simplesmente aguardem. Ainda não consegui saber se há um mandado de prisão contra vocês, por isso, apenas esperem. Mandarei buscá-los em breve.*

*Drake Morgan"*

— Um mandado de prisão? — A expressão chocada de Annie evidenciara que ela não havia pensado nessa possibilidade.

— Prisão? O que quer dizer, Annie? — indagara Tim, igualmente assustado, ao ouvir a exclamação.

— Não se preocupe, é uma pequena possibilidade. Podemos estar sendo procurados, mas Drake está tomando providências. Ele nos pediu para aguardar aqui na estalagem que em dois ou três dias virá nos buscar. Tenho certeza de que o capitão cuidou de tudo e ficaremos seguros. — Tranquilizara Tim enquanto seguiam o criado até os respectivos quartos.

Ela não vinha se sentindo confortável desde então. O hábito de prover a própria subsistência sem depender da proteção de um homem havia fincado raízes em seu espírito desde que o pai a abandonara. Mas não tinha alternativa; se houvesse um mandado de prisão em seu nome, ela não podia correr riscos. O que aconteceria com Tim se fosse presa? Sozinha e na prisão jamais conseguiria provar a própria inocência, tampouco a dele. Por isso aceitara a determinação e há três dias aguardava por notícias de Drake. Contudo a demora já a estava inquietando.

— Você acha que ele se esqueceu de nós?

A pergunta de Tim a tirou de seu devaneio. O menino parecia tão ou até mais ansioso do que ela própria.

— Não, certamente que não — acalmou-o. — Tome seu chá, logo teremos notícias. Drake deve estar ocupado resolvendo seus assuntos. E, afinal, ainda estamos no terceiro dia, ou seja, dentro do prazo.

— E se ele não vier? — insistiu Tim, a angústia se refletindo nos olhos escuros.

— Lembra-se da nossa libra de ouro? Eu a tenho aqui, podemos pagar por mais algumas noites e refeições. Se Drake não vier... bem, meu querido amigo, seremos só nós dois novamente. Não se preocupe, pensarei em alguma coisa. Pelo menos agora estamos apresentáveis, será mais fácil conseguir emprego — gracejou.

— E a... você sabe, a...

— Sim, já pensei nisso — disse Annie, evitando que Tim usasse a palavra polícia em voz alta, o que poderia chamar atenção indesejada. — Diga, meu amigo... — continuou, aproximando-se dele e falando baixinho. — O que você acha de ser meu irmão?

O garoto arregalou os olhos, em seguida um sorrisinho satisfeito iluminou seu rosto.

— Para mim você já é uma irmã!

Uma onda de emoção a envolveu, Annie sentia-se da mesma forma. Isso só aumentava sua responsabilidade; Tim ainda era uma criança, e ela precisava protegê-lo. Nos últimos dias, montara uma história. Se Drake não voltasse para buscá-los, iria construir uma nova identidade. Detestava mentiras, mas não via outra solução. Se fosse apenas por ela, não trairia suas convicções, mas havia Tim. O menino já havia sofrido muito, não merecia ser jogado na prisão ou recolhido a um orfanato de indigentes. Em ambos os casos, o tratamento era tão desumano que muitos preferiam a morte.

— Somos irmãos, pelo menos no coração, e isso não é uma mentira. Podemos dizer que acabamos de chegar das Colônias para onde fomos levados por nosso pai ainda crianças. Agora ele morreu e decidimos voltar a Londres. Infelizmente, na viagem perdemos a maior parte de nossa bagagem e os documentos. Somos Annie e Timothy... Que sobrenome você gostaria de usar?

Antes que Tim pudesse responder, um homem de aparência agradável surgiu no salão esquadrinhando o local, evidentemente à procura de alguém. Segundo depois, encaminhou-se em direção a eles.

— Senhorita MacGiver, acredito — indagou com simpatia, retirando o cachimbo que trazia no canto da boca. — E você deve ser Tim. Drake me falou muito bem de você. Parece que também quer ser um capitão de navio.

A menção ao sonho fez Tim desmanchar a expressão desconfiada e abrir um sorriso.

— O senhor é o Capitão Norton? — perguntou o garoto.

— Perdão, em meu entusiasmo não me apresentei como deveria. Capitão Henry Norton, encantado em conhecê-la, senhorita MacGiver — disse, enquanto fazia uma leve mesura.

— Encantada, Capitão Norton, mas por que nos procura?

— Drake me pediu para vir em seu nome. Uma carruagem está à espera para levá-los até sua casa, a partir de agora ficarão hospedados lá.

— Na casa de Drake?

— Sim! E não se preocupe, senhorita MacGiver, ele tem condições de acomodá-los — esclareceu com um sorriso ao ver a expressão de dúvida estampada no rosto de Annie. — Infelizmente não poderei acompanhá-los, tenho algumas providências para tomar aqui no porto em relação ao *Tempestade II*, mas o cocheiro faz parte da criadagem e os levará em segurança, fiquem tranquilos.

Dessa forma, antes que Annie e Tim se dessem conta, haviam atravessado Londres e chegado a Mayfair. Naquele momento, encontravam-se parados e boquiabertos diante de uma enorme mansão.

— Você acha que esta é a casa do capitão, Annie?

Os olhinhos arregalados davam dimensão da surpresa de Tim. A viagem de carruagem já havia sido um feito inimaginável para o menino que vivera grande parte da vida nos fundos de uma estrebaria, ocupando-se em escovar e alimentar animais como os que agora o haviam conduzido.

— Talvez ele apenas ocupe um quarto, talvez simplesmente trabalhe para o lorde que reside aqui — respondeu Annie sem convicção.

A casa era realmente imponente, um exemplo do estilo de vida da aristocracia, porém, absolutamente destoante daquela que Drake mantinha em Nassau. Annie lembrou-se da vivenda simpática à beira mar, enfeitada pelas flores vermelhas da buganvília. Literal e figurativamente, havia um oceano de distância entre elas.

Poderia um marujo da Nova Providência, ainda que capitão de seu próprio navio, ser o proprietário de uma residência daquele porte? Quem era realmente o Capitão Drake? Bem, ficar parados à porta não os levaria a lugar algum, não se quisessem descobrir o que estava acontecendo. Dando um passo à frente, Annie usou a aldrava com vigor.

Não foram necessários mais do que alguns segundos. Um mordomo impecavelmente trajado abriu a porta e os perscrutou em silêncio.

— O Capitão Drake, por favor?

— Sir Drake Morgan não se encontra — corrigiu-a o mordomo. — Mas devo supor que são a senhorita MacGiver e o jovem Tim?

— Sim, somos nós. — Adiantou-se Tim, um sorriso entre a admiração e expectativa lhe alargando o rostinho.

— Sir Drake avisou-nos de sua chegada, estão sendo esperados.

Afastando-se da porta, abriu-a para lhes dar passagem, porém, Annie, levemente constrangida, não se moveu.

— Talvez... seja melhor usarmos a outra entrada?

— Senhorita, se essas fossem minhas ordens certamente eu já os teria encaminhado para lá. Sir Drake foi bastante claro em suas instruções.

— Mas esta é mesmo a casa do Capitão Drake?

Não houve qualquer alteração no tom de voz ou fisionomia, mas um lampejo de curiosidade e talvez de impaciência brilhara nos olhos muito claros do mordomo.

— Senhorita, queiram entrar, por favor — insistiu, sem responder à pergunta formulada. Dar explicações claramente não fazia parte de suas funções.

A volta de Sir Drake a Londres fora um surpresa bem-vinda, e Geoffrey aceitara sem qualquer hesitação retornar ao serviço daquela família. Imaginara que tudo seria como no tempo do velho Sir Morgan, mas as surpresas continuaram surgindo. A primeira delas fora notar que atualmente seu senhor se assemelhava mais a um pirata do que a um lorde. Outra, fora descobrir que os hóspedes esperados pertenciam a uma classe menos favorecida. Não que isso o chocasse, afinal, ele próprio deixara os serviços de um lorde para retornar aos cuidados de Sir Drake, o que, convenhamos, não era usual e para muitos significaria um retrocesso profissional. Geoffrey preferia prestar seus serviços a alguém por quem nutria admiração, e o velho Sir Morgan fora um homem admirável e correto, diferente do visconde mesquinho e abominável a quem servira nos últimos sete anos. Além disso, estava curioso para descobrir o que a vida nas Colônias ensinara a Drake, a quem vira crescer; lições, pelo visto, não muito tradicionais. Contendo um sorriso, voltou sua atenção aos jovens que continuavam parados e perplexos, admirando a beleza do hall de entrada.

— Vou mandar uma criada acompanhá-los para seus aposentos — informou, solícito.

— O capitão, quero dizer, Sir Drake vai nos receber? — indagou Annie, ansiosa.

— Sir Drake tinha compromissos importantes hoje. Deu ordens para que fossem acomodados, pediu que descansassem e que eu a informasse de que amanhã poderão conversar.

Annie apenas concordou com a cabeça, levemente atordoada. Estava claro que Drake tinha uma posição privilegiada, muito diferente daquela que ela imaginara. Não pôde conter um leve desapontamento. Ao contrário do que pareceria lógico, isso a entristecia. Era como se o Drake que conhecia e amava se distanciasse mais a cada minuto, tornando-se apenas uma lembrança.

— Annie, acho que o capitão é rico!

A exclamação de Tim, em um misto de assombro e euforia, não era lá muito educada, mas traduzia bem o que ambos sentiam naquele momento.

— Sim, meu amigo, ao que parece, é, sim — limitou-se a concordar com apreensão.

*Não apenas rico, um aristocrata com um título de Sir! Mas o que um rico aristocrata inglês fazia travestido de pirata em Nassau? E por que alojá-los como hóspedes e não simplesmente admiti-los na ala dos criados?*

Os pensamentos galopavam na mente atordoada de Annie enquanto ela acompanhava a criada rumo ao andar superior. Mais uma vez sua vida sofria uma reviravolta - concluiu antes que o assombro pelo lindo quarto que passaria a ocupar a distraísse de tais questões.

Annie olhou à sua volta mais uma vez. Era impossível não ficar maravilhada. Beliscou o próprio braço, precisando certificar-se de que não estava sonhando. Jamais estivera em um local tão bonito. Os aposentos de Lady Belinda não chegavam nem próximo daquele em graça e elegância. Não era um quarto grande, ainda assim, era perfeito. A lareira tinha o frontão em mármore rosado e um guarda fogo de bronze; as paredes eram recobertas por um papel floral em tons suaves de lavanda, a cama de dossel, coberta por uma colcha de seda, o lindo tapete... era simplesmente fabuloso!

Ela sabia que tudo era de bom gosto. Os anos passados ao lado da Lady Belinda a haviam ensinado muitas coisas. A jovem senhora perdera a fortuna pelas mãos do marido, bêbado e jogador inveterado, mas fora criada em berço nobre. Lamentando as perdas, passava horas falando a Annie sobre a vida que tivera, longas lições sobre arte, música e refinamento. Curiosa e sempre disposta a aprender, a garota absorvera tudo como uma esponja.

Sensibilizada, ela percebeu que na delicada escrivaninha de pau rosa havia três volumes. "A morte de Arthur", de Thomas Malory; "Robinson Crusoé", de Daniel Defoe e um livro de sonetos de Shakespeare. Será que Drake havia se lembrado de sua paixão pela literatura? Não, isso seria demais. Certamente as obras pertenciam à ocupante anterior. Quem seria a jovem para quem aquele quarto fora decorado com tanto capricho? Annie não pôde impedir que uma pontada de ciúme a atingisse ao pensar na possibilidade de haver alguém especial na vida de Drake.

Jamais imaginara, no entanto, que um dia estaria em um ambiente como aquele. Torcia para que Tim também tivesse sido acomodado com conforto; isso talvez lhe aumentasse a disposição e o desejo de buscar seus sonhos. Annie tinha certeza sobre a impossibilidade de um garoto das ruas vir a amealhar a grande fortuna que sonhava conquistar, mas esperava que conseguisse exercer uma atividade honesta que o afastasse em definitivo da penúria e da miséria. Isso a fez lembrar as questões que realmente a desafiavam.

*Capitão Drake... ou melhor, Sir Drake, quem é você? Um pirata que fez fortuna saqueando e roubando? Ou um aristocrata, rico por nascimento, agraciado com o título de Sir? Por que um aristocrata passaria anos vivendo como um marinheiro nas Colônias? E por que se mostra tão disposto a ajudar a Tim e a mim? Somos simples criados... não somos semelhantes em condições e classe social, não faz o menor sentido você interessar-se por nossos infortúnios...*

— Senhorita, sou Debbie, vim ajudá-la a desarrumar as malas. Gostaria que eu fizesse isso agora?

A batida discreta, seguida da pergunta em voz baixa, fez Annie virar-se. A garota rechonchuda, parada à porta, tinha um sorriso gentil, cabelos cor de palha presos sob o toucado e olhos calorosos de um tom entre o verde e o castanho. Annie imediatamente gostou dela.

— Debbie, eu agradeceria se me dissesse o que posso ocupar. Na verdade, não tenho muita coisa, apenas o que está nesta maleta, e eu mesma posso arrumar tudo. Não sei por quanto tempo ficarei, mas esse quarto é tão lindo que não vou resistir à tentação de me sentir uma hóspede de verdade. Mas não se preocupe em fazer nada, não é necessário. Apenas me indique o que poderei usar, não quero ser atrevida.

— Por que diz isso? A senhorita é uma hóspede, e eu fui designada para ajudá-la. É a minha função — disse Debbie, curvando-se. — Pode usar o que desejar, e eu me encarregarei de tudo. Basta que me diga como gosta que seus pertences sejam arrumados.

— Eu lhe agradeço, disse Annie, admirando a pequena estatueta de porcelana de Sevrés que enfeitava o frontão da lareira. — Este quarto é muito bonito, deve ter sido projetado para alguma jovem muito especial. Você sabe quem o ocupava antes de mim, Debbie? — indagou, sem conseguir resistir à curiosidade.

— Não, senhorita, estou a serviço de Sir Drake há pouco tempo. Mas a senhorita tem razão, este é um lindo quarto. Se me permite dizer, a senhorita também é muito bonita. É natural que milorde a tenha acomodado aqui — completou a criada com um sorriso malicioso.

Um grande calor subiu até seus olhos, e Annie sentiu sua pele enrubescer. Então era isso, também ali todos a veriam como a amante de Drake. A decência lhe dizia que deveria sentir-se constrangida, mas não seria exatamente essa a sua condição? Não conseguia sentir vergonha, pois decidira aproveitar cada instante que a vida lhe proporcionasse ao lado dele e não permitiria que ninguém lhe roubasse a alegria e o prazer que isso lhe traria.

— Então, senhorita, como gostaria que eu arrumasse seus pertences?

— Debbie, vamos arrumá-los juntas — disse Annie com os olhos brilhando. Aquela não era sua realidade, mas enquanto pudesse, iria aproveitar o sonho.

# CAPÍTULO XXI

— Tim, você está muito elegante! Como foi sua noite, dormiu bem?

O garoto usava as mesmas roupas, simples e puídas, mas que agora estavam escrupulosamente limpas. As botinas não apresentavam nenhum sinal de barro, ele havia se lavado, as unhas estavam aparadas e usara algo no cabelo para domar os fios. Tinha as faces coradas, talvez pela excitação da primeira noite na mansão.

— Eu tenho um quarto, Annie, fica próximo ao seu. Um quarto só meu, com uma cama só minha, com colchão e lençóis! Não é uma enxerga de palha, Annie, é uma cama de verdade! A lareira estava acesa quando cheguei e havia mantas de lã, não passei nem um pouco de frio! E o quarto tem uma janela que abre para o jardim! — o garoto descrevia tudo emocionado. — Hoje Geoffrey me mandou lavar o rosto, limpar as unhas e as orelhas, e tirar o barro das botinas. Ele me ensinou a pentear o cabelo, disse que vamos jantar com o capitão, quer dizer, com Sir Drake e que eu deveria me apresentar bem. Estou bem, Annie?

— Sim, meu amigo, estamos ambos bem, você não acha? — Annie usava o mesmo vestido que colocara na recepção da casa do governador em Nassau. Era o único vestido em seu escasso guarda-roupa com aparência elegante o suficiente para ser usado ao jantar. Ela havia se embrulhado num xale de lã em busca de proteção contra as temperaturas outonais, ainda assim, sentia as mãos enregeladas. Era fácil perceber que, embora tivessem se preparado da melhor forma possível, não estavam à altura do que o ambiente exigia. As roupas, embora limpas, eram simples demais e fora de moda, além de inadequadas para a temperatura.

— Eu não quero envergonhar o capitão, Annie, quero aprender a ser como ele.

— Você jamais envergonharia alguém, meu querido — tranquilizou-o Annie. — Um homem pode vestir-se com simplicidade e não ter modos refinados, mas se tiver caráter e for honesto, será sempre tão bom quanto o melhor dos lordes. Eu não acho que Sir Drake se importará com a forma como estamos vestidos, afinal, ele nos conhece, sabe de onde viemos e mesmo assim nos acolheu — continuou, sorrindo para Tim, mas evitou o gesto habitual de despentear seus cabelos. O garoto ficaria mortificado se ela estragasse o trabalho de Geoffrey para domar os fios rebeldes.

— Eu prometo a você que serei honesto, nunca vou beber demais ou bater nas mulheres. Vou ter o meu próprio navio e ficar rico assim! Está vendo, Annie, se ele conseguiu, eu também posso — afirmou Tim, muito sério e com o olhar decidido. — E vamos ter uma casa bonita também. Eu nem sabia que existiam casas tão grandes! O capitão... Preciso me lembrar que ele não é capitão, é Sir Drake. Devo chamá-lo da forma correta ou Geoffrey pode se aborrecer comigo.

— Geoffrey não é gentil com você? — interrompeu Annie, sentando-se em um dos bancos do jardim que ficava na parte posterior da casa. Ela havia se encantado com o local, pequeno e bem cuidado. Era um jardim agradável, e os canteiros evidenciavam a profusão colorida que deveria emergir na primavera. Sob um imenso carvalho havia uma pequena mesa ladeada por cadeiras de ferro, um recanto a ser desfrutado especialmente nos dias de verão. Assim que o vira, o local se tornara o seu preferido.

— Ao contrário, Annie — esclareceu Tim. — Pela manhã ele me ensinou algumas coisas, como usar uma faca para cortar a carne, por exemplo. E a Senhora Curtis, a cozinheira, não se parece nem um pouco com a Senhora Norton. Ela me serviu uma caneca de leite quente e uma enorme fatia de bolo quando acordei. Disse que com sua comida vou crescer rápido. O problema é que não vou conseguir chamar Sir Drake do jeito certo, para mim ele é o Capitão Drake — protestou, descontente com o próprio esquecimento.

— Você vai se acostumar, mas, mesmo que não o faça, acho que Drake não vai se incomodar se você continuar a chamá-lo de capitão — contemporizou Annie.

— Acho que ele não se importaria mesmo, mas Geoffrey insistiu que devemos chamá-lo da forma correta, porque essa seria uma forma de reparar uma enorme injustiça do passado. Eu não entendi o que ele quis dizer, até perguntei qual seria a injustiça, mas não me respondeu. Disse que o primeiro dever de um mordomo é ser discreto, como se estivesse me ensinando uma lição. Será que ele pensa que eu quero ser um mordomo um dia?

— E você quer ser mordomo?

— Não! De jeito nenhum, eu vou ser capitão de um navio! Vou aprender com Sir Drake a navegar pelos mares em busca de aventuras e ficar muito rico assim como ele! E então vou me casar com uma garota bonita como você!

Annie riu, era muito bom ver Tim tão feliz e cheio de propósitos. O fantasma de um futuro sombrio havia sido afastado. Com carinho, passou os braços por seus ombros pontudos e desajeitados em um abraço fraterno, pois realmente o amava como a um irmão. Mas seu pensamento logo voltou-se para o que o garoto lhe contara. Ao quê Geoffrey teria se referido ao mencionar uma grande injustiça? Com a curiosidade aguçada, percebeu que Drake mantinha mais segredos do que ela própria.

De uma das janelas da biblioteca, Drake os observava. Ainda que não conseguisse ouvir as palavras que trocavam, o som do riso cristalino de Annie chegara até ele.

— O que achou deles, Geoffrey?

— Parecem boas pessoas, senhor — respondeu o mordomo com a cautela aprendida com os anos. — Pude observar melhor o garoto, ele parece ter sofrido bastante, mas não tem uma índole ruim. Sua expressão é sempre de gratidão, nunca de revolta.

— Foram vítimas de gente inescrupulosa e, ao contrário de mim, não têm onde buscar apoio. Acredito que sejam inocentes, mas, certamente, se forem pegos serão considerados julgados e condenados por assassinato. Eu lhe contei que me ajudaram e como na ocasião achei que uma recompensa em dinheiro seria suficiente por terem me levado ao navio. Só mais tarde, ao conhecer sua história, percebi que correram um risco muito maior ao me proteger. Veja, Geoffrey, se antes de chegar ao bote fossemos pegos, eles teriam sido jogados na prisão ou enforcados. Mais do que o gesto, o contexto em que o auxílio foi prestado é que me fez ficar em dívida. Eles poderiam ter fugido, mas não titubearam em deixar a própria segurança em prol da minha.

— Sim, senhor, eles foram realmente desprendidos.

— E durante a viagem fizeram o mesmo para com um de meus homens — disse Drake, relembrando Billy. — Annie praticamente salvou a vida de um deles.

— A senhorita MacGiver é uma jovem bela, corajosa e altruísta, uma combinação rara. Talvez ela seja uma pessoa especial? Se me permite a ousadia da observação, senhor.

Drake olhou para o mordomo avaliando as palavras, a insinuação era evidente.

— Você tem razão, sua pergunta é por demais ousada — respondeu, esquivando-se de uma resposta direta. — Agora traga a senhorita MacGiver, tenho um assunto a resolver com ela antes do jantar.

Com um gesto de cabeça, Geoffrey afastou-se. Conhecia Drake desde menino e não se lembrava de ter visto em seus olhos um brilho tão ardente ao falar sobre uma mulher, nem mesmo quando decidira se casar com Lady Poppy. O garoto se tornara um homem, mas sua natureza passional e apaixonada parecia ter se mantido intacta. Isso era bom, ele merecia encontrar alguém que o fizesse tão feliz quanto seus pais haviam sido e, depois da decepção que sofrera, um título seria a *qualidade* menos importante numa noiva. Todavia, será que Sir Drake tinha consciência disso?

Annie agradeceu a Geoffrey por lhe abrir a porta e entrou. O gabinete estava na penumbra, não havia nenhum lampadário ou vela acesos, tampouco a pequena lareira de pedra, embora, com a tarde findando, o ar estivesse frio. A sobriedade do aposento chamou-lhe imediatamente a atenção; paredes recobertas por lambris de carvalho - duas delas tomadas por estantes repletas de livros -, poltronas de couro dispostas em um canto em frente à janela convidando à leitura, cortinas num discreto tom camurça. Um odor másculo de couro e charutos permeava o local. Então ela o viu, protegido pelas sombras, atrás de uma escrivaninha de madeira escura repleta de documentos, o tinteiro aberto, o mata-borrão e a pena demonstrando que estivera trabalhando até sua entrada. Seu primeiro impulso foi correr, lançar os braços em volta de seu pescoço e colar a boca à dele. Seu coração parecia explodir de desejo e paixão, mas o bom senso foi mais forte, e Annie controlou seu ímpeto, intimidada pela imobilidade dele e pela austeridade do ambiente.

— Olá, Annie! — Drake deu um passo à frente, deixando que a parca luz do entardecer o iluminasse.

— Oh!

A interjeição escapou de forma involuntária por entre os lábios de Annie, e seus olhos se arregalaram demonstrando surpresa. Imóvel, não conseguiu articular nenhuma outra palavra. Aquele era o homem por quem tinha se apaixonado? Como alguém poderia ter mudado tanto em poucas semanas?

Drake tinha o rosto perfeitamente escanhoado, os cabelos foram cortados bem curtos e a argola de prata havia desaparecido. Ele vestia uma casaca escura e formal, perfeitamente ajustada ao corpo, um colete de brocado e calças de camurça, o laço da gravata de seda dado à perfeição. Aquele não era o Capitão Drake, o pirata aventureiro que singrava os mares do sul! O homem à sua frente era Sir Drake Morgan, um perfeito aristocrata com postura impecável e semblante frio.

— Drake, você está... diferente!

A batida discreta na porta e a entrada de Geoffrey, carregando uma bandeja com copos e uma garrafa de cristal contendo um líquido dourado, interrompeu-os e a tirou de seu estupor.

— O jantar será servido em meia hora, senhor — informou o mordomo e, após colocar a bandeja sobre a mesa de apoio, saiu, deixando-os novamente a sós.

— Diferente? O que quer dizer com isso, Annie? Você crê que roupas e um corte de cabelo são capazes de mudar um homem? Não estou diferente, apenas me adaptei à ocasião e ao local. Meus valores e desejos permanecem iguais — respondeu Drake, sem conseguir impedir o sorriso malicioso que acompanhou a observação. A presença dela o afetava mais do que gostaria de admitir. Involuntariamente, estendeu a mão alguns centímetros, como se fosse tocá-la.

Annie não o contradisse, mas recuou intimidada; o encontro tão sonhado estava acontecendo de forma muito diversa do que imaginara. O homem à sua frente era um estranho, não parecia ter algo em comum com aquele com quem dividira suas noites. Ela sentia um constrangimento sutil tolhendo sua espontaneidade. Em Nassau eram iguais, sentiam-se iguais, viviam como iguais, mas ali... a mansão, o título... Era como se um novo Drake houvesse surgido. Um homem impecável em suas vestes elegantes e cercado de criados num ambiente formal. Apenas os olhos cor de fumaça mantinham resquícios do fogo que ela conhecia.

Se ele notou a leve rejeição, absteve-se de qualquer comentário. Retomou a conversa com naturalidade enquanto servia a bebida e não fez nada que sugerisse que pretendia tomá-la nos braços.

— Vocês fizeram boa viagem? O navio foi minimamente confortável?

— Sim, Drake, a viagem foi agradável. Tivemos a companhia da família MacAllister. Felizmente dessa vez não enfrentamos nenhuma grande tempestade e nenhum mastro se quebrou — respondeu Annie com um sorriso, tentando amenizar o clima tenso que os envolvia.

— Folgo em saber, embora tenha certeza de que se houvesse acontecido, você a teria enfrentado com valentia. O mar é bravio, mas ele respeita aqueles que o amam e não o temem, assim como você.

Por um segundo, Annie pensou ver no homem à sua frente o fogo da paixão; a lembrança da aventura aqueceu os olhos cinzentos de Drake. Seu coração vibrou em expectativa... infelizmente a sensação se desvaneceu rapidamente.

— Há um assunto que devemos conversar antes do jantar, aliás, antes de discutirmos qualquer outro, mesmo a minha suposta mudança — gracejou Drake. — Não me esqueci da promessa que lhe fiz. Vou ajudá-la a provar inocência. Tenho algumas ideias e quanto antes as partilhar com você, mais rápido as colocaremos em prática.

— Você acha que isso é possível? — perguntou Annie, aceitando o cálice de xerez que ele lhe estendeu, a atenção convertida em esperança, superando o desapontamento que sentira nos últimos minutos. — Provar minha inocência, quero dizer.

— Você me contou que o amigo de Lady Belinda, o que a visitou na véspera de sua morte, era um nobre. Ela mesma havia lhe revelado isso, embora não tenha chegado a expor o nome ou o título. E você o viu várias vezes, correto? Por isso, suponho que seja capaz de reconhecê-lo.

— Sim, eu o vi diversas vezes. Na última visita ele foi inconveniente, aproximou-se e eu pude observar seu rosto bem de perto. Sou capaz de reconhecê-lo, mas de que forma isso poderia ser útil? Teria que contar com a sorte de encontrá-lo na rua — completou desanimada.

— Na verdade você não precisará contar apenas com a sorte, eu pretendo facilitar as coisas. Tenho recebido diversos convites, ainda não aceitei nenhum e acredito que seja hora de mudar isso. Pois bem, espero que me acompanhe em algumas dessas ocasiões. Será a oportunidade perfeita para tentar identificar, entre os aristocratas, o assassino de Lady Belinda.

— Acompanhar? Onde? Como?

— À ópera, talvez a algum baile ou sarau.

A surpresa de Annie não poderia ser maior! Com os olhos arregalados, ela nem mesmo piscava. Engolindo em seco para controlar o tremor que a acometeu, tentou protestar.

— Isso é uma loucura... Eu não poderia... Não sei como me comportar muito menos o que vestir... Seria um desastre! Eu me sentiria envergonhada e o envergonharia também! Acredite, você não vai querer isso... Além disso, o fato de eu identificar o agressor não prova minha inocência. Será minha palavra contra a dele e...

— Calma, Annie, não estou pretendendo jogá-la aos lobos. Naturalmente que apenas identificar o assassino não provará sua inocência, conhecer sua identidade será o primeiro passo. Você me disse que ele roubou as joias, e, sabendo quem é, vou tentar descobrir o destino que deu a elas. Talvez as tenha revendido ou mesmo presenteado alguma mulher. Iremos fechando o círculo pouco a pouco.

— Você faz tudo parecer fácil, mas eu não creio que seja capaz...

— Não há nada muito complicado. Eu a apresentarei como uma convidada em minha casa; uma amiga vinda das Antilhas. Iremos a alguns eventos, certamente sua presença gerará alguma curiosidade e comentários, mas será o preço a pagar pela tentativa de provar sua inocência. Por outro lado, você estará protegida, ninguém a associará ao falecimento de Lady Belinda e isso lhe dará oportunidade de observar e tentar encontrar seu assassino. Não se preocupe tanto com as regras sociais, lembre-se que, vinda das Antilhas, é normal que não esteja tão acostumada ao protocolo da aristocracia inglesa. Eles a acharão exótica e certamente admirarão meu bom gosto — completou com um sorriso insinuante.

— Drake, tem certeza de que eu devo... Quer dizer, tudo me parece tão... distante do que conhecemos. Eu não creio que consiga...

— Annie, você está assustada! Por quê? Você crê que eu seria capaz de lhe fazer algum mal? Vamos lá, onde está a mulher corajosa capaz de enfrentar um malfeitor brandido um pequeno punhal?

— Não, Drake, sei que você não me faria mal, porém nada está acontecendo como eu esperava, tudo é muito diferente... Por favor, entenda... eu nem mesma o reconheço, não sei mais quem você é — exclamou Annie, retraindo-se.

O rosto de Drake tornou-se um bloco de granito sem expressão, e ela percebeu que fora longe demais.

— Lamento, não quis ofendê-lo... mas foi um choque revê-lo... Tão diferente... não sei o que esperar...

— Não ofendeu, apenas me surpreendeu. Para mim, a questão da confiança recíproca era algo já superado e não imaginei que alterações em minha aparência a chocariam tanto. No entanto, deve lembrar-se de que concordou em acolher minhas sugestões como condição para que eu pudesse ajudá-la — concluiu friamente, mantendo-se à distância.

— Drake, eu não...

— Em uma coisa você está certa, Annie, embora meu caráter seja o mesmo, a vida em Londres me obriga a certos... comportamentos e regras. Segui-las é indispensável para o sucesso de meus planos. No entanto, se estiver temerosa de que, ao hospedá-la, minha intenção seja forçá-la a comportamentos que não deseja adotar, saiba que jamais teria uma atitude tão desprezível. Porém, devo confessar que meus desejos permanecem os mesmos, o tempo não os calou, ao contrário...

Drake não precisou completar o pensamento. Annie leu em seus olhos o que os lábios não enunciaram claramente. Ele a desejava, tanto ou mais do que antes... apenas não lhe faria promessas. Haveria paixão... não necessariamente um futuro! Por segundos, ambos permaneceram imóveis, olhos nos olhos, corações galopando no peito em ansiedade. Então, como se quisesse dar-lhe tempo para decidir, ofereceu-lhe o braço, indagando:

— Acho que o jantar já está prestes a ser servido, vamos?

Ainda impactada pela conversa, Annie limitou-se a assentir com a cabeça e acompanhá-lo até a sala de jantar.

# CAPÍTULO XXII

Drake subiu as escadas do Almak's engolindo os degraus dois a dois em sua pressa. Estendeu a cartola e a capa ao criado que lhe abriu as portas e se dirigiu de imediato a uma das salas de jogo. Precisava de um ambiente masculino tanto quanto precisava de uma bebida; isso o ajudaria a pensar.

Assim que chegara a Londres, uma de suas providências fora providenciar, ao custo de dez guinéus, um convite anual para o clube. Aquela seria sua porta de reentrada na sociedade. O alto custo do convite, pago de uma única vez e sem discussão, garantira a aprovação do comitê de admissão.

Desconsiderando a breve passada no local para confirmar sua condição de novo sócio, Drake ainda não frequentara aquele ou outro ambiente social. Estivera por demais ocupado, além disso, seus planos incluíam reencontrar os velhos conhecidos em grande estilo, talvez em um baile ou na ópera e não em uma simples sala de jogo. Seria interessante observar a reação do maior número de pessoas possível face ao impacto que uma chegada triunfal causaria. Até o momento, ele conseguira manter-se discreto, abstivera-se inclusive de indagar sobre Poppy Campbell, evitando despertar curiosidade ainda maior sobre si mesmo. Porém, o reencontro com Annie, tão diverso do que imaginara, o descontrolara. Não havia programado sua ida até lá naquela noite, simplesmente precisava espairecer e no afã de sair de casa não conseguira pensar em outro lugar. Seria discreto e, se tivesse sorte, não lhe prestariam atenção.

Quem diria que a jovem ficaria tão chocada com a nova realidade? O jantar não amenizara o clima difícil entre eles; o assombro de Annie em relação à sua condição social aumentava na mesma proporção em que seu corpo pulsava de desejo por ela. Nem mesmo a alegria de Tim ou seus comentários divertidos e inoportunos tornaram a situação mais leve.

Imediatamente após o jantar, a jovem pedira licença alegando uma dor de cabeça. A decisão lhe fora conveniente, se permanecesse em sua companhia Drake não conseguiria conter-se. Para não correr riscos, decidira sair. Se ficasse provavelmente invadiria seu quarto, a subjugaria com beijos apaixonados e a tomaria com a fúria que a falta dela desencadeava em seu corpo. Não podia negar que seu desejo era de que a jovem o autorizasse a isso, mas, enquanto ela não absorvesse a nova realidade, não lhe deveria impor sua vontade. Afinal, ainda que não de sangue nobre, Annie era uma convidada em sua casa. E, se havia algo que os anos lhe haviam ensinado, era que respeito não deveria ser devido apenas a quem ostentasse nome aristocrático ou sangue azul correndo nas veias.

Disposto a esquecer por algum tempo o assunto que lhe trouxera inquietude, pôs-se a observar o ambiente ao redor. A sala com decoração masculina e sóbria estava levemente enfumaçada. Criados de luvas brancas circulavam em absoluto silêncio, servindo brandy ou conhaque a cavalheiros tensos envolvidos em jogos de cartas. Em uma mesa em especial, a expressão dos participantes e a forma como apertavam charutos entre os dentes e cartas entre os dedos, sinalizava que as apostas deveriam ser altas. Os que não jogavam rodeavam as mesas, observando os participantes. Ninguém lhe prestou muita atenção, atento às apostas e lances do carteado.

Drake sinalizou para um criado, solicitando uma bebida, e buscou um canto afastado, pensava em acomodar-se em uma poltrona e colocar os pensamentos em ordem. O espaldar alto o impediu de notar que a poltrona em frente à que escolhera estava ocupada. Incapaz de retroceder sem causar a impressão de que recuava à vista do ocupante, o que seria ofensivo, Drake aproximou-se.

Sete anos haviam diminuído o brilho dos olhos castanhos e acrescentado algumas rugas ao rosto, também haviam trazido um ar melancólico ao jovem outrora tão esfuziante, mas, ainda assim, era perfeitamente possível identificar o homem à sua frente. Não lhe restava alternativa a não ser cumprimentá-lo adequadamente.

— Andrew! Ou talvez o título correto atualmente seja Conde de Winchester. Há quanto tempo!

O conde analisou o semblante de Drake em silêncio, era óbvio que o homem que o cumprimentava não lhe era estranho, ainda que não conseguisse identificá-lo de imediato. Segundos depois um sorriso distendeu seus lábios, e ele respondeu ao cumprimento.

— Ora... ora... que surpresa interessante! O jovem Morgan... Drake Morgan! Mudado, eu diria... mas ainda reconhecível! De volta a Londres?

— Após sete anos! Retornei há poucas semanas e em condições absolutamente diversas daquelas que me fizeram partir — respondeu Drake, desejoso de reafirmar sua condição de homem livre sem necessariamente esclarecer sua atual posição. — Na verdade, hoje é minha primeira incursão na chamada vida social, e milorde o primeiro conhecido que reencontro.

— Folgo em saber que está de volta e em condições visivelmente mais favoráveis em comparação às quais desfrutava quando de sua partida! Devo dizer que todo o ocorrido há... há sete anos? Bem, os fatos na ocasião me pareceram muito extravagantes, convenientes seria a melhor definição. Vejo que os superou, e isso me deixa muito satisfeito.

Andrew não fora exatamente seu amigo. Alguns anos mais velho, era somente um eventual companheiro de diversão, no entanto, sempre fora gentil para com ele sem usar da condescendência tão habitual da aristocracia em relação à burguesia abastada. Talvez aquela fosse uma boa oportunidade, ponderou Drake avaliando que o encontro fortuito poderia ser vantajoso em sua busca por informações.

— Se minha indagação não for por demais atrevida, milorde, pode esclarecer o que entende por *"fatos convenientes"*? — perguntou, incapaz de reprimir a curiosidade que o comentário havia despertado.

Lorde Andrew fixou seus olhos no homem à sua frente como se pretendesse devastar seus pensamentos mais íntimos até decidir que Drake merecia suas considerações. As razões para tal deferência se estendiam muito além da simpatia que sempre nutrira pelo jovem. Socializar com alguém que fora escorraçado por um bando de hipócritas lhe daria muita satisfação.

— Desde que se sente, peça mais uma bebida e dispense o título tratando-me apenas por Andrew. Diabos, Morgan, já fomos amigos, essa formalidade é dispensável. E, se há algo que abomino, são essas regras imbecis da aristocracia e nobreza — retrucou o conde com veemência. — Os homens deveriam ser avaliados por seu caráter, jamais pelas benesses advindas de um nascimento em berço nobre — completou, sinalizando ao criado para que lhe trouxesse outra dose de brandy.

Surpreso pela manifestação, incongruente com a posição de um aristocrata, Drake pediu o mesmo. Andrew não aparentava estar embriagado, embora fosse visível que já havia sido servido de várias doses. A bebida ainda não lhe tirara a lucidez, mas certamente contribuía para sua eloquência, maior do que seria recomendável, mesmo que bastante conveniente.

Por um tempo que lhe pareceu excessivo, Andrew permaneceu imóvel e em silêncio, os olhos espreitando-o por entre as pálpebras, como um falcão focalizando a presa. Parecia estar sopesando o que diria e, quando falou, as palavras não era bem as que ele esperava.

— Acho que sua pergunta encerra uma motivação maior do que simples curiosidade. Gostaria de ajudá-lo e, antes que me pergunte a razão, tenho meus próprios motivos para abominar a classe social à qual você almeja integrar e da qual faço parte.

Drake pensou em contestar a afirmação, mas não o fez, seria inútil. O conde era perspicaz; uma negativa não o faria alterar as próprias conclusões. O melhor seria calar-se e ouvir.

— Lamento frustrá-lo, não disponho de informações sobre fatos concretos. Minhas conclusões estão baseadas no conhecimento intrínseco que tenho sobre meus pares. A aristocracia parece aceitar bem aqueles que se aproximam sem ter o devido "selo de qualidade", advindo de nascimento em berço nobre, porém, apenas os acolhe como um bando de fantoches aptos a diverti-los com as tentativas canhestras em busca de ascensão social. Não se ofenda, tampouco entenda minhas palavras como uma crítica ao seu comportamento ou ao de seu pai. A crítica é, na verdade, dirigida àqueles que, obviamente, invejavam o sucesso e a ascensão de sua família, muitos deles considerados *amigos*. Estamos na Inglaterra, as ideias liberais francesas não encontraram eco por aqui e jamais encontrarão. Ao contrário, a aristocracia inglesa abomina conceitos como *egalité*, tão caro a nossos vizinhos continentais. O incêndio em seu navio foi conveniente para alguns e fez outros vibrarem de satisfação. "*Os burgueses foram colocados em seu devido lugar* "— falou em voz de falsete, imitando uma matrona antes de engolir em um único gole o restante da bebida em seu copo. — Acredite, Morgan, essa foi uma afirmação recorrente na época do incidente que vitimou seu navio.

— Andrew, você me surpreende. Jamais o imaginaria tão atento às nuances da política e da aristocracia. Sempre me pareceu...

— Um desmiolado inconsequente, um libertino, devasso e irresponsável sem medidas? Aguardando apenas a morte do pai para receber um título e as vantagens adstritas a ele?

— Bem, você é quem o diz...

— Não se preocupe, essa sempre foi a opinião geral... e nunca me preocupei em mudá-la.

— Posso saber por quê?

— Porque não me interessava. O que realmente me importava... fora arrancado de mim — completou, de forma enigmática, com o rosto carregado de tristeza.

— Arrancado? — A pergunta de Drake encerrava mais preocupação do que curiosidade, mas fez com que Andrew erguesse vivamente os olhos.

— Acho que já me estendi por demais; digamos que o brandy tem sempre o condão de me tornar prolixo. Não devo permitir que me torne maçante também — pilheriou o conde ao perceber que deixara algo muito íntimo transparecer.

— Não, não se sinta assim. Esta conversa está sendo muito interessante. Tenho certeza de que nenhum outro membro da "*ton*" seria sincero ao expressar sua opinião. Não me senti ofendido, ao contrário, aprecio sua franqueza. Confesso que voltei a Londres em busca de respostas, e sua opinião vem reforçar minhas próprias impressões — disse Drake cordato, muito embora atribuísse ao excesso de bebida algumas das afirmações de Andrew.

— Morgan, correm na City boatos bem interessantes sobre uma nova e promissora companhia marítima. São diversas hipóteses sobre quem poderia ser o homem por trás dela. Alguns dizem que se trata de um súdito nascido nas colônias; outros de alguém que fez fortuna com a Companhia das Índias Orientais. Você ouviu algo a respeito?

— Uma nova companhia... Sim, embora tenha chegado há pouco, já ouvi alguma coisa a respeito. Ao que parece, atua no mesmo segmento da outrora Companhia Morgan e vem sendo administrada por procuradores. As suposições sobre seu proprietário são sugestivas, mas talvez ele seja apenas um inglês que deseja manter-se no anonimato. Porém, duvido que consiga manter-se assim indefinidamente. Com o decorrer do tempo e o aumento de transações, todos viremos a saber um pouco mais. Mas o que o faz supor que eu saberia algo sobre o assunto? — retrucou Drake.

— Sua presença aqui, de volta a Londres neste momento. Devo reconhecer que você não me parece mais um jovem ingênuo, tenho certeza de que aproveitou sua estada forçada no exterior para refazer suas finanças. Admiro isso, um homem que se recompõe depois de ter sido, digamos, prejudicado pelos que lhe eram próximos. Por isso quero alertá-lo, situações como a sua continuam a impor cuidados. Não se iluda, a nobreza aceita a ascensão da burguesia porque vê nela uma forma de ganhar dinheiro e de manter o próprio *status quo*. No entanto, toda a dinâmica que descrevi há pouco se mantém, a inveja é um sentimento destrutivo e igualmente poderoso. Seria uma pena que incidentes desagradáveis voltassem a se repetir — respondeu Andrew, os olhos subitamente vivazes num misto de curiosidade e advertência. — Considere minhas palavras um... conselho amigável — completou o conde.

— Eu o farei — assentiu Drake, mantendo a fisionomia impassível. — Muito embora não creia que tenha alguma utilidade para mim.

— Bem, acho que já ultrapassei minha cota de bebida por hoje, está na hora de recolher-me. Foi um prazer encontrá-lo — disse o conde, levantando-se sem contestar a última afirmação de Drake.

— O prazer foi meu, espero que haja um reencontro em breve, Andrew.

O conde havia se afastado apenas dois passos quando uma ideia pareceu lhe ocorrer. Voltando-se, ele atraiu novamente a atenção de Drake para si.

— Sua família era habitualmente convidada para o baile que minha mãe organiza anualmente. Ela mantém a tradição mesmo após a morte de meu pai. Confesso que há muitos anos não compareço por razões... familiares. No entanto, este ano estou disposto a abrir uma exceção. O evento acontecerá em duas semanas, enviar-lhe-ei o convite e, se aceitá-lo, eu mesmo o recepcionarei. A não ser, é claro, que considere o reencontro com certas pessoas uma inconveniência.

— Ficarei honrado — respondeu Drake. — Mas, sem querer abusar de sua franqueza, a que reencontro se refere?

— Ora, o reencontro com Lady Poppy e seu marido, ambos certamente estarão presentes. Eu não gostaria que, por qualquer razão, viesse a sentir-se desconfortável. É fato que muitos anos se passaram... ainda assim, talvez não lhe agrade revê-los de imediato.

— Seu marido? Com quem Lady Campbell se casou? — perguntou Drake, mantendo a expressão neutra, sem deixar o tumulto em seu coração aflorar até a face.

— Pensei que soubesse — disse Andrew, levemente constrangido. — Ela se casou com Lorde Crawson, seu amigo Robert Crawson! Alguns meses após sua... partida.

Foi impossível a Drake evitar a palidez que tomou conta de seu rosto. Com esforço sobre humano, controlou-se para não deixar que nenhum outro indício denunciasse seu choque.

— Creia-me, não me sentirei de forma alguma constrangido, não há razão para isso. Aceitarei seu convite com prazer — assentiu com um aceno de cabeça à guisa de despedida antes de voltar a acomodar-se na poltrona e pedir ao criado outra dose de brandy para equilibrar suas emoções.

Então era isso, o caro amigo Robert havia desposado sua ex-noiva meses após sua partida. Por que alguém tão avesso a casamento teria feito isso? E quanto a Andrew? Era sincero ou sua aparente amabilidade ou era apenas uma cortina de fumaça que visava a esconder outros interesses?

Era o momento de manter a mente fria, os pensamentos organizados e focados... Não deveria pressupor nada... tudo teria que ser verificado... as engrenagens haviam começado a se mover, talvez as peças do quebra cabeça, enfim, se encaixassem.

# CAPÍTULO XXIII

— Quer dizer que Annie vai ser uma dama de verdade? — A alegria de Tim transparecia em seus olhos e no sorriso aberto. — Vai ter belos vestidos e ir a bailes em sua companhia, capitão? Isso é melhor até do que esse pudim — exclamou antes de encher a boca com mais uma generosa porção.

Os três faziam o desjejum na pequena sala de refeições e, embora suas atitudes fossem gentis, Drake mantinha a expressão fechada. Annie o conhecia o suficiente para saber que algo o incomodava terrivelmente. Na noite anterior, ela se desculpara alegando uma dor de cabeça e correra para o quarto antes mesmo que ele sugerisse um licor após o jantar. Ele não parecera satisfeito com isso, mas a descoberta de que ele era um aristocrata rico a surpreendera além do razoável. Porém não era possível que o reencontro um tanto estranho dos dois fosse o responsável por seu retraimento. Infelizmente, ele não lhe dera possibilidade de perguntar a razão da evidente aflição.

Ela mesma tivera uma noite insone. Embora parecesse assustador em um primeiro momento, sabia que seguir as orientações de Drake seria essencial para provar sua inocência. De alguma forma ela conseguiria sair-se bem. O que realmente a incomodava era esse *novo Drake.* Era óbvio que guardava segredos, talvez maiores do que os dela, e Annie precisava descobrir o que havia por trás de tudo aquilo. Amava-o, mas não o conhecia. Quem era o homem à sua frente? Haveria um lugar para ela em sua vida? Descobrir essas respostas lhe parecia mais urgente do que provar a própria inocência. Ao sentar-se para o desjejum, no entanto, Drake voltara a insistir que o acompanhasse a eventos sociais, o que deixara Tim eufórico e mudara o rumo da conversa.

— Calma, Tim, eu ainda não sei se serei capaz — respondeu, dirigindo-se diretamente ao garoto que ficara encantado com a possibilidade. — Não sei bem como me comportar, e, além disso, não possuo roupas adequadas... há muitas nuances a serem consideradas! Realmente não vejo como poderia acompanhar Sir Drake.

— Drake!

O próprio nome dito num tom de voz forte e incisivo fez com que Annie, Tim e até Geoffrey, que se encontrava servindo, voltassem os olhos para ele.

— Apenas Drake — repetiu agora em tom mais baixo. — Muito embora a concessão do título de Sir tenha sido sugerida pelo Governador da Nova Providência à sua Majestade, a Coroa ainda não o fez. Geoffrey o usa indevidamente, talvez em deferência ao fato de meu pai o ter recebido.

Annie o encarou. Então ele definitivamente nascera aristocrata — concluiu, arquivando mais um fiapo de informação. O que o teria feito abandonar tudo e seguir para Nassau?

— Sir ou não, não vejo como poderei acompanhá-lo, isso não pode dar certo — reiterou com teimosia. Se ali, num ambiente informal, ela se sentia constrangida, tolhida em sua espontaneidade, o que aconteceria em meio à sociedade, quando estivesse cercada de regras e convenções extremamente rígidas?

— Annie, vou repetir o que já lhe falei — insistiu Drake, usando um tom de voz sereno, porém firme. — Em primeiro lugar, ao me acompanhar você não estará apenas trabalhando para provar sua inocência, estará me ajudando também. Conheço bem os artifícios de uma temporada. Um solteiro, ainda que de situação financeira um tanto misteriosa, pode aguçar o interesse de debutantes ou de suas mães. Porém, meu retorno tem um objetivo concreto e um possível assédio de jovens casadouras não faz parte dele. Estar acompanhado me deixará imune a elas.

— Eu serei seu escudo protetor?

— Algo assim — respondeu Drake, não conseguindo evitar um sorriso diante da comparação. — E como sua ajuda será importante, é justo que eu arque com os gastos necessários. Além disso, você e Tim não têm condições de atravessar o inverno com esses trajes próprios para o calor dos trópicos. Teremos mesmo que comprar roupas ou morrerão de frio sob o meu teto e serei responsabilizado pelo crime.

— Mas, ainda que eu aceite ganhar um guarda roupa novo, afinal, morrer de frio não é uma perspectiva agradável, não saberia como me portar em sociedade. E há mais um detalhe importante, você fala sistematicamente que sua volta a Londres tem um objetivo, Drake, mas jamais esclareceu qual é ele. Talvez saber um pouco mais a respeito facilitasse as coisas — arriscou Annie.

— Você é perfeitamente capaz de se portar de forma adequada, além disso não gostaria que perdesse sua espontaneidade ou alterasse sua forma de ser. No mais, chocar um pouco um bando de matronas pode ser até divertido — disse, com um amargor indisfarçável. — Quanto a meus objetivos, não vejo como conhecê-los a ajudaria a partilhar de algumas festas e reuniões sociais ao meu lado. E agora tenho outros assuntos a resolver. Confio que você consiga resolver sozinha a questão das roupas, creio que se for até Oxford Street encontrará uma modista adequada. Compre tudo o que você e Tim necessitam. As contas devem ser enviadas a meus cuidados, já providenciei uma autorização neste sentido, você não terá problemas.

— Drake, sinceramente eu não sei por onde começar!

— Comece adquirindo um bom vestido de lã e um casaco bem grosso para Tim, vocês precisam de algo assim com urgência. Se me dão licença, tenho realmente que ir. — E com essas palavras saiu sem dar qualquer oportunidade a Annie de se opor à sua decisão.

★

A manhã fora exaustiva. Annie tomara um coche para Oxford Street, munida da carta de crédito que lhe fora dada por Drake, mas, ao contrário do que ele previra, isso não foi suficiente para que ela conseguisse adquirir um guarda roupa novo. Fosse pelas vestes inadequadas ou por suas maneiras simples, que evidenciavam a origem humilde, a verdade era que nos dois estabelecimentos em que pensou encomendar roupas sequer conseguiu ser atendida. As atendentes a ignoraram ostensivamente. Uma delas disse que a modista estava ocupada, e a outra insistiu que marcasse uma hora. Foi desanimador e humilhante, pois notou que além de não saber o que comprar não encontraria qualquer ajuda.

Negando-se a entregar os pontos, decidira caminhar e observar não só as vitrines de alguns ateliês como as roupas que as senhoras usavam, as cores e tecidos, seus chapéus e adereços. A esperança de encontrar ajuda se desvanecera, só lhe restava aprender sozinha. Cuidava das roupas de Lady Belinda, mas algo lhe dizia que o estilo da viúva não seria adequado para os ambientes aos quais Drake a levaria. E o que vira ao seu redor confirmava isso. As roupas de milady lhe pareceram um pouco fora de moda quando comparadas às utilizadas pelas jovens ladies que encontrara pelo passeio.

Pelo menos conseguira comprar um bom casaco para Tim numa loja que vendia apenas artigos masculinos e tinha alguns bons produtos de segunda mão. Os dias estavam cada vez mais frios, e o garoto não poderia esperar o tempo que um alfaiate demoraria para confeccionar um novo. De volta à casa, tudo o que queria era descansar os pés enquanto analisava o que vira e revira. Aquele conhecimento rudimentar evitaria que fosse enganada, pelo menos saberia o que comprar e o que descartar na hora de escolher modelos e tecidos. O próximo passo seria encontrar uma modista que a aceitasse como cliente, empreitada nada fácil, pelo menos em Oxford Street.

Sua ideia ao retornar fora recolher-se ao quarto para repousar antes do jantar, mas o jardim lhe pareceu tão acolhedor que ela seguiu direto para lá. As plantas já haviam perdido um pouco de seu frescor, as cores do outono prevaleciam numa mescla de vermelho e dourado, o chão forrado por folhas diversas tal qual um tapete macio. Por isso mesmo era muito agradável.

Annie sentou-se à pequena mesa sob os galhos nus do carvalho. O lugar era propício para relaxar, refletir ou usufruir da leitura de um bom livro. Aspirando o ar perfumado, ela se deleitou.

— Essa casa é tão linda... Crianças adorariam brincar por aqui... o local perfeito para se criar uma família. — O pensamento tão inusitado surpreendeu a ela mesma.

*Não seja tola, não se deixe levar por fantasias! Isso nunca vai acontecer, pelo menos não com você! Sonhos impossíveis trazem apenas amargor e dor!*

A mente lhe dizia para ser racional, mas o coração... ah esse traidor! O coração a fazia querer o impossível! A lembrança dos beijos de Drake e da sensação de seu corpo colado ao dele a fizeram estremecer. Como esquecer o que realmente a fazia feliz? Sonhar era um direito que não tirariam dela.

Um pensamento levou a outro, e logo ela se viu analisando a situação de Drake. O que teria acontecido que o marcara tanto no passado? Ele não parecia disposto a fornecer qualquer informação de forma espontânea, mas ela não se contentaria com a ignorância. De repente, a possibilidade de acompanhá-lo aos eventos sociais assumiu uma conotação muito mais interessante.

*Se o fizesse, não só teria oportunidades de identificar o assassino de Lady Belinda como de saber mais sobre o próprio Drake. Observá-lo em seu ambiente de origem e em meio à sociedade, poderia revelar muito sobre o estranho que encontrara em Londres.*

— Agora só preciso descobrir como vou me preparar para isso, pois, ainda que ele ache divertido *chocar algumas matronas*, não quero que se envergonhe de mim.

Imersa em seus pensamentos, não notou ter pronunciado a última frase em voz alta, tampouco a presença silenciosa de Geoffrey ao seu lado. Por isso assustou-se quando o mordomo pigarreou chamando sua atenção.

— Geoffrey?

— Lamento, senhorita, não foi minha intenção assustá-la, apenas pensei que gostaria de uma xícara de chá quente, considerando que a temperatura está bastante amena e que seus trajes... bem, não parecem protegê-la o suficiente.

— É muita consideração de sua parte, Geoffrey, e, por favor, chame-me apenas de Annie. Nós dois sabemos que não sou uma lady, nem mesmo uma "senhorita". Sou apenas Annie, uma criada vivendo dias de princesa... até quando, não sei.

— Eu desejo que por muito tempo, *senhorita* — disse o mordomo, enfatizando o tratamento respeitoso. — Lady ou criada, o fato é que ajudou a meu senhor e salvou a vida de um de seus homens, só por isso já merece minha admiração.

Surpresa, Annie levantou os olhos e não viu malícia na expressão do mordomo, apenas um sorriso atencioso. Pelo visto, toda a fleuma e impessoalidade de Geoffrey eram apenas parte da função que desempenhava. Em seus olhos brilhava uma luz muito mais amigável e gentil.

— E, se me permite a indiscrição, não pude deixar de ouvir a frase que pronunciou em voz alta, senhorita.

— Ah, uma preocupação que me aflige — disse ela, consternada. — Não sei como fazer o que Drake me pede sem colocá-lo, e a mim, em uma situação constrangedora.

— Talvez eu possa ajudá-la. Quando fiquei a serviço do visconde de Clangton, Lady Agatha Pole foi dama de companhia das filhas de milorde. Embora tivesse sido muito bem recomendada, acabou sendo sumariamente dispensada por causa do, digamos, mau gênio das jovens. Se me permite a franqueza, uma total injustiça.

— Pobrezinha!

— Pois bem, senhorita, Lady Agatha é solteira e já não muito jovem. Embora de família aristocrata, seu pai era um jogador inveterado e, quando faleceu, deixou-a com pouquíssimos recursos. Acredito que ela venha se mantendo com dificuldades, principalmente pelo fato de o visconde ter se negado a lhe fornecer uma carta de recomendação.

— Uma injustiça, mas de que forma ela poderia ajudar?

— Acho que ela poderia assumir a função de preceptora, uma professora de boas maneiras, e dama de companhia. Isso seria conveniente para ambas, até Tim poderia se beneficiar.

— Uma lady ser dama de companhia de uma criada? Isso é absurdo, Geoffrey! Ela não concordará por maior que seja sua necessidade!

— Absurdo? Não, senhorita, absurdo é passar fome e sentir frio. Acredito que Lady Agatha não só aceitará como ficará grata. Ela certamente a ajudará em suas dificuldades.

— Devo reconhecer que precisarei de toda ajuda possível! E falando em ajuda... obrigada Geoffrey! Não sei bem por que estou merecendo sua atenção, posso apenas agradecer aos céus por ela.

— Vou mandar um bilhete a Lady Agatha pedindo-lhe que venha amanhã, pois a compra de roupas quentes para a senhorita é questão de máxima urgência — disse ele, observando a forma como Annie enrolava-se no xale, buscando aquecer os braços nus no vestido leve de verão. Com sua habitual eficiência, retirou-se discretamente, deixando Annie, agora mais tranquila e aliviada, aproveitar os últimos vestígios de calor da tarde outonal.

# CAPÍTULO XXIV

O Capitão Norton estava sentado a uma mesa no fundo da taberna. A seu lado, um homem de imensos bigodes arruivados, que pareciam querer compensar a calvície incipiente, ajambrado em um paletó muito justo e usando um chapéu que já vira dias melhores, tomava um pint de cerveja escura. Drake dirigiu-se rapidamente para lá, cumprimentou-os e apenas abanou a mão em negativa quando Norton fez menção de pedir uma bebida para ele também.

— Não, eu prefiro ir direto ao assunto, outras providências me aguardam — justificou-se. — Senhor Pinkerton, não é mesmo?

— A seu dispor, como posso ser útil, milorde?

— O capitão me informou que o senhor faz parte da guarda do rei investigando assassinatos e roubos e que, por vezes, realiza algumas... investigações particulares.

— São sete bocas para alimentar em casa, qualquer *shilling* extra é bem-vindo. Se me explicar o que precisa, verei o que posso fazer. Mas saiba que não faço nada que vá contra as ordens do rei, não mato e tampouco roubo!

— Não será necessário. O que vou lhe pedir talvez até o auxilie em suas funções oficiais e o faça desvendar um crime antigo. Há sete anos houve um incêndio no porto. Um navio que aguardava para descarregar uma carga de açúcar queimou e quatro homens morreram. Descobriram que o incêndio foi provocado, o desgraçado que acendeu o pavio foi uma das vítimas, porém, jamais descobriram quem foi o mandante.

— Eu me lembro... era um navio de uma grande companhia. Queimou por dois dias antes de ir a pique.

— Pois bem, Senhor Pinkerton, aqui estão dois nomes. Quero que faça uma nova investigação, desta vez para descobrir se algum deles, ou os dois, estiveram envolvidos de alguma forma no incêndio. Ou melhor, quero que descubra tudo o que puder sobre eles. Suspeito, inclusive, que um dos dois seja o atual proprietário de Egerton House, uma propriedade que foi arrestada como pagamento de dívidas.

O homem manteve os olhos fixos em Drake por alguns segundos antes de examinar o papel que este lhe passou.

— Nunca descobriram nada sobre o incêndio desse navio. O que o faz pensar que depois de tanto tempo conseguirei alguma coisa?

— Porque agora o senhor tem uma informação relevante, um dado concreto. Dois nomes específicos, de lordes... isso poderá fazer a diferença!

— Tudo bem, senhor, se algum deles estiver envolvido eu descobrirei. O contrato entre um nobre e um assassino sempre deixa algum rastro. E procurarei por qualquer outra informação que possa parecer de seu interesse. Porém não será barato, eu terei que soltar algum dinheiro para reavivar memórias e conseguir informações. E também poderá levar algum tempo.

— Leve o tempo que precisar. Quanto ao dinheiro, acho que isso é suficiente para começar — disse Drake, empurrando um gordo maço de notas em direção ao sujeito. — O restante lhe entregarei ao término da investigação e, se além da informação conseguir provas do envolvimento, saiba que serei extremamente generoso. E, senhor Pinkerton, creio que não preciso lhe dizer que esse encontro deve ficar entre nós.

— Não, Sir Drake, não precisa. A discrição é uma qualidade essencial em meu ofício. Eu o avisarei quando descobrir algo. Mais alguma coisa?

— Talvez... o senhor sabe algo sobre a morte de uma viúva em Hampstead, há alguns meses? Lady Belinda Heyes, se não me engano. Parece que foi um roubo durante a noite... a criada era suspeita...

— Posso lhe perguntar qual seu interesse no caso, senhor? — indagou o agente da lei, estranhando a pergunta de Drake.

— Não, não pode... apenas me diga se o caso já foi encerrado.

— Houve um homicídio, o caso ainda está em aberto. A criada supostamente matou a patroa com um golpe na cabeça para roubar, fugiu e até agora não foi encontrada.

— Supostamente? Por que diz isso?

— A vítima estava grávida, e, curiosamente, o amante, com quem tinha um relacionamento frequente, conforme testemunhas, nunca apareceu, nem mesmo para certificar-se da morte. Talvez quisesse apenas manter o nome fora dos jornais, ainda assim, me pareceu estranho. Além disso, a criada acusada parecia ser uma boa moça, morava com ela há mais de 5 anos, e as duas se davam muito bem. No entanto, como foi vista ao lado do corpo e fugiu, tornou-se a principal suspeita. Mais um caso que provavelmente ficará sem solução. A menos que... O senhor não teria informações sobre esse também... ou teria?

— Não, trata-se apenas de curiosidade — disse Drake casualmente. — Vou aguardar seu contato, espero notícias em breve sobre os nomes que lhe passei.

Com um toque de dedos na aba do chapéu, o investigador levantou-se e saiu sem nem mesmo terminar sua cerveja. Quanto antes conseguisse as respostas, mais rápido receberia seu pagamento. A Senhora Pinkerton ficaria satisfeita, pois, com o inverno chegando, o dinheiro extra viria a calhar.

— Tem certeza de que ele é confiável? — perguntou Drake, dirigindo-se ao Capitão Norris.

— Sim, ele já me prestou outros favores. Tem os contatos certos, é diligente, razoavelmente honesto e sabe manter a boca fechada. Se houver algo, vai descobrir.

— Ótimo! Infelizmente agora só me resta esperar, apenas torço para que a demora não seja excessiva. Obrigado, Norton, termine sua cerveja com calma. Tenho outros compromissos, não há necessidade de você me acompanhar.

Sir Drake levantou-se de tal forma decidido que não deu tempo ou oportunidade ao Capitão Norton de indagar ao quê se devia a inesperada curiosidade sobre o homicídio da viúva grávida. Tudo estava cada vez mais complicado, melhor seria mesmo ficar e aproveitar a cerveja!

— Deseja mais alguma coisa, senhorita? — perguntou Geoffrey, solícito.

— Estou bem, obrigada — respondeu Annie, pousando o livro que estava lendo no colo. — E quanto a Sir Drake, talvez ele já tenha chegado — perguntou ansiosa.

— Ainda não, senhorita, eu o avisarei que o espera aqui na biblioteca assim que chegar — respondeu o mordomo. —Ah, vejo que não será necessário — completou quando Drake entrou na sala antes mesmo que ele próprio se retirasse.

— Boa noite, Annie.

— Boa noite, Drake, eu estava à sua espera — disse ela sem levantar-se da poltrona, mas com um sorriso nos lábios.

A noite estava fria, e a lareira, acesa, dava um brilho cálido ao ambiente e formava um halo de luz ao redor de Annie. Os olhos cor de avelã pareciam ainda maiores do que o habitual, e ela os cravou nos dele, como se quisesse enxergar as respostas que buscava e que ele tão habilmente escondia. Impactado pela cena, Drake foi até um parador e serviu-se de uma generosa dose de conhaque. Havia algo diferente em Annie, algo que o fascinava de uma forma inusitada, contudo, não conseguia distinguir exatamente o que mudara nela.

— À minha espera? Surgiu algum problema?

Annie sentiu seu coração encolher; problemas seriam o único motivo que a autorizaria a ficar à espera dele?

— Sim... quer dizer... não... ou melhor...

O olhar zombeteiro encimado pela sobrancelha erguida e o canto da boca repuxado, sinalizando o sorriso que Drake disfarçava, a relaxaram o suficiente para que também deixasse um sorriso dominá-la.

— Continuo derramando as palavras sem dar tempo ao meu cérebro para organizá-las, não é? Desculpe-me, o que quis dizer é que, sim, eu o aguardava e não, não há nenhum problema exatamente. Apenas um assunto que tem me preocupado um pouco, mas, se não estiver disposto, conversaremos em outro momento — disse, sem saber muito bem como abordar a questão que a atormentava.

— Eu lhe darei toda a atenção que quiser, mas antes preciso lhe contar uma coisa importante. E como acho a novidade uma boa notícia, vou direto a ela. Hoje, durante uma conversa com um guarda da Coroa, eu soube que talvez você não seja a única suspeita pelo assassinato da Lady Belinda.

— Como assim? — a pergunta saiu num tom de voz mais alto do que aquele que Annie costumava usar, uma demonstração inequívoca de sua surpresa.

— Não há nada de concreto, mas o homem com quem conversei, e que está bem ciente do assunto relativo ao homicídio, disse que milady estava grávida. O bastardo que a matou provavelmente também assassinou o próprio filho. Infelizmente não pude descobrir mais detalhes, seria suspeito de minha parte esmiuçar o assassinato de uma viúva a quem não conhecia.

Annie ofegou, e seus olhos ficaram brilhantes por lágrimas não derramadas.

— Pobre Lady Belinda, ela sempre sonhou em ser mãe. Nunca conseguiu com o marido abusivo e bêbado. Certamente estaria feliz. — Sua voz sumiu por entre um soluço disfarçado.

— Ela deve ter contado ao amante sobre a gravidez. Talvez, ao contrário do que ela imaginava, ele não tenha ficado satisfeito com esse filho — concluiu Drake, caminhando de um lado a outro da sala, agitado por demais.

— Então o motivo do assassinato não deve ter sido apenas o roubo?

— Acredito que não, o lorde em questão talvez seja casado... e talvez ela tenha confessado suas esperanças quanto a um compromisso maior. Pense, Annie, embora sem frequentar a corte com assiduidade e provavelmente em condições financeiras precárias, ela ainda era viúva de um lorde. Um lorde espúrio, certamente, ainda assim...

— Ou seja, a gravidez poderia causar algum embaraço... talvez...

— São muitos "talvez", não temos ainda informações suficientes para formar uma imagem clara do que realmente aconteceu, mas já é um início. E, o mais importante, a polícia também estranhou o fato de o tal amante, visitante assíduo, conforme depoimento da cozinheira, ter desaparecido sem deixar rastros ou se interessar pelo resultado da investigação.

— Então não sou mais suspeita? — Havia tamanha credulidade ingênua em seus olhos que Drake sentiu-se mortificado.

— Não é bem assim, nada mudou em relação a você, apenas não é a única suspeita como sempre imaginou. Mas, se conseguirmos descobrir quem ele é, poderemos realizar nossas próprias investigações e, com alguns dados a mais, ir à polícia. A cada dia estamos mais perto de provar sua inocência. E isso me lembra de uma coisa: conseguiu providenciar o necessário para acompanhar-me às recepções? É imprescindível que você reconheça o amante de Lady Belinda, pois sem isso não teremos por onde começar.

— Eu bem que tentei... mas não consegui comprar nada, nem mesmo um par de luvas!

— Não encontrou nada que a agradasse? — perguntou Drake, parando de chofre frente a ela, bastante surpreso com a possibilidade insólita.

— Na verdade, acho que eu não agradei às modistas. Nenhuma quis me receber e, sem alguém disposto a vender, eu não tinha o que comprar. Desculpe-me, eu avisei que essa não era uma boa ideia, sou apenas uma criada, talvez nem mesmo bons vestidos consigam mudar isso.

Annie viu a fúria assomar aos olhos de Drake. O cinza gelado foi tomado por um turbilhão e mais uma vez ela enxergou neles o fogo de lava incandescente! *Oh, Drake, meu Drake, aí está você, e como isso o faz ainda mais amado!*

— Não se aborreça — apressou-se a acalmá-lo. — Criada ou não, eu ia gastar algumas libras, portanto, quem perdeu foram elas. E Geoffrey me deu uma boa ideia. Há uma senhora, Lady Agatha; uma nobre empobrecida que foi dama de companhia e preceptora das jovens filhas do visconde de quem ele era mordomo. Ao que parece essa senhora foi injustamente dispensada sem uma carta de recomendação e vem passando por necessidades. Ela precisa de emprego e talvez lhe interesse ajudar-me. Eu, sinceramente, duvidei disso, porém, Geoffrey acha que, na verdade, a ajuda seria recíproca. Se você concordar...

— Fico feliz que Geoffrey tenha sugerido uma solução tão adequada. Eu mesmo conversarei com essa Lady Agatha, vou instrui-la a atendê-la da melhor e mais completa forma possível, e não se preocupe com despesas.

— Não será necessário, Lady Agatha já respondeu ao bilhete que lhe enviamos e o fez com muita gentileza. Acho que nos entenderemos bem. Quanto às despesas, eu as anotarei como sempre e procurarei ressarci-las um dia, embora ainda não saiba como. Esta foi uma de minhas condições, lembra-se?

— Se prefere assim... Mas saiba que ressarcimento não é uma de minhas prioridades. A questão, sinceramente, não me aflige.

— A mim, sim, bastante; e, por falar em aflição, há outro assunto que eu gostaria de discutir. Bem... discutir não é exatamente a palavra certa. Perguntar-lhe é a expressão mais correta, preciso entender algumas coisas... caso contrário... talvez eu acabe o atrapalhando sem saber. Vou ter que insistir...

— Do que se trata? — indagou ele apreensivo.

— Drake... por que abandonou tudo e foi para Nassau? Quem é você de verdade?

A interpelação não chegou a ser uma surpresa, ele já vinha se perguntando por quanto tempo conseguiria evitar a curiosidade de Annie.

— Esta é uma longa história, mas não vejo mais motivo para que eu não a conte — disse, dirigindo-se ao aparador para servir-se de mais uma dose de conhaque. Num ato reflexo serviu também um pequeno cálice de xerez e estendeu-o para ela, que aceitou a delicadeza como se aquele fosse um gesto habitual entre eles.

Acomodando-se na outra poltrona, Drake pigarreou. Não via necessidade de esconder de Annie sua vida pregressa, afinal, a história toda era de conhecimento público. Então, de forma fria e analítica, ele começou a relatar os fatos. Annie o ouvia sem interromper, os olhos emanando uma onda de carinho que recaía sobre ele como um cobertor macio. Havia algo infinitamente reconfortante naquela cena: ambos sentados em frente ao fogo numa noite fria, numa serena comunhão de almas. Para Drake, foi como uma volta ao lar, algo se rompeu dentro dele e o fez abrir o coração como jamais fizera com alguém. Ele contou-lhe tudo, falou sobre cada dor, cada perda, cada sofrimento e sobre como isso só terminaria efetivamente quando o culpado fosse punido.

*

O fogo na lareira diminuíra, apenas algumas brasas ainda mantinham o calor da sala. Drake levantou-se e esticou as pernas. Com o atiçador reavivou as chamas, uma tentativa um tanto inútil de romper o clima de intimidade e comoção que se instalara entre eles.

— Creio ter me excedido — comentou com uma pontada de constrangimento. — Eu a aborreci, não era essa minha intenção.

— Jamais — protestou Annie com veemência. — Na verdade, você me mostrou como é de verdade, uma mescla do pirata que conheci no mar e do aristocrata que encontrei em Londres. Obrigada por ter me contado, agora eu consigo entender... algumas coisas.

Havia tristeza em sua voz e em seus olhos, e Drake perguntou-se o que a teria magoado.

— Você está bem? Parece que minha história a atingiu de uma forma que não consigo compreender. Nada do que lhe contei deve atingi-la. Minha revolta não está, de forma alguma, voltada para você.

— Ao contrário, Drake, sua história diz respeito também a mim. Você tem um papel a cumprir e só será feliz quando retomar tudo aquilo que lhe foi usurpado. Eu entendo e acho justo, mas percebo que, enquanto tudo não estiver resolvido, não haverá lugar em sua vida para nada além de vingança. Não enxergará coisa alguma além disso, qualquer outro desejo ou sentimento que vier a se interpor em seu caminho será extirpado de seu coração. Nada brilhará sob a luz de seus olhos até que você alcance seu intento.

— Annie, eu não procuro vingança, busco justiça. Quero que o assassino de meu pai seja preso e quero de volta o que arrancaram covardemente de mim. Um nome honrado, a fortuna, a...

— A noiva?

A pergunta fez Drake encará-la fixamente em silêncio.

— Você quer de volta tudo o que tinha. Sua noiva, a mulher que escolheu para amar e partilhar seu futuro, faz parte desse tudo, não é mesmo?

— Não... isso não é verdade... Poppy foi uma conveniência, não um amor. Eu nunca a tive de verdade, portanto, no que diz respeito a ela, não há o que querer de volta. Annie, se você está pensando em nós dois ao dizer isso...

— Não existe nós dois, eu agora sei. Existiu em Nassau, mas Nassau foi só um sonho, um instante fugaz em sua vida, Drake. Apenas isso!

— Você se engana, eu a quero! — disse ele, atravessando o espaço entre eles numa fração de segundo e puxando-a para si. — Eu a quero como jamais quis outra mulher. Ah, Annie, ficar longe de você foi terrível. E agora, tê-la a meu lado sem poder tocá-la... tem sido uma tortura inominável! Eu a quero desesperadamente, apenas não posso prometer...

Ela sabia que não havia futuro; aquele era um momento único. Mas como repelir algo tão belo e forte? E o que importavam promessas quando ele estava ali, embalando-a em seus braços? Um momento talvez valesse por toda uma vida!

Fosse pela roupa fina ou pelo escasso fogo na lareira, ou apenas pela excitação de tê-lo tão perto de si, Annie estremeceu. E foi como se sinalizasse com o corpo aquilo pelo que seu coração ansiava.

Delicadamente Drake levantou-lhe o queixo e colou os lábios aos dela, a ponta da língua se insinuando, as mãos tomando posse do que ela sabia ser dele, apenas dele... marcando seu corpo e sua alma com o fogo de seu toque... Annie gemeu, toda a falta que sentia dele transbordou por seus poros.

*Amanhã... amanhã eu sofrerei por ele, hoje vou apenas amá-lo!*

Ela acordou nua, o corpo cansado, mas saciado... a mente ainda envolta nas brumas do sonho e das lembranças...

— Drake...

O nome escapou de seus lábios inchados num murmúrio, enquanto as mãos, em vão, buscavam seu corpo ao lado na cama. Em algum momento daquela noite mágica ele a trouxera no colo, aconchegara-a no leito e a amara mais uma vez... e em outro partira sem que ela notasse.

Os primeiros raios de sol anunciavam a aurora de um novo dia. Annie embrulhou-se na colcha que jazia aos pés da cama e aproximou-se da janela. Todo novo dia trazia em si a esperança de um recomeço.

Esperança... haveria alguma esperança para ela? Ou teria que se contentar com momentos roubados... interlúdios de amor em uma vida que não lhe pertencia? Angústia e incerteza a invadiram; ela pousou a fronte no vidro gelado em busca de apoio. O quarto parecia girar, e seu estômago se revolvia em um redemoinho voraz. Durou apenas um segundo, mas foi o suficiente para que uma suspeita se insinuasse em seu cérebro. Uma suspeita doce e amarga ao mesmo tempo...

— Oh, meu Deus...

# CAPÍTULO XXV

— Lady Agatha, não imagina como lhe sou grata! Eu jamais conseguiria sem sua ajuda.

— Querida senhorita MacGiver, fico feliz em estar sendo útil. Na verdade, seu convite foi uma benção. Confesso que o último ano foi muito difícil, não apenas pela precariedade de minhas possibilidades financeiras, mas também pela solidão em que me vi encerrada. Conviver com a senhorita tem sido uma lufada de ar fresco em uma vida já embolorada pelo tempo.

— Então, por favor, milady, deixe de me tratar com tanta formalidade. Não há necessidade disso, a senhora conhece minha origem. Gostaria de ser apenas Annie e, se puder considerar-me uma amiga... ficarei extremamente feliz.

— Uma amiga que está se tornando mais e mais querida a cada dia que passamos juntas. Mas agora apresse-se, ainda há muito o que fazer antes do baile. Vamos ensaiar um pouco mais as reverências, cumprimentos e talvez a valsa. Madame Leclerc, a modista, vai entregar o vestido amanhã, às primeiras horas. Tenho certeza de que ela se esmerou. Se você for admirada, será uma ótima referência para seu pequeno ateliê, o que poderá ajudá-la a conquistar mais clientes entre a nobreza.

— Sim, eu espero que isso aconteça. Ela realmente tratou-me com atenção, mesmo notando minha falta de educação.

— Annie, etiqueta e educação não se confundem. O fato de você desconhecer algumas regras sobre como usar os talheres, ou qual a cor adequada para um vestido a ser usado na hora do chá, ou mesmo a forma correta de se dirigir a um nobre, não a torna mal-educada. Você é uma jovem gentil, que sorri e trata bem todos à sua volta, o que, na minha opinião, é o exemplo de comportamento educado. Infelizmente, a aristocracia dá mais importância a uma dezena de normas de etiqueta, bobas e sem sentido. Espero que algum dia as pessoas percebam como isso é tolo.

— Seria melhor e mais fácil se as pessoas dessem mais importância à gentileza do que à etiqueta. Mas, enquanto isso não acontece, eu terei que treinar bastante como dobrar o joelho numa reverência elegante sem me esborrachar no chão, caso contrário passarei vergonha — replicou Annie com um sorriso travesso dançando nos olhos.

— Então, mãos à obra! Passemos ao ensaio das reverências, mais tarde iremos até a *Fortnum's* para o chá. Será não só um treino prático como um prêmio pelo seu esforço — disse a simpática senhora para quem não existia nada mais desejável do que uma xícara de *Earl Grey* acompanhada de *scones*. — E vamos convidar Tim a nos acompanhar. Ele tem se dedicado bastante a seus deveres, também merece uma recompensa.

Lady Agatha tinha doces olhos azuis e cabelos onde despontavam alguns fios brancos, denunciando que já não era muito jovem. O convite para vir em auxílio da hóspede de Sir Drake Morgan fora uma surpresa, mas ela decidira deixar preconceitos de lado e conhecer a jovem, o que acabou se revelando uma ótima decisão. Annie era delicada, vivaz e muito inteligente, o que compensava sua falta de traquejo social. E ainda havia Tim! O garoto era uma benção, um sedutor nato, era impossível não se alegrar com sua presença, e ela decidiu incluí-lo entre suas obrigações. Desta forma, tomara para si a missão de transformá-los em jovens refinados e cultos, ainda que Tim se rebelasse um pouco contra a ideia de ficar trancafiado em meio a livros por duas horas todos os dias.

— Como você acha que um capitão pode calcular a rota de um navio ou o peso de uma carga se não conhecer um pouco sobre números? — indagara Lady Agatha, convencendo-o a debruçar-se sobre operações aritméticas.

A simpática senhora chegara há pouco mais de uma semana, mas sentia-se confortável e animada em sua "missão", como se a desempenhasse há anos. Annie e Tim, por sua vez, haviam se encantado com seu carinho e dedicação.

— Devagar, Tim, já lhe disse que um lorde sempre espera o coche parar e o cocheiro lhe abrir a porta. Não é educado descer correndo e sair atropelando as pessoas... Tim!

Lady Agatha repreendeu-o com firmeza, o que não evitou que, sem nem mesmo esperá-la terminar de falar, o garoto abrisse a portinhola e saísse rapidamente. Em sua ânsia de chegar à confeitaria, esbarrou em um lorde que estava no passeio, derrubando sua bengala.

— Perdão, senhor, eu não o vi — desculpou-se, abaixando-se para pegar o objeto.

— Você precisa olhar por onde...

Estranhamente o homem interrompeu a fala e quedou-se imóvel, observando Tim, por um tempo que pareceu uma eternidade ao garoto. Para sua sorte, lady Agatha e Annie se acercaram interrompendo o momento desconfortável.

— Milorde, devo desculpar-me, meu sobrinho é bastante estabanado — disse Lady Agatha.

— Seu sobrinho? — indagou o homem, ainda observando Tim.

— Bem, não exatamente... mas, creio que ele se desculpou. Ou não?

— Eu me desculpei, sim, Lady Agatha. Foi sem querer, desci muito depressa.

— E por que tanta pressa? — indagou o lorde que não parecia disposto a encerrar o assunto.

— Será a primeira vez que venho à confeitaria — explicou Tim, excitado com a possibilidade.

— Não conhece a *Fortnum's*? — indagou o homem, surpreso pelo "sobrinho" de uma lady nunca ter estado ali.

— Já conheço, senhor, mas desta vez não ficarei apenas olhando do lado de fora com o nariz grudado no vidro — explicou Tim com inocência e franqueza.

O comentário surpreendeu o homem e trouxe uma pontada de lágrimas aos olhos de Annie, que se apressou a encerrar o incidente.

— Desculpe-nos mais uma vez, milorde. Vamos, Tim. Vamos entrar e apreciar os doces. — E, com um sorriso, encaminhou o menino à grande porta de entrada.

★

— Aquele homem não tira os olhos de mim — disse Tim entre uma garfada e outra de bolo, indicando o lorde que os havia seguido e estava sentado numa mesa a poucos metros. — Eu sei que fui estabanado, mas pedi desculpas. Será que ele acha que lhe roubei a carteira? Se o assaltaram, não fui eu, Annie!

— Tenho certeza de que não, meu querido. Eu já notei que ele nos observa, talvez esteja apenas curioso com o comentário que você fez sobre ficar "com o nariz grudado no vidro". Não foi muito educado, mas foi bem engraçado.

— Reclamou por você ter esbarrado nele e agora nos olha dessa forma ostensiva. Isso tampouco é educado — reclamou Lady Agatha.

— Estranho, esse senhor me lembra alguém — comentou Annie, pensativa. — Apenas não consigo me lembrar de quem.

— Talvez alguém que visitasse Lady Belinda? — sugeriu Tim.

— Não sei... tenho a impressão de que já o vi antes... não é exatamente isso, ele me parece conhecido, mas... a senhora o conhece, Lady Agatha?

— Não, minha querida, mas devo confessar que estou fora da sociedade há muito tempo. Esse lorde me parece jovem, deve ter começado a frequentar a temporada muito depois de eu ter me retirado.

— Certamente é apenas impressão de minha parte — disse Annie, passando a comentar sobre as expectativas em relação ao baile e a dedicar-se a um prato de bolinhos de creme, muito apetitosos.

★

*Pelos céus, seria possível? Meu tormento teria realmente chegado ao fim? Oh, Deus, não permita que mais uma vez a decepção me atinja!*

Andrew não conseguia tirar os olhos do garoto a poucos metros de si, muito menos aquietar a mente. Sua observação contundente já passara há muito da conveniência, mas ele não conseguia evitar.

*Seria possível que depois de tanto tempo e tanta procura... Não me importa como ou por que, nem o que possa parecer, eu não vou perder esse garoto de vista, não até descobrir quem é, onde mora e, enfim, confirmar minhas suspeitas. Sobrinho dessa senhora? Duvido! Não vou abordá-las, elas poderiam se assustar e se negar a falar comigo. Certamente deve haver um marido ou responsável, quando descobrir quem é vou conseguir todas as informações.*

Com uma animação que não sentia há anos, o Conde de Winchester preparou-se para seguir o espevitado garoto até os confins do mundo se fosse necessário.

*Você não vai desaparecer, pode ter certeza de que não vai, pelo menos até eu descobrir se é quem imagino que seja!*

# CAPÍTULO XXVI

— Você está deslumbrante! — A exclamação de Lady Agatha foi seguida por um suspiro extasiado de Debbie. — Vamos, veja por si mesma como está linda!

Um pouco reticente, Annie caminhou até o espelho e analisou friamente a figura à sua frente. Seus cabelos haviam sido presos no alto da cabeça em cachos que desciam ao redor do rosto numa moldura delicada. Estavam enfeitados com pequenas flores da mesma seda cor de lavanda do vestido. Madame Leclerc realmente se esmerara. O traje tinha um corpete justo, enfeitado com rendas, e um decote arredondado que deixava a curva delicada e a pele macia dos seios levemente exposta; a saia caía fluida até os pés e parecia esvoaçar ao redor de suas pernas. Seus olhos se dilataram, a íris refulgindo o brilho cor de ouro e um sorriso pleno arqueou os lábios rosados.

— Essa sou eu mesma? Oh! Lady Agatha, muito obrigada! Eu jamais teria conseguido sem sua ajuda! Com suas lições e esta roupa, acredito que Drake não terá por que se envergonhar de mim — completou em voz baixa.

— Acredito que ele não se envergonharia de forma alguma, Annie. Você não nota a luz que brilha nos olhos dele quando a vê... O que seria senão orgulho e afeto? Oh, minha querida, não disse isso para fazê-la chorar! Não faça isso, vai ficar com o rosto marcado e vermelho!

— Milady, eu não sei o que vem acontecendo comigo, estou por demais sensível. Pequenas coisas me emocionam — respondeu Annie, enxugando uma lágrima furtiva.

— Você tem estado sob muita pressão, fique tranquila, vai dar tudo certo. Ele ficará orgulhoso, muito orgulhoso — completou a bondosa senhora sem qualquer recriminação.

Annie esperava que a sociedade a aceitasse com igual complacência. Ela não tinha qualquer ilusão sobre a forma como veriam a ligação dos dois, mas havia de manter-se forte e digna, ainda que se tornasse o alvo de olhares e comentários maliciosos. Seu objetivo era descobrir se, entre os nobres presentes, estaria o assassino de Lady Belinda. Estar ao lado dele numa noite que tinha tudo para ser um sonho encantado era um bônus.

Drake serviu-se de um conhaque e releu mais uma vez o relatório que Pinkerton lhe apresentara naquela tarde. Infelizmente o homem da guarda real não conseguira apurar nenhuma ligação concreta entre os nomes que lhe fornecera e o incêndio do *Tempestade*. Ele, na verdade, já esperava por isso, fora apenas um tiro no escuro, quase um pressentimento de que um dos dois poderia estar envolvido de alguma forma. Talvez estivessem, mas eventuais laços haviam desaparecido.

*Vou continuar a procurar; o tempo é um algoz cruel, no entanto, a verdade é mais forte. Em algum momento algo vai surgir e jogar uma luz sobre o passado. Além disso, o dossiê não foi de todo inútil, as informações foram muito interessantes. É impressionante como todos têm segredos, basta procurar que eles se revelam. Alguns homens escondem fatos, outros apenas sentimentos e rancores. Meu caro amigo Robert... não tão amigo assim! E Andrew... você se revelou uma surpresa muito maior do que eu poderia supor! Essa noite será deveras... intrigante!*

Definitivamente seria uma noite especial. Por muito tempo, Drake fantasiou sobre seu reingresso na sociedade, em qual evento ele teria o prazer, ou o desprazer, de reencontrar seus *"amigos"* de juventude, os mesmos que tão prontamente se afastaram quando seu nome caiu em desgraça. No entanto, nem mesmo em seus mais ousados sonhos ele poderia ter imaginado que isso aconteceria no baile anual oferecido pela Condessa de Winchester. O evento mais importante da temporada, o mesmo em que, na noite fatídica, sete anos antes, ele cortejara e firmara um compromisso com Lady Poppy Campbell.

*E, Robert, como você reagirá à minha presença? Certamente já sabe que voltei. Essas notícias correm rápido em Londres, mas talvez não saiba que voltei rico e fazendo jus ao título de Sir. Será interessante confrontá-lo, ouvir suas razões para ter se casado tão rapidamente com minha noiva, após ter tentado me convencer de que eu seria um tolo se o fizesse!*

Aquela fora uma noite marcante; todos os acontecimentos funestos de sua vida pareciam ter se desenrolado a partir daquela festa... Será que aconteceria a mesma situação ao inverso? Será que sua vingança se desenvolveria efetivamente a partir daquela noite?

— Senhor, a senhorita MacGiver o aguarda no hall, a carruagem também está pronta!

A entrada de Geoffrey chamou sua atenção. Estava na hora, a sorte estava lançada, que começasse o jogo! Aprumando-se na casaca perfeitamente bem assentada, Drake pegou a cartola das mãos do mordomo e foi ao encontro dela.

— Drake, você também está muito elegante! Quando crescer vou querer usar roupas como estas! — a exclamação de assombro partiu de Tim, que queria despedir-se e desejar boa diversão.

— São elegantes, eu sei, mas confesso que me sinto mais confortável com aquelas que usava em Nassau — pilheriou Drake, piscando o olho e desmanchando, como de costume, os cabelos do garoto com a mão. — E onde está... Annie?!!!

A exclamação, um misto de surpresa e satisfação irrompeu de seus lábios assim que a jovem, até então discretamente posicionada, veio a seu encontro sob a luz das dezenas de velas acesas no imenso tocheiro.

— Estou aqui, Sir Morgan — disse ela com uma graciosa e perfeita reverência.

O olhar deslumbrado de Drake só não foi maior do que o de Tim ao ver a amiga, enfim transformada numa lady, usando um magnífico vestido, como sempre sonhara!

Com galanteria, ele retribuiu a reverência e ofereceu-lhe o braço. Não foi necessária nenhuma palavra, o assombro orgulhoso que ela viu refletido em seu rosto foi o suficiente para fazê-la feliz. Com seu sorriso travesso nos lábios, Annie aceitou o braço que ele lhe oferecia.

A mão pousada em seu braço tremia levemente, Drake parou por um segundo e, abaixando a cabeça discretamente, sussurrou em seu ouvido.

— Você está linda, tudo dará certo. Confie em mim!

Confie em mim... palavras mágicas! Annie aprumou a cabeça como Lady Agatha lhe ensinara a fazer e, contrariando anos em que se mantivera obscura e discreta como uma simples criada era treinada a ser, entrou majestosa na imensa mansão, conduzida pelo braço de Drake Morgan.

O salão estava magnificamente iluminado, flores frescas dispostas em vasos de cristal perfumavam levemente o ambiente, e a música, executada por músicos envergando casacas negras, era suave. Criados de libré circulavam servindo *champagne* e refrescos para aqueles que não toleravam álcool, em outro salão fora montado um buffet com iguarias da Fortnum & Mason.

Vários pares de olhos esquadrinharam o casal quando o criado, à porta do salão, anunciou seus nomes. Um rubor involuntário aqueceu a pele sensível de Annie, mas ela não se deixou intimidar. Caminhou em passos elegantes e preparou-se para cumprimentar Lady Candace, a anfitriã, agradecendo-lhe o convite.

— Ora... estou enganada ou é o jovem Morgan que se apresenta?! E acompanhado de uma graciosa senhorita! Soube por meu filho que retornou ao nosso convívio... Folgo em saber.

— Obrigada, milady! Estou feliz por estar aqui esta noite — respondeu Drake com uma profunda inclinação de cabeça aproximando os lábios da mão que a Condessa lhe estendia, numa simulação apropriada de beija mão. — Essa é a senhorita Annie MacGiver, uma jovem amiga de minha família.

Com uma elegante reverência, Annie cumprimentou a Condessa de Winchester dirigindo-lhe um sorriso gracioso.

— MacGiver...? Irlanda, talvez?

— Irlanda, certamente, milady — respondeu Annie, sentindo o sangue agitar-se, mas mantendo a compostura conforme Lady Agatha a ensinara.

Foi apenas um centésimo de segundo, ainda assim, a desaprovação estava lá, no leve franzir dos lábios, cintilando no fundo dos olhos da velha aristocrata. Décadas de treinamento e educação falaram mais alto, e Lady Candace escondeu o desprezo afivelando um sorriso bem ensaiado nos lábios. Mais tarde conversaria com seu filho;

aquele era mais um de seus destemperos, convidar à sua casa um condenado e uma irlandesa!

— Creio que reencontrará alguns velhos amigos, Senhor Morgan. Divirtam-se! — desejou, já dirigindo sua atenção a outros convidados.

— Vamos procurar por uma taça de *champagne*, você ainda está tremendo e não há necessidade disso, está se saindo muito bem — tranquilizou-a Drake, enquanto sinalizava discretamente para um criado.

Annie aceitou a taça que lhe foi oferecida, o líquido dourado e fresco estava convidativo, e ela tomou um gole generoso. As borbulhas fizeram cócegas em sua garganta, e ela riu baixinho. Precisava manter-se firme, afinal, era sua liberdade que estava em jogo, ela não se deixaria intimidar por olhares depreciativos ou murmúrios pouco elogiosos. Algumas pessoas cumprimentaram Drake, no entanto, ninguém se estendeu numa conversa e isso não pareceu preocupá-lo. Um pouco mais tranquila, deixou que os olhos enfim percorressem o salão. Muito embora estivesse fascinada pelas roupas e joias das mulheres, foi nos homens que manteve discretamente sua atenção. Logo depois reparou que, em um grupo pouco à frente, estava o lorde que havia observado Tim na confeitaria dias antes.

— Aquele... o homem de casaca azul escura, ali na frente — disse Annie, controlando-se para não apontar o dedo, o que seria uma falta de educação imperdoável. — Quem é ele?

— Aquele é Lorde Andrew, o conde de Manchester, nosso anfitrião. Por quê? Você o reconhece?

Antes que a resposta fosse dada, a voz do criado anunciando outro convidado se fez ouvir, e Annie percebeu que Drake se enrijeceu. Curiosa, virou-se e se deparou com um casal elegante à entrada do salão. A mulher era de uma beleza etérea e parecia flutuar, e varreu o local com os olhos mantendo a postura orgulhosa. Ao avistar Drake, sua expressão se congelou, surpresa. Em seguida um sorriso despontou numa evidente demonstração de satisfação. *Eles se conhecem e muito bem, pelo visto,* deduziu Annie virando-se para avaliar a reação de Drake. Ele, embora olhasse a jovem fixamente, manteve a expressão neutra, a tensão perceptível apenas a quem atentasse aos seus punhos cerrados.

Como se fosse um movimento combinado, o casal dirigiu-se diretamente a eles. Quando o casal se aproximou, Annie sentiu o sangue fugir de suas faces e o chão lhe faltar! As pernas pareciam incapazes de sustentá-la.

— É ele — balbuciou Annie baixinho, tão baixo que Drake, atento à lady que se aproximava, não a ouviu.

— Morgan, que bom revê-lo! Soube que, enfim, conseguiu retornar ao nosso convívio — cumprimentou o recém-chegado.

— Olá, Robert, como vai? Lady Campbell, ou melhor dizendo, Lady Crawson, como está? Devo parabenizar o casal, soube que se casaram!

— Para os amigos sempre serei apenas Poppy — respondeu a bela mulher, encarando Drake com um olhar sedutor quando ele se inclinou e depositou um leve beijo em sua mão. — Fico feliz que tenha voltado, Londres sentiu sua falta.

Um esgar de repulsa toldou por um mínimo instante o rosto de Lorde Crawson ao ouvir o comentário, mas ele rapidamente se recompôs trazendo ao rosto sua habitual expressão de enfado. No entanto, Annie o observava atentamente e não pôde deixar de notar.

— *Então é isso, esta era a noiva de Drake, a que o abandonou quando ele perdeu os bens e o nome.* — *Percebeu, chocada.* — *E, pelo visto, ela se casou com seu amigo. E, se eu não me enganei com os nomes, este é o amigo que o ajudou a fugir! Será que o ajudou justamente para lhe conquistar a noiva? E o pior... o que Drake não sabe é que justamente esse amigo...*

Drake interrompeu seu raciocínio antes que pudesse concluí-lo.

— Senhorita MacGiver, uma amiga — apresentou-a.

Annie cumprimentou Lady Poppy com um leve inclinar de cabeça e estendeu a mão a Lorde Crawson, sem conseguir evitar o tremor que a dominou. A proximidade a fez notar que um lampejo de reconhecimento e dúvida toldou os olhos do nobre antes que ele se inclinasse. Ela, no entanto, estava absolutamente segura; aquele era o amante de Lady Belinda, o homem que ela vira evadir-se da casa na noite em que esta fora morta. Não tinha dúvidas, aqueles olhos mantinham o mesmo brilho cruel!

— Já nos conhecemos, senhorita? Talvez na casa da Baronesa de Shilton?

— Não creio, Robert. A senhorita MacGiver chegou recentemente das Antilhas onde morava já há alguns anos — explicou Drake, antes que ela se manifestasse.

*Ele a teria reconhecido?* Trêmula e ávida por compartilhar o fato com Drake, não conseguia disfarçar sua ansiedade, muito menos prestar atenção às palavras trocadas. Outro casal se aproximou cumprimentando-os e se afastou, mas Annie continuava absorta em seus pensamentos, respondendo a tudo com monossílabos enquanto sentia os olhos de rapina de Lorde Crawson observando-a sem trégua.

— A senhorita me concede o prazer desta dança?

O convite a surpreendeu. Foi então que notou que Drake já oferecia o braço para conduzir Lady Poppy à pista e que Lorde Crawson falava diretamente com ela.

— Lamento, milorde, mas realmente não sou uma boa dançarina — desculpou-se. — Na verdade, não me sinto muito bem, vou me refrescar um pouco no quarto reservado às senhoras, se me der licença...

— Não... acho melhor, não! Se não quer dançar, iremos até o terraço, ou melhor, ao jardim, você também se sentirá refrescada lá. Tenho me perguntado na última meia hora de onde a conheço e acho que descobri... apenas receio que não queira tornar isso público — disse com evidente malícia, segurando-a ostensivamente pelo braço.

— O senhor se engana — retrucou Annie, pálida, mas assustada demais para furtar-se a segui-lo. E se aquele homem gritasse ali, diante de todos, que ela era uma criada e a acusasse de ter matado Lady Belinda? Ele era, pelo visto, um lorde respeitado, todos acreditariam na palavra dele... Annie ainda voltou os olhos à procura de Drake antes de deixar a sala, mas ele estava em meio a outros casais, dançando com Lady Poppy, e ela não via como chamar-lhe a atenção.

— Ora... ora... você por acaso não é uma das pombinhas da casa de Madame Georgette? Tenho certeza de que já vi esses olhos e não foi em um salão respeitável — disse o lorde com excessiva intimidade. — O que Morgan pretende trazendo-a aqui? Constranger-me diante de minha mulher, talvez? Não venha com essa história de que é uma amiga recém-chegada das Antilhas... isso é impossível. Eu jamais esqueço um rosto e tenho certeza de que a conheço. E se ele imagina que, criando um embaraço, vai poder se envolver com minha Poppy, está enganado...

Com certo alívio, Annie notou que ele não se lembrara exatamente de onde a conhecia. Decidida a se desvencilhar, olhou ao seu redor para avaliar se deixá-lo contrariado e voltar ao salão chamaria a atenção de outros convidados. Infelizmente, no terraço iluminado pelas luzes que vazavam pelas enormes portas havia outros casais. Uma atitude intempestiva poderia envergonhar Drake.

Com intimidade aviltante, Lorde Crawson puxou-a pelo braço para analisar seu rosto. A proximidade a fez sentir seu hálito forte; ele parecia estar embriagado e cada vez mais inconveniente. Ao mesmo tempo em que insistia na afirmação de que a conhecia, usava frases entrecortadas, quase sem nexo, para se referir à própria esposa e a Drake...

— O senhor está enganado, milorde, não nos conhecemos, não sou uma "pombinha", seja lá o que isso queira dizer. Sou uma amiga de Sir Drake, estou hospedada em sua casa e creio que será melhor voltarmos ao salão. Por favor, senhor... solte meu braço...

— Sir Drake... Sir... não lhe confira atributos que não possui, ele não é Sir... a Coroa jamais lhe concederá o título! Não, isso não vai acontecer... Eu pensei que estava livre, eu o afastei de Poppy... mas o demônio voltou... Você vai me explicar como Drake Morgan conseguiu voltar depois...

— Depois do quê? — perguntou ela, intuindo que aquele homem estava prestes a revelar algo importante; algo que poderia ajudar Drake em seus propósitos.

A curiosidade direta de Annie interrompeu o fluxo verbal de Lorde Crawson, e este caiu em si percebendo a própria indiscrição. Não... ela não era uma garota de bordel... então de onde a conhecia? O que ela fazia ali em companhia de Drake Morgan? Calado, ele avançou alguns centímetros em sua direção e encarou-a, disposto a ler em seus olhos o que ela evidentemente escondia... Uma gargalhada irrompeu no momento em que, num ato de rebeldia e coragem, ela levantou o olhar e não se afastou, enfrentando-o e repetindo o gesto de meses antes.

— A criada! Mesmo usando essas roupas... eu me lembro! Você é a criada de Belinda... o espírito rebelde! Agora sei de onde a conheço, só não sei o que faz aqui na companhia de Drake... mas vou descobrir — disse com rudeza, puxando-a pelo braço.

Andrew observava a jovem de longe, então, ela viera à festa acompanhando Morgan, o que fora uma genuína surpresa. Ficara de tal maneira chocado que não conseguira se dirigir a eles de imediato, precisara controlar-se. Qual seria a ligação entre eles e o... menino? Não poderia abordá-los ali, em meio ao salão. O assunto teria que ser discutido com discrição, sua impetuosidade já o fizera perder demais, não correria riscos desnecessários.

*Maldição, tenho que controlar-me, não posso simplesmente interrogar as pessoas sobre o garoto!*

Suportava o infortúnio doloroso há anos, teria conseguido continuar indefinidamente levando no rosto a máscara de indiferença tão apropriada a seu nome e título, porém, a possibilidade de que *ele* estivesse vivo mudava tudo!

Foi com certo alívio que viu Drake dirigir-se à pista na companhia de Lady Poppy. Já a jovem, a senhorita que vira com o garoto na confeitaria, parecia estar seguindo ao jardim. Se tivesse a oportunidade de conversar discretamente com ela... Robert a acompanhava, mas o tolo certamente estava bêbado e não seria difícil afastá-lo. Na verdade, a jovem possivelmente consideraria isso um favor, talvez até se mostrasse mais disposta a responder as suas perguntas se ele a livrasse daquele cretino.

Decidido, pediu licença aos demais lordes e afastou-se em direção ao terraço.

Drake ouvia Poppy tagarelando sobre as últimas novidades da Corte e da sociedade com um fervor inesperado, no entanto, o que anos antes lhe parecera deliciosamente sedutor agora não passava de um amontoado de bobagens. Será que algum dia realmente fora importante saber que o rei e a família real passavam férias em Weymouth, Dorset?

O tempo se comportara de forma gentil para com ela. Embora houvesse perdido o frescor da juventude, continuava linda, talvez ainda mais. No entanto, não conseguia entender por que se convencera, anos antes, de que Poppy seria uma boa esposa. Ouvindo-a agora, percebia sua superficialidade e a falta de empatia com questões realmente importantes. Por um segundo a imaginou na companhia de Mandy e John Doe. A certeza de que ela ficaria chocada com suas amizades mais recentes lhe trouxe um sorriso irônico aos lábios.

À época que a cortejara, ela teria sido uma esposa adequada ao jovem que um dia fora. Porém, ele havia mudado. Sua visão do mundo fora alterada e o grau de importância atribuído a diferentes situações e sentimentos, totalmente revisto. Atualmente uma esposa com as qualificações de Poppy não o faria feliz, hoje, ambicionava alguém muito diferente, alguém... como Annie?!

— Oh! — Lady Poppy gemeu quando ele, inadvertidamente pisou-lhe o pé.

— Desculpe-me, milady... lamento estar tão distraído — respondeu, chocado com a conclusão surpreendente à qual chegara. Annie? Uma boa esposa? De onde surgira esse pensamento?

— Drake, o que há? Você costumava prestar mais atenção a mim — lamuriou-se Lady Poppy, de um jeito coquete e sedutor.

— Lamento... apenas desaprendi a dançar. Os anos afastados da Corte deixaram sequelas, infelizmente. Se me der licença, milady... Acredito que se insistir vou acabar machucando-a — desculpou-se, enquanto procurava Annie com os olhos. — Talvez seja melhor acompanhá-la até uma cadeira, seus pés certamente agradecerão — gracejou, afastando-a do centro do salão.

Seus olhos procuravam por Annie, mas foram a Andrew que encontraram. O conde deixava o salão em direção ao terraço. Annie havia lhe perguntado alguma coisa sobre ele segundos antes da chegada de Poppy e Robert. Uma sensação de fatalidade se abateu sobre ele. E, se ela estivesse tentando lhe dizer que Andrew era o assassino de Lady Belinda?

*Seu tolo, inconsequente! Como pôde se distrair pela chegada de Lady Poppy? Você a deixou sozinha quando prometeu que não o faria, ou, pior ainda, na companhia de Robert, um bêbado inveterado. Onde eles estão?*

Segundo as informações do dossiê apresentado por Pinkerton, Lorde Crawson vinha tendo uma vida inconsequente, dilapidando a fortuna e o dote da mulher em negócios desastrosos, bebedeiras e jogatinas monumentais. O fato de Poppy não lhe ter dado um herdeiro parecia a justificativa perfeita para sua derrocada cada vez maior. E ele, deslumbrado pelo reencontro com a ex-noiva, deixara Annie junto a tal salafrário.

Decidido, agradeceu a Lady Poppy e cruzou o salão em passos rápidos. Ao se aproximar das grandes portas duplas, a ansiedade crescente o fez saltar à frente. Sem importar-se com os olhares curiosos, correu em busca de Annie, deparando-se com uma cena desconfortável. Lorde Crawson segurava-a pelo braço, tentando claramente impedi-la de afastar-se.

— O que está acontecendo? Solte-a, Robert, imediatamente! Como se atreve?

Drake falou em voz baixa, mas o tom rascante e profundo deixava clara a raiva que o dominava. Robert não ousou contrariá-lo.

— Ora... ora... ora... meu grande amigo, Drake Morgan... o burguês condenado que ressurgiu das cinzas! E onde está minha esposa... já se cansou de sua companhia?

— Você bebeu demais, Robert... não sabe o que está dizendo! Vou relevar seu comentário grosseiro e o comportamento inadequado em razão de nossa amizade. Vamos, Senhorita MacGiver, vamos voltar ao salão, não há razão para expô-la ainda mais.

— Expô-la?! Não seja ridículo, Morgan, não a trate como a uma lady, ambos sabemos que ela não passa de uma criada. Aliás, a companhia ideal para um ex-condenado.

— Criada? O que você quer dizer? — indagou Drake, totalmente atento às palavras de Robert.

— Cuidado, Drake, é ele! Ele era o amante de Lady Belinda, eu o reconheci — Annie informou rapidamente.

Um silêncio sepulcral se abateu sobre eles por alguns momentos, até que Lorde Crawson o rompeu com grosseria, o pouco controle que mantinha sobre si mesmo se esvaindo como água.

— Cale a boca, miserável! Quer dizer então que se lembra... cale a boca, se não...

— Se não o quê? Vai matá-la também, assim como matou sua amante?

A pergunta direta de Drake fez os olhos congestionados de Robert quase saltarem das órbitas, em seguida uma gargalhada doentia ecoou chamando a atenção de todos ao redor.

— Aquela tola... vagabunda estava grávida! Achou que eu iria viver com ela, que poderia me chantagear, contar a Poppy... à minha mulher! À mulher que não conseguiu me dar um herdeiro... Poppy me abandonaria... e com ela...

— O dinheiro que restou é de Poppy, não é mesmo? Você conseguiu perder tudo. Se ela o abandonar, seus muitos credores virão em seu encalço... A que ponto você chegou, matar a mulher que esperava um filho seu por dinheiro!

Sob o olhar horrorizado de Annie, Drake mantinha a voz controlada, buscando induzir Robert a confessar e torcendo para que alguém mais ouvisse suas palavras. Aquela era a chance de provar a inocência da jovem. Mas Lorde Crawson era um velhaco esperto, rapidamente abaixou o tom da voz e mudou o comportamento.

— Não se iluda, meu caro. Se pensa em me comprometer, está enganado. Ninguém acreditará em uma palavra do que disser. Nem todo o dinheiro do mundo vai lhe comprar a respeitabilidade que almeja... Você é um ninguém, assim como seu pai... um burguês que acreditava poder fazer parte da aristocracia... Nossa amizade? Não me faça rir... eu apenas me divertia com sua pretensão...

Foi como se aquelas palavras derrubassem um muro que toldava sua visão; a verdade surgiu à frente de Drake, clara como uma manhã de sol.

— Foi você, não é mesmo? Por inveja... ciúmes... ou qualquer outra coisa parecida... Você mandou incendiar o *Tempestade*! Como eu não pensei nisso? Você era um dos poucos que sabia que o navio trazia a carga de açúcar... Maldito! Eu confiava em você!

Lorde Crawson o encarou surpreso, não pretendia que todos os seus segredos viessem à tona, mas... fosse pelo álcool consumido em excesso, pelo rancor em ver seu desafeto retornar mais rico e mais altivo do que nunca, pela raiva em perceber o brilho que reluziu nos olhos da própria esposa ao reencontrar Drake ou ainda pela certeza da própria impunidade... O fato é que ele não negou a verdade. Ao contrário, havia certo orgulho em sua voz ao confessar o comportamento pusilânime.

— Não era para ninguém morrer... Eu queria apenas acabar com seu orgulho e arrogância! O que o fazia pensar que poderia conviver com nobres como se fosse um igual? Ousar propor casamento a Poppy Campbell... assumir seu dote... Foi muita pretensão! Ela só o aceitou pelo seu dinheiro, um dinheiro que nem mesmo existia! Você mesmo confessou suas dificuldades... Eu apenas decidi mostrar ao mundo e à nobreza o que nós dois sabíamos... qual era seu verdadeiro lugar.

— Você matou meu pai — rosnou Drake entredentes.

— Já disse, ninguém deveria morrer... apenas a carga deveria queimar. Eu nem mesmo considerei que você perderia tudo, pretendia apenas lhe dar uma lição, afastá-lo de Poppy. Ela teria me dado atenção se você não a tivesse cortejado. Não pode me culpar pelo que aquele louco fez. Além disso, eu o ajudei a fugir, com isso, compensei os excessos. E não me olhe assim, você jamais conseguirá provar nada contra mim!

Os olhos de Drake pareciam lava borbulhando; o ódio escorria por eles em chamas! Ele fez um movimento em direção a Robert, mas, antes que o atingisse, foi contido por um par de mãos fortes. O Conde de Winchester se acercara discretamente, a tempo de ouvir a discussão.

— Não aqui, não assim... — sussurrou ele. — Há maneiras mais honradas. E menos perigosas!

Drake entendeu o que Andrew lhe dizia. Se matasse Robert naquele momento, em meio a uma festa, seria julgado por assassinato. Ele não daria ao calhorda a chance de, mesmo morto, triunfar. Com um gesto brusco e direto, atingiu a face de Robert com o par de luvas. Um vergão vermelho imediatamente surgiu no local.

— Ao nascer do sol, então, em Battersea Fields. Escolha as armas! Andrew, gostaria que fosse meu padrinho — disse Drake com gravidade.

O Conde de Winchester assentiu com a cabeça e, dirigindo-se a um Robert repentinamente sóbrio, formalizou a situação.

— Escolha as armas e indique seu padrinho. Nos encontraremos lá, antes do nascer do sol.

Robert Crawson pensou em tripudiar sobre o desafio e afastar-se, mas a ofensa fora presenciada por outras pessoas, inclusive por Lady Poppy, que, abismada, estava parada a poucos metros. Não tinha como recuar, tampouco queria. Seria um prazer enterrar a ponta de sua espada no coração daquele usurpador.

— Floretes! Estarei lá na hora combinada — e, com essas palavras afastou-se com arrogância.

— Por favor, não! — a súplica de Annie foi feita em voz branda; ela sabia que seria um pedido inútil. Na verdade, era quase um milagre Drake ter acatado a interposição de Lorde Andrew. Bastava olhar em seus olhos para entender o quanto lhe custara conter-se e não avançar sobre Lorde Robert ali mesmo. O duelo era inevitável! Desalentada, aceitou o braço que Drake lhe ofereceu. A noite, que imaginara mágica, transformara-se em uma noite de vingança e horror.

# CAPÍTULO XXVII

Drake observava o jardim pela janela da biblioteca tentando divisar algo por entre a escuridão da noite. Mesmo sem conseguir ver, ele sabia que, com a proximidade do inverno, as árvores haviam perdido as folhas, não havia flores, a natureza parecia estar se recolhendo para hibernar e então renascer revigorada na primavera. Ele sentia-se da mesma forma, enfim, conseguira resolver o que o atormentara por longos anos, mas será que assim como a natureza, poderia também despertar e enfim renascer?

Fora um choque descobrir o culpado pela morte de seu pai! Lorde Crawson, seu companheiro de juventude, provocara toda a tragédia movido por inveja insana. O relatório de Pinkerton lhe mostrara um homem absolutamente diferente daquele que imaginara ser seu amigo. Um homem que cobiçava o que lhe pertencia, que adquirira Egerton House e cortejado Lady Poppy pouco tempo depois de sua fuga. O documento ainda fazia uma ampla explanação sobre como o vício em jogo levara Robert a perder todo o patrimônio, ano após ano.

Ele sentia o baque, eram notícias difíceis de absorver. E ainda havia Lady Belinda, mais uma vítima de seu suposto amigo! Como pudera enganar-se daquela forma sobre alguém?

— Milorde, o Capitão Norton — anunciou Geoffrey, o rosto, como sempre, impassível, mesmo diante do adiantado da hora.

— Drake, vim assim que o criado me entregou seu bilhete. O que aconteceu? — indagou o capitão com preocupação.

— Capitão Norton, obrigado por atender ao meu chamado de pronto e a esta hora da noite. Tenho um compromisso de honra em Battersea Fields ao amanhecer. Mas, antes de seguir para lá, preciso que você faça algo por mim. Por Annie, na verdade. Aceita um conhaque, capitão? Eu o acompanharia, mas diante da situação devo conservar a mente lúcida e as mãos firmes. Você, no entanto, talvez precise de algo para lhe dar ânimo enquanto ouve minha narrativa.

Norton aceitou a bebida, apreensivo. Um compromisso de honra em Battersea Fields era um eufemismo para um duelo; atividade ilegal, porém, amplamente praticada pela nobreza. Embora tentado a fazer perguntas, aquietou-se e ouviu. De forma objetiva, Drake o colocou a par dos últimos acontecimentos e lhe disse o que esperava que fizesse. Era um plano audacioso, mas se funcionasse ele teria sua vingança, e Annie, sua inocência comprovada. E o bastardo maldito seria punido! Ele, no entanto, precisava apressar-se para atender ao que lhe era pedido de forma a fazer o plano funcionar.

Annie caminhava de um lado a outro do quarto, torcendo as mãos em desespero. Tim a observava, a aflição estampada na face. Ele não conseguira dormir de curiosidade, ficara atento, aguardando seu retorno para ouvir tudo sobre a noite tão esperada. O que não imaginara, ao bater à porta de seu quarto, fora encontrá-la naquele estado, e, mais do que isso, ouvir que a festa se transformara em um circo de horrores.

— E se nós avisarmos à guarda do Rei? Annie, eles podem impedir o duelo.

— Tim, Drake jamais nos perdoaria se fizéssemos isso. Ele esperou por anos por sua vingança, se o impedirmos... Além disso, duelar é crime, eles evitariam o duelo, mas ele seria preso!

— Então nós devemos ir até lá! Não podemos deixar o Capitão Drake enfrentar isso sozinho! E se ele for ferido, quem vai ficar ao lado dele? Nós somos seus amigos, temos que estar lá!

A proposta a princípio pareceu um despropósito, mas o desejo de Annie de estar próxima a Drake, de se certificar de que ele ficaria bem, afastou toda a racionalidade. Tim tinha razão, eles eram amigos e, como tal, deveriam ficar lado a lado numa hora como aquela.

— Você sabe onde fica tal lugar?

— Sei, Annie, lembre-se de que já morei nas ruas e perambulei por toda Londres, mas, se quisermos ir, temos que sair já. O local é longe, e eu não conheço bem o caminho.

— Acha que consegue encilhar um cavalo e atrelá-lo ao coche? Não posso pedir a Geoffrey que acorde o cavalariço; na verdade, se souber o que pretendemos fazer ele é capaz de nos impedir.

— Claro que eu consigo, afinal, não foi à toa que trabalhei nos estábulos por tanto tempo...

— Então coloque o casaco — disse Annie, pegando sua capa e a peliça. — Não temos tempo a perder.

A bruma da manhã tornava o campo enevoado, mal se distinguiam as árvores a poucos metros da pequena clareira. A luz, no entanto, era suficiente para que os antagonistas se enfrentassem. Além deles, apenas os padrinhos, o juiz do duelo e o médico. Ninguém notou a jovem e o garoto observando a cena, protegidos pelo tronco de um grande carvalho.

Lorde Andrew e o padrinho de Robert examinaram os floretes em seu estojo e, diante da comprovação de que as armas estavam em ordem, sinalizaram com a cabeça. Drake e Robert empunharam, cada um deles, a sua e se colocaram na posição adequada.

— *En garde* — determinou o juiz e, em seguida, deixou cair um lenço branco, sinalizando o início do embate. Ambos atacaram, os golpes se sucedendo num ritmo frenético. Robert era um exímio esgrimista e, ainda assim, Drake o enfrentava em igualdade de condições. Sua técnica poderia ser até inferior, mas os anos passados no navio haviam fortalecido seus músculos, além disso, sua raiva o impelia cada vez mais à frente. Após algum tempo, Lorde Crawson, com a resistência física comprometida pela vida dissoluta, começou a dar sinais de esgotamento. Tornou-se visível que Drake poderia desferir o golpe fatal a qualquer momento e encerrar a disputa. Para a surpresa de todos, ele não o fazia, ao contrário, insistia em golpear de forma a permitir a defesa do adversário, prolongando o duelo ao máximo. Até que em dado momento, observando um movimento entre as árvores, golpeou com força e determinação. Lorde Crawson, exausto, caiu, e Drake lhe deu o *coup de grace*, deixando a ponta do florete apoiada sobre o coração. A diminuta plateia suspendeu a respiração; a vida de Robert estava em suas mãos.

— Você não vale que eu suje minhas mãos com seu sangue imundo! Mas juro que vou matá-lo como a um cão se não confessar seus crimes. Diga, por que mandou incendiar o *Tempestade*? E por que matou Lady Belinda?

Ofegante, Lorde Crawson permaneceu calado, os olhos soltando chispas, mas Drake forçou a arma, e um filete de sangue lhe manchou a roupa. Se tinha alguma dúvida sobre a possibilidade de ser morto como a um cão, esta se desvaneceu ali.

— Seu tolo, realmente acreditou que poderia alcançar um lugar na alta aristocracia? Você e seu pai... simples mercadores... Já lhe disse, não tinha a intenção de queimar o navio, apenas a carga para lhe dar uma lição. Sem dinheiro... você não teria qualquer chance com Poppy — respondeu, tentando levantar-se, mas Drake não afrouxou a pressão.

— Inveja! Você causou a morte de bons homens por inveja! E a pobre Lady Belinda? O que fez para merecer a ignomínia que lhe infligiu? Conte exatamente o que aconteceu, se não quiser que eu o mate agora e aqui — insistiu Drake, sem afastar a ponta do florete do coração de Robert.

— Outra tola! Era apenas uma diversão... mas ela achou que eu realmente pretendia casar-me com ela, que seu filho bastardo seria meu herdeiro. Quando aquela idiota me surpreendeu mexendo em seu cofre... quando entendeu que tudo acabara, ameaçou contar a Poppy sobre a criança... Minha mulher tenta há anos engravidar, não aguentaria a humilhação... Eu perdi a cabeça e golpeei-a para que calasse sua boca infame.

— Você não temia que Lady Crawson fosse humilhada e, sim, que o abandonasse na miséria. Já dilapidou seu patrimônio, e o dote que recebeu ao se casar, suas propriedades estão falidas e hipotecadas, o que o mantém é o dinheiro pessoal de sua mulher. Você matou Lady Belinda por dinheiro! Inveja e ganância foram os verdadeiros motivos de seu comportamento vil!

Nesse momento um grupo saiu da névoa que começava a dissipar-se. Era Pinkerton acompanhado do Capitão Norton e de mais dois homens da guarda. O grupo estava escondido, mas suficientemente perto para ouvir a confissão de Lorde Robert Crawson.

— Já é o suficiente, Sir Drake! Já tenho o bastante para prendê-lo e, com o testemunho do Conde de Winchester, certamente será condenado. E não se preocupe; como combinado, não mencionaremos que houve um duelo, apenas que ocorreu uma desavença. O senhor ficará livre de quaisquer implicações.

Com a tranquilidade de quem conseguiu seu objetivo, Drake levantou o florete e afastou-se alguns passos, dando as costas a Robert.

— Você não merece que eu o mate pessoalmente e com isso arrisque minha liberdade. Será conduzido ao magistrado, e, eu espero, em breve ao patíbulo. Uma morte em duelo seria honrosa demais, a forca é mais adequada a um lixo como você. Minha vingança está completa, e eu, satisfeito. Sua mulher ficará viúva...

Robert urrou! Seu ódio transbordou numa fúria descontrolada. Em um único movimento, levantou-se e apontou para Drake uma pistola carregada que trazia escondida à cintura. O que aconteceu em seguida transcorreu em segundos, embora para Annie tenha parecido uma eternidade... Os homens, surpreendidos pela reação inesperada, não reagiram. Ela e Tim, no entanto, estavam se aproximando, aliviados porque tudo parecia ter terminado bem. O garoto, ao perceber o gesto de Lorde Crawson, correu e se colocou no caminho da bala.

— Não! — o protesto de Annie ecoou em vão, seu grito não impediu a tragédia. Soluçando, viu Tim cair poucos metros à sua frente e aos pés de Drake. Este sentiu o coração se estilhaçar de dor. Amparando-o, via, impotente, o sangue sair aos borbotões e manchar as vestes de vermelho vivo.

— Por que você fez isso, Tim? Maldito Robert! Por favor, meu amigo... não morra! Por favor... Doutor! Rápido!

O médico correu para atender Tim, enquanto Pinkerton, auxiliado pela guarda, desarmava e prendia Robert sob o olhar chocado do Capitão Norton.

— Afaste-se, sir Drake, deixe-me atendê-lo, temos que ver o ferimento e estancar o sangue — anunciou o médico, abrindo com eficiência as vestes de Tim; a marca de nascença visível logo acima do coração.

Foi quando um grito reverberou pelos campos... um grito desesperado... atormentado...

— Não!!! Misericórdia!!! Não!!!

O Conde de Winchester se debruçou sobre Tim. Afastou a todos e tomou o menino nos braços, embalando-o junto ao peito, enquanto palavras entrecortadas rompiam o silêncio da manhã.

— Eu sabia... Assim que eu o vi!! Por Deus, Timothy, meu filho, não morra!!! Eu não suportaria perdê-lo mais uma vez...

# CAPÍTULO XXVIII

O dia findava... Ainda estavam no meio da tarde. O sol invernal lançava seus últimos raios, pálidos e frios, e recolhia-se permitindo à escuridão voltar a reinar. O clima na casa de Sir Drake se assemelhava a isso; a luz parecia se esvair de dentro de cada um, enquanto Tim lutava por sua vida no andar superior. Estavam todos insones, ninguém havia conseguido descansar ou se alimentar depois dos acontecimentos funestos daquela manhã.

Geoffrey trouxera um carrinho de chá, com bolos e pequenos sanduiches de pepino, no entanto, nenhum deles pareceu se atentar ao fato. Calados, aguardavam o prognóstico. O Conde de Winchester não se afastara nem por um minuto. Desde que o médico iniciara o atendimento a Tim, mantinha-se ali, esperando por notícias. A afirmação de que o garoto era seu filho fora chocante em razão do inesperado, mas o desespero que demonstrava impediu qualquer um de pedir explicações. Tudo o que importava naquele momento era a sobrevivência de Tim.

— Senhores, finalmente consegui extrair a bala e parar o sangramento — a voz do médico, ao entrar na sala, atraiu a atenção de todos. — Ainda existem riscos, mas o perigo maior já passou, ele vai sobreviver.

— Graças ao bom Deus! — agradeceu Annie, emocionada.

— O projétil, felizmente, resvalou em uma costela e não atingiu órgãos vitais, mas ele perdeu muito sangue e está muito fraco — continuou o médico. — Terá que fazer repouso absoluto, o ferimento deve ser limpo, e as bandagens, trocadas diariamente para evitar infecção.

— Eu cuidarei para que seja assim — Annie apressou-se a dizer.

— Será como o senhor determinar, doutor. Faça tudo o que for preciso para que ele se recupere completamente — pediu Drake.

— Posso vê-lo, falar com ele por um instante? — a pergunta angustiada partiu de Lorde Andrew.

— É melhor deixá-lo descansar, milorde! Ele não pode se agitar, qualquer esforço será prejudicial, por isso, eu ministrei uma dose de láudano. O remédio vai ajudá-lo a não sentir dor, e ele deve dormir a noite toda, amanhã os senhores poderão vê-lo.

— Eu irei até lá, não vou acordá-lo, apenas não quero deixá-lo sozinho — disse Annie, levantando-se na clara intenção de seguir até o quarto de Tim.

— Senhorita, Lady Agatha se ofereceu para passar a noite ao lado dele, creio que isso é o mais acertado. Basta olhar para a senhorita para perceber que está exausta! Em sua condição, não conseguirá ajudar. Se me permitem, meu conselho é que todos descansem. Não há mais nada que possa ser feito agora, teremos que aguardar. Mas o garoto é forte, tem boas chances de se recuperar. Deixei orientações; amanhã de manhã retornarei, mas, se antes disso o quadro se alterar, basta mandarem um aviso que virei imediatamente.

— Creio que o médico tem razão — emendou Drake, assim que o doutor deixou a sala. — Não há o que possamos fazer agora. Você deve descansar, Annie, e...

— E lhes devo uma explicação — interrompeu Lorde Andrew. — Também preciso de algumas respostas, que acredito que possam fornecer. Sei que estão cansados, mas, se estiverem dispostos a me ouvir, tentarei ser breve. Não sei quanto a vocês, mas eu certamente não conseguirei descansar, pelo menos não enquanto ele ainda estiver correndo risco.

Diante da anuência de Drake, o conde levantou-se e se colocou frente à lareira por alguns instantes. Parecia estar ordenando os pensamentos; seu relato começou de forma concisa e coerente.

— Eu tinha 20 anos quando conheci a senhorita Helen Fairchild, a linda e doce filha do pároco de Sutton Village - a vila próxima à casa de campo de minha família. Foi o verão mais encantador de minha vida; ela tinha apenas 16 anos, mas era inteligente e alegre, e nós nos apaixonamos. Não preciso dizer que quando mencionei o fato ao meu pai, ele reprovou completamente o romance e tratou de me afastar de lá. Meus sentimentos, porém, eram sinceros e eu me mantive firme em meus propósitos. Inobstante, todos os esforços para me fazer mudar de ideia, era com Helen que decidira me casar e, quando ela completou 18 anos, voltei para buscá-la. Confesso que não medimos consequências, e eu achei que diante do fato consumado, nossa união seria aceita. Assim, levei-a para a Escócia e nos casamos lá, sem o consentimento de nossas famílias. Quando retornamos, meus pais se recusaram a nos receber, ameaçaram cortar minha renda e me deserdar se eu tornasse o casamento público. Eu era o único herdeiro de um título que remonta a dez gerações; havia muito do conceito de honra e dever familiar inculcado em mim, não poderia simplesmente abandonar tudo... Aluguei uma casa para Helen e concordei em manter o casamento em segredo, com a esperança de que, com o tempo, meus pais aceitassem nossa união. Quando Timothy nasceu, as coisas pareceram mudar. Meus pais concordaram em conhecer o neto, o que poderia ser um primeiro passo. Minha ilusão logo se desvaneceu... A proposta que fizeram foi para que Helen abrisse mão da criança e me concedesse o divórcio em troca de uma polpuda renda. Obviamente ela não concordou! Revoltado, eu lembrei a ela que, quando meu pai morresse, eu herdaria o título, seria o senhor de meu futuro e poderia assumi-la como esposa diante de tudo e de todos. Não nos restava muito a fazer a não ser esperar. Enquanto isso, passávamos o maior tempo possível juntos, éramos felizes, ainda que eu não confessasse publicamente estar casado para não incorrer na ira de meu pai, o conde.

— Nessa época... sua fama de libertino... as debutantes que jamais cortejou, a recusa em procurar uma noiva... Agora eu entendo melhor seu comportamento bizarro — comentou Drake.

— Minha mãe procurava me enredar em seus planos mirabolantes, mas eu não podia me deixar envolver, a verdade era que já estava casado e com uma mulher que amava! Deveria ter sido mais corajoso, mas acreditava que se me deserdassem, Helen e meu filho também sofreriam as consequências. Timothy seria igualmente privado do que lhe pertencia tanto quanto a mim: um nome, um título e seus bens. Hoje eu posso dizer que nada disso importa... O que são nome, bens e título quando se perde o verdadeiro amor? Trocaria tudo para tê-los mantido a meu lado durante esses anos!

— O que aconteceu? — perguntou Annie. — Quando eu conheci Tim... ele morava na rua!

A dor perpassou o olhar de Lorde Andrew. Ele enfiou as mãos nos cabelos em desespero. Sua compostura se rendeu à aflição. Continuou falando, mas sua voz agora estava embargada, a dor extrapolando os limites do corpo físico se derramava por seus olhos injetados.

— Meu filho... minha querida Helen...

Condoída, Annie lhe serviu uma xícara de chá; Andrew bebeu o líquido morno em um único gole. Precisava umedecer a garganta seca, o horror ainda não fora relatado. Respirando fundo, retomou a narrativa.

— Quando Timothy tinha três anos, meu pai adoeceu e o médico lhe recomendou uma temporada no campo. Quando nos convidou para acompanhá-lo, eu acreditei que, assustado com a possibilidade de morrer, ele decidira aceitar meu casamento. A oportunidade de encontrar o próprio pai, a quem não via desde sua fuga, e a esperança de que enfim pudéssemos ficar juntos perante todos, deixou Helen animada e ela concordou em ir. Meus pais a receberam com reservas e a colocaram em aposentos diversos dos meus, como se estivessem negando nossa condição de marido e mulher. Para nossa surpresa, no entanto, encantaram-se com Timothy. Ele já era, desde essa época, muito parecido comigo, e, além disso, trazia no peito o sinal característico de nascença dos Winchester. O neto parecia cativá-los mais a cada dia, e eu achei que, enfim, tudo ficaria bem. Ledo engano! Sem qualquer razão aparente, após algumas semanas, Helen começou a sentir-se mal; tinha muito sono, pequenos desmaios, mal conseguia brincar com Tim. Minha mãe convenceu-a de que talvez estivesse grávida novamente, que deveria se cuidar e deixar Tim aos cuidados dela e da ama. Embora passasse o dia todo deitada, ela parecia cada vez mais cansada. O médico lhe receitou alguns tônicos e mais repouso, e, nesse meio tempo, meu pai convenceu-me a voltar a Londres; havia algumas questões no Parlamento que precisavam ser discutidas e, alegando estar adoentado, argumentou que estava na hora de eu assumir algumas funções. Eu fiquei relutante em deixá-la, mas minha mãe vinha cuidando dela com aparente desvelo e eu acreditei que Helen, com sua meiguice, havia conseguido, por fim, transpor todas as objeções a nosso casamento. Despedi-me de minha esposa e de meu filho querido, e segui para Londres, certo de que os reencontraria em duas ou três semanas... mas foi a última vez que eu os vi.

Um espasmo de dor sacudiu os ombros de Lorde Andrew, o soluço escapou por entre seus lábios.

— Tome isso, acho que nesse momento você precisa de algo mais forte do que chá — disse Drake, estendendo um copo de cristal onde havia vertido uma boa dose de conhaque. Andrew deu um grande gole, deixando que o líquido forte queimasse sua garganta e o incitasse a concluir.

— O que vou contar agora, eu soube apenas por relatos de terceiros, e isso ainda depois de muito suborno e algumas ameaças. Em algum momento, depois que eu parti, Helen deve ter desconfiado que os "remédios" ministrados por minha mãe lhe faziam mais mal do que bem. Ao que parece, ela deixou de tomá-los, e uma tarde, sentindo-se melhor, decidiu deixar o leito e fazer uma surpresa a todos. Acabou surpreendendo uma conversa entre meus pais e o médico na qual eles discutiam a possibilidade, mediante um pagamento polpudo, de o doutor declará-la insana e interná-la em um sanatório para afastá-la em definitivo de Timothy.

— Que crueldade! — a exclamação de revolta partiu de Annie.

— Eu jamais permitiria isso, por essa razão, meu pai me enviara a Londres. Acho que eles pretendiam me convencer de que ela adoecera realmente. Desesperada, e acreditando que eu a havia abandonado, Helen partiu naquela noite levando Tim consigo. Seu pai acreditou no que ela lhe contou, afinal, naqueles anos todos já havia testemunhado o comportamento do conde e da condessa. Minha esposa o decepcionara ao fugir comigo, mas ainda era sua filha e ele a amava. Quando ela o procurou, ajudou-a a escapar e, depois, recusou-se a me contar seu destino alegando ter jurado sob o nome de Deus que não revelaria o paradeiro dos dois. Jamais consegui fazê-lo falar; ele morreu um ano depois e levou consigo o que sabia.

— Você nunca soube o que aconteceu? Como foi que descobriu que nosso Tim era o seu Timothy? Perdoe-me, minha ansiedade faz com que eu o atrapalhe — desculpou-se Annie. Era preciso permitir que Lorde Andrew relatasse os fatos de forma cronológica, para que pudessem avaliar o acontecido de forma justa.

— Meus pais só notaram a falta de Helen e de Tim na manhã seguinte à sua partida. Quando mandaram homens em seu encalço, ela já havia conseguido uma boa dianteira. Astuciosamente, não seguiu direto para Londres. Eu descobri anos depois que tomou a direção inversa e fez um caminho mais longo; isso confundiu seus perseguidores. Quando voltei a Sutton Village, Helen e Timothy já haviam partido há 10 dias, e meus pais tinham desistido de encontrá-los. Imediatamente, iniciei uma busca desesperada, mas mãe e filho pareciam ter evaporado. Ela levara poucas roupas, mas suas joias haviam desaparecido, isso me dava o conforto de saber que ela teria como sobreviver por algum tempo. Procurei-os sem parar por anos, jamais desisti! Infelizmente foram muitas pistas falsas e esperanças perdidas até que um dos investigadores contratados me passou a informação que eu mais temia, Helen havia morrido. Timothy estaria com 8 anos quando aconteceu, mas ninguém soube dizer o que havia acontecido com ele, sua pista se perdeu completamente. Nesses últimos anos não consegui nada, nem um fiapo de informação, até que como em um sonho, milagrosamente, ele esbarrou em mim em frente à Fortnum's.

— Por isso o senhor nos observou tão atentamente naquela tarde na confeitaria — exclamou Annie, compreendendo, enfim, a situação. — Nós achamos que estivesse zangado por Tim ter derrubado sua bengala.

— Perdoe-me, senhorita, se dei essa impressão. Quando Timothy tropeçou e me vi cara a cara com ele foi impossível não notar sua semelhança comigo. Mas eu não podia ter certeza, precisava ver a marca de nascença. Eu o segui, mas não entendia qual sua relação com a senhorita ou com Lady Agatha, afinal, ela mencionou que ele era um sobrinho. Eu já havia passado por várias situações desagradáveis e outras tantas decepções, e precisava ser cauteloso. Quando a vi no baile em companhia de Drake... achei que teria a oportunidade de abordá-la e perguntar... mas os fatos... Bem, a senhorita conhece bem o desenrolar da história.

— Sim! É isso! Eu tive uma sensação incômoda, porque milorde me parecia alguém conhecido! Pensando bem, o que aconteceu foi que notei inconscientemente sua semelhança com Tim.

— Eu já sabia que você tinha um filho — manifestou-se Drake. — Contratei Pinkerton para fazer algumas pesquisas sobre você e sobre Robert. Sua abordagem no clube me pareceu bastante estranha; suas palavras sobre o incêndio haviam sido inflamadas demais para alguém alheio ao assunto, por isso, decidi investigá-lo. Jamais imaginei, no entanto, que Tim pudesse ser seu filho perdido!

— Eu entendo sua estranheza quanto aos meus comentários exaltados e, confesso, há muito tempo não me policio ao enunciar minhas ideias. Muitos me acham inconsequente em minhas opiniões; na verdade, eu apenas não tolero a hipocrisia da aristocracia. E sempre desconfiei de que você também fora vítima da intolerância de classes, quis apenas adverti-lo a respeito. Minha intenção foi realmente lhe prestar ajuda. Mas, por favor, agora que já relatei minha parte, contem-me como conheceram Timothy.

Drake lançou um olhar a Annie e permaneceu em silêncio. Aquela era a história dela; ela a mencionaria se assim o desejasse, e ele respeitaria sua decisão. No entanto, conhecendo a firmeza de caráter da jovem, tinha certeza de que não omitiria nenhum fato, tampouco mascararia a verdade.

— Devo confessar que não sou uma dama, milorde — começou ela, decidida a ser verdadeira. — Era apenas uma criada quando, numa manhã de inverno, encontrei um garoto franzino encolhido ao lado da porta, estava quase congelando...

Com calma e em sua voz suave, Annie relatou tudo o que acontecera na vida de Tim desde que o encontrara... Andrew a ouviu em silêncio e com lágrimas nos olhos. Ao final, ela aguardou; a cabeça baixa reconhecendo seu lugar. Andrew levantou-se e, curvando-se diante dela, beijou-lhe a mão com respeito.

— Senhorita MacGiver, a senhorita é uma dama! Sua estirpe não está vinculada ao seu nascimento, mas, sim, à nobreza de sua alma. Eu lhe agradeço pelo que fez ao meu filho e, como sempre o considerou um irmão, devo dizer que a partir de agora passa também a ser uma filha.

Annie arregalou os olhos de espanto; jamais imaginaria um conde dirigindo-se a ela daquela forma. Virando-se para Drake, percebeu que este sorria satisfeito. Teria rompido em lágrimas se Geoffrey não interrompesse a emoção do momento sinalizando que o jantar seria servido.

— Acho que todos precisamos nos alimentar — disse Drake, levantando-se.

— Devo retornar à minha casa, já abusei demais de sua hospitalidade, Morgan. Aguardarei notícias por lá. — Despediu-se Andrew, ciente de que já ultrapassara o limite do decoro e da educação. Tim estava sendo cuidado, só lhe restava aguardar quando poderia enfim levá-lo para casa.

— Sei que esperou muito tempo para reencontrar seu filho, talvez queira ficar por perto essa noite — sugeriu Drake, compreensivo. — Se quiser, mandarei preparar um quarto para que descanse por algumas horas sem precisar se afastar.

— Eu lhe agradeço, Morgan, afastar-me dele, agora que o encontrei, é realmente difícil, ainda mais sabendo que está ferido. Eu aceito a oferta e fico em dívida com você.

— Não há que se falar em dívida, amigos não ficam em dívida, apenas se auxiliam em momentos difíceis — completou Drake com simpatia, mas embora as palavras fossem dirigidas a Andrew, seus olhos procuraram por Annie. — Tenho certeza de que seu filho ficará bem e que vocês poderão compensar o tempo perdido. Agora vamos jantar, a notícia de que Tim está fora de perigo me abriu o apetite.

# CAPÍTULO XXIX

— Annie! Eu sempre lhe disse que um dia iria ser rico e lhe dar muitos vestidos! Posso fazer isso, não posso... pai? Dar muitos vestidos novos a Annie? E chapéus, ela precisa de chapéus também. Uma lady usa chapéus! Eu também lhe prometi uma carruagem...

A gargalhada de Lorde Andrew representava o clima de alegria que tomara a tudo e a todos com a recuperação de Tim. A felicidade de ambos, pai e filho, era imensurável. Tim, acomodado confortavelmente em um divã na pequena sala de visitas, já não sentia dor ou corria qualquer risco. Apenas o tom pálido da pele denunciava o ocorrido de dias antes.

— Você pode lhe dar dezenas de vestidos, chapéus, carruagens — respondeu o conde, encantado por ser chamado de pai. — Na verdade, você poderá fazer tudo o que quiser!

— Tudo? Até ser capitão de meu próprio navio? Você sabia que...

Com entusiasmo, Tim começou a contar mais uma vez suas peripécias quando ele e Annie, disfarçada de garoto, haviam embarcado no *Tempestade II* sob o comando do capitão pirata Drake Morgan!

Annie sorriu tranquilizada; haviam passado por tantas dificuldades, mas agora tudo parecia em paz. Os últimos dias tinham sido indescritíveis, Tim se recuperara bem e o perigo fora completamente afastado. O médico concordara que ele deixasse o leito para pequenas caminhadas pelo jardim e ali estavam eles, usufruindo da paz que sucede a resolução dos problemas.

— Annie... Annie... você ouviu o que meu pai disse?

— Perdoe-me, Lorde Andrew, eu me distraí por alguns momentos.

— Amanhã eu levarei Timothy para casa — repetiu o conde. — Já abusamos por demais da hospitalidade de Morgan. E não se preocupe... já participei à minha mãe que acabarei com a farsa que ela montou. Tornarei público meu casamento com Helen e minha posterior viuvez, e apresentarei Timothy, meu filho reencontrado, como meu herdeiro e sucessor. Ela ficou chocada, ainda mais quando soube que terá que passar seus últimos anos numa propriedade rural, distante o bastante para não nos causar qualquer transtorno.

— A tristeza de alguém não me torna feliz, mas não posso dizer que não acho essa a melhor solução para Tim — disse Annie, aliviada. — Mas, milorde, acha prudente transportá-lo? Ele suportará bem o percurso de carruagem?

— Ele está bem, e o médico autorizou a remoção sem risco de a ferida se abrir. No entanto, meu filho me assegurou que só irá se a senhorita o acompanhar, na condição de irmã mais velha. E, pelo que conta, é isso exatamente o que tem sido para ele nos últimos anos. Eu gostaria que aceitasse meu pedido e nos acompanhasse.

— Eu agradeço a ambos, mas preciso pensar o que acontecerá a seguir. E há Lady Agatha, não gostaria de deixá-la e...

— Não se preocupe, Annie, já conversei com Lady Agatha, e ela concordou em continuar como preceptora e dama de companhia. Eu gostaria que você viesse conosco, em minha casa você não será uma hóspede. Se me permitir vou cuidá-la como a uma filha, assim como fez com meu filho.

— Lady Agatha disse que seu objetivo de vida será me transformar em um lorde, herdeiro do título! Eu não quis decepcioná-la, mas o que eu vou ser mesmo é capitão de navio — disse Tim, circunspecto, arrancando risadas.

— Ele está bastante feliz, você não acha? — a pergunta de Drake foi feita baixinho. Ela não o vira chegar, mas seu corpo reagira à sua proximidade silenciosa. Era capaz de fazê-la ficar arrepiada apenas por estar a centímetros de distância. Aliviada, percebeu que ele também sorria feliz, teria sido terrível para todos se Timothy não tivesse resistido.

— Sim, foi maravilhoso para ele encontrar o pai! Ele nunca havia falado sobre isso, nem mesmo para mim. Eu nunca imaginei que houvesse um mistério tão grande envolvendo-o, mas quando ele nos contou sua versão, o receio de sua mãe... entendi suas razões para manter o silêncio.

Para surpresa de todos, assim que Andrew lhe contou que era seu pai, Tim admitira conhecer sua origem e sua história. A mãe relatara os fatos, mas sem revelar o nome do genitor. Ela temia que o filho falasse a respeito com estranhos, e que, de uma forma ou outra, os avós os encontrassem e o tirassem dela. Ao final da vida, muito doente e confusa, não conseguia se fazer entender e a informação ficara perdida. Tim sabia apenas que seu pai era um nobre e que a mancha em forma de estrela sobre o coração era a prova de seu nascimento; encontrá-lo sempre fora seu sonho secreto. O reencontro de ambos fora emocionante e levara todos às lágrimas.

— Eu me pergunto como teria sido suas vidas se Helen e Andrew tivessem apenas se permitido viver o casamento sem a preocupação com títulos, nobreza, heranças e união de fortunas... Eles haviam conseguido algo raro... amor! Isso não deveria ser o mais importante? — murmurou Annie numa indagação emocionada enquanto observava pai e filho.

— Não podemos julgá-los, Andrew possivelmente tomou a decisão que julgou correta, não a que gostaria — retrucou Drake baixinho. — Infelizmente, um homem de honra nem sempre é o senhor de suas escolhas, um título traz embutidas responsabilidades inarredáveis. Devemos ficar contentes por ele e Tim estarem tendo uma segunda chance, poucos são os que a conseguem. Agora serão felizes — completou, afastando-se.

Annie sentiu o coração diminuir o ritmo; um frio cortante invadiu sua alma. Suas esperanças e ilusões se despedaçaram, tudo o que ela gostaria de ter ouvido era que o amor era o mais importante, que significava mais do que honra, títulos ou sonhos de nobreza. Segundas chances... Lorde Andrew tinha sorte! Já ela... estava na hora de admitir que em relação a Drake jamais houvera qualquer chance. Ele conseguira parte de seu intento, estava vingado, mas continuava não existindo um lugar para ela em sua vida.

Eles foram informados sobre a morte de Lorde Robert. Acusado de ser o mandante do incêndio do *Tempestade* e pelo assassinato de Lady Belinda, enforcara-se na prisão antes que o juiz o condenasse ao patíbulo, evitando, desta forma, a execução pública e vergonhosa. O fato não fora lamentado por muitos, nem mesmo por Lady Poppy. Drake certamente iria retomar sua vida do mesmo ponto em que fora interrompida, casando-se com a mulher que há muito escolhera para esposa.

Quanto a Annie, fora inocentada, estava livre. Como um bom amigo, ele cumprira a promessa de ajudá-la. A relação de ambos terminaria ali. O último fiapo de esperança se esvaiu, como a espuma de uma onda que quebra na praia. A expectativa de uma vida a dois se desfez sem deixar resquícios, não havia mais espaço para ilusões. Assim como Helen, ela teria que partir. E teria que fazer isso antes que... que percebessem que havia um bebê a caminho.

*Você é parte de mim agora, Drake. Mas eu não faço parte de seus planos; em sua vida não há lugar para nós. Você tem grandes sonhos e não conseguirá alcançá-los se vier a se casar com uma criada. E eu o amo demais para aceitar apenas uma parcela de você. Quero tudo ou então não quero nada, meia vida não me serve, quero o sonho completo. E se isso você não pode me dar, prefiro deixá-lo! Não serei eu a atrapalhar seu projeto de vida com a notícia de um filho ilegítimo. Eu amo você, meu pirata, por isso vou partir, para que pelo menos você possa viver seu sonho em plenitude. Mas vou feliz, porque levarei comigo a melhor parte de nós dois.*

Annie não tinha mais dúvidas de que estava grávida. A certeza a deixara feliz, mas não partilharia sua alegria com nenhum deles, esse era um segredo que manteria trancado a sete chaves. Com o coração em paz, decidira voltar à Nassau. Lá, uma gravidez fora do casamento e um filho ilegítimo não seriam chocantes. Com sorte, Mandy, John Doe, Edith e Benjamin a ajudariam a recomeçar sem muitas perguntas.

Havia o convite de Lorde Andrew e seria maravilhoso poder aceitá-lo, partilhar a vida de Tim e criar seu filho com conforto, ao lado de quem a queria bem. Mas ela sabia que a gravidez alterava a realidade; ele não conhecia sua condição quando fizera o convite e seria constrangedor impor ao conde a presença de um bastardo. Além disso, a situação poderia criar embaraços e talvez até conflitos entre Andrew, Tim e Drake. Não, ela não iria estragar a amizade verdadeira que surgira entre eles, tampouco permitir uma circunstância que poderia impelir Drake a casar-se com ela por dever. Queria vê-lo feliz!

Já tinha tudo planejado, agora precisava munir-se de forças para colocar o plano em dia. Disfarçadamente tocou o ventre ainda liso. Ali estava a fonte de sua força, pensou com um sorriso doce nos lábios.

Naquela noite, Drake seria agraciado com o tão desejado título de "Sir". O rei enfim acolhera a sugestão de Lorde Dunmore, governador das Antilhas, e concordado em reconduzi-lo ao mesmo lugar que seu pai ocupava na corte antes que todos aqueles acontecimentos funestos ocorressem. Lady Agatha e Timothy haviam sido convidados a partilhar o momento de glória, seria a ocasião perfeita para partir. Ela alegaria uma indisposição e ficaria em casa. Vinha sentindo-se mal ultimamente por conta da gravidez, e esta condição se refletia em sua aparência. Mesmo que o mal-estar naquela noite fosse simulado, ela conseguiria convencer a todos. Quando saíssem para a cerimônia, iria ao encontro do Capitão Norton. Ela o havia procurado há dois dias, falara sobre seu amor por Drake, sobre sua vontade de evitar constrangimentos entre ele e sua noiva, Lady Poppy, e defendeu sua volta para Nassau como a solução ideal para todos. Apenas não mencionou o bebê.

O Capitão Norton era um bom homem, entendeu seu dilema. O *Tempestade II* partiria com a maré das primeiras horas da manhã e ela estaria a bordo. Ele havia providenciado um pequeno camarote para que ela tivesse alguma privacidade, os homens foram consultados, recordavam-se do salvamento de Billy e não se opuseram. Annie tocou em seu bolso a libra que havia recebido de Drake, no que parecia uma eternidade, como prêmio por tê-lo ajudado. Nunca tivera coragem de usá-la, carregava a moeda como se fosse um talismã, uma reserva capaz de ajudá-la a reiniciar a vida em qualquer tempo e lugar. Daquela vez, ela seria útil em seu recomeço... era o único dinheiro que possuía! A diferença era que agora ela dispunha de amigos, de um lugar para onde ir e não havia nenhuma acusação sobre sua cabeça. Tudo daria certo, deveria estar tranquila... mas por que então rios de lágrimas insistiam em escorrer silenciosamente por suas faces? Ah... como a gravidez alterava o humor das mulheres... só podia ser isso... só podia...

A cerimônia foi conduzida pelo Príncipe de Gales que, com a formalidade requerida, lhe entregou a espada cerimonial e outorgou a comenda. *Sir* Drake Morgan passava oficialmente a fazer parte do *Knight Commander of the Most Excellent Order of the British Empire.* Seu pai estaria orgulhoso, enfim ele reconquistara tudo o que lhes fora arrancado. Sorrindo, aceitou os cumprimentos, só não conseguia entender por que a felicidade que o tomava não era nem de longe a que imaginara sentir naquele momento. A sensação de vazio que trazia no peito há anos não desvanecera. Estranho, sempre acreditara que ao realizar os desejos do pai conseguiria sentir-se inteiro novamente. Pensando nisso, atravessou o salão ao encontro de seus amigos. Estava próximo a eles quando foi interceptado.

— Sir Drake, o título lhe cai bem! Estou feliz que tudo tenha se resolvido e mais ainda por estar ao seu lado neste momento. Sei que deveria guardar um período de luto por Robert, mas papai concordou comigo que o comportamento horrendo dele me dispensaria de tal formalidade. E se papai acredita nisso... Quem sou eu para contestá-lo?

Lady Poppy, deslumbrante num vestido verde esmeralda, os cachos loiros enfeitados com alfinetes de esmeraldas, aproximou-se dele num ciciar dengoso e sedutor. Com certa resistência, Drake segurou a mão que ela lhe estendia e inclinou-se para o beija-mão, mas não chegou a tocá-la com os lábios. Uma mulher adulta, viúva e ainda dependia da permissão do pai para... tudo! Para ir, vir, até para decidir sobre guardar luto ou não por um marido assassino. Com os olhos semicerrados, observou-a: uma mulher linda, mas, tal qual uma boneca, sem personalidade ou vontade própria, um mero objeto de adorno.

O que Annie faria numa situação como aquela? Com um sorriso, relembrou seu destemor e sua capacidade de tomar decisões inusitadas e arcar com as consequências... Ah, ela, sim, era uma mulher admirável... valente, corajosa, ardente... E ainda amava o mar; seria uma excelente pirata se eles ainda estivessem na ativa! Ela era realmente... perfeita! Como uma onda, a certeza o inundou... Não importava a opinião do mundo... a seus olhos, Annie era a mulher perfeita!

Surpreso com o rumo dos pensamentos, não notara que Andrew o observava com um sorriso no canto dos lábios enquanto Lady Poppy tagarelava sem parar sem que ele ouvisse uma única palavra. Sem mesmo perceber, ele se viu perguntando em voz alta:

— Maldição, afinal, o que estou fazendo aqui?

— O que você quer dizer com isso, Sir Drake? Está sendo homenageado, naturalmente — disse Lady Poppy, chocada por ele estar praguejando.

— Sem ela ao seu lado nada tem significado, não é mesmo, meu amigo? — comentou Lorde Andrew, com a compreensão que apenas os que já amaram muito possuíam. — Você a ama?

Pasmo com a verdade que se descortinou diante de seus olhos, Drake encarou Andrew.

— Annie? Se eu a amo? Sim... creio que sim... Sim!

Foi Tim que, batendo palmas, lhe escancarou a realidade.

— Você a ama!!!! Eu sabia, até disse a Annie que tinha certeza de que iriam se casar! Vocês vão, não vão, Drake?

Aliviado, Drake respondeu alegremente:

— Sim, meu amigo, nós vamos nos casar nem que eu tenha que arrastá-la ao altar! E você será meu padrinho!

— Não perca tempo, diga-lhe o que sente. O amor tem pressa! Vá, eu apresentarei suas desculpas pela saída antecipada — disse-lhe Andrew. — O que havia para você aqui já acabou!

— Obrigada, meu amigo, tem toda razão! O que mais quero agora... Ah... saiba que não a deixarei ir morar em sua casa... não por muito tempo, pelo menos! Tenho outros planos! Grandes planos! Para breve!

E saiu rapidamente do recinto, acompanhado pelo som das risadas satisfeitas de Lorde Andrew e de Tim, além dos protestos raivosos de Lady Poppy.

*Annie, minha querida, espero que você não esteja dormindo e que se sinta suficientemente bem para ouvir o que tenho a dizer... Bem, se estiver dormindo vou acordá-la. Decididamente não posso esperar nem mais um minuto, já perdi tempo demais!*

— Geoffrey, onde ela está? — indagou Drake antes mesmo que Geoffrey segurasse a cartola e a bengala que lhe estendeu. — Dormindo? — insistiu, enquanto se dirigia à escada que levava ao andar superior.

— A senhorita MacGiver?

Algo no tom de voz do velho mordomo o fez estancar os passos e virar-se.

— Ela lhe deixou isso, Sir Drake... antes de partir — explicou Geoffrey, estendendo-lhe um envelope branco numa salva de prata que estivera até aquele momento sobre o aparador na entrada.

— Partir? Para onde? Quando? — as perguntas se atropelavam em sua língua enquanto ele abria o envelope depois de praticamente arrancá-lo das mãos de Geoffrey. Estava tão ansioso que as palavras escritas numa letra elegante e fluida pareciam saltar do papel e dançar à sua frente.

> *"Meu querido Drake,*
>
> *Ainda me dou o direito de chamá-lo com tal intimidade por mais uma vez. É a euforia de saber que alcançamos sucesso em nossos propósitos que me levou a isso. Você conseguiu demonstrar a verdade sobre a morte de seu pai, punir o culpado por seus infortúnios e restabelecer seu nome e seu status. Vai, enfim, retomar sua vida do mesmo ponto onde foi interrompida, como sempre desejou. E eu... bem, eu não só consegui provar a inocência de Tim e a minha, como ainda pude compartilhar a alegria de meu amigo ao reencontrar o pai. E tudo graças a você. Agora sigo rumo ao meu futuro. Deixo Londres certa de que encontrarei uma nova vida no Novo Mundo e de que lá não estarei sozinha. Obrigada por tudo, você me fez acreditar que sonhos podem acontecer. Meus pensamentos e preces serão para que sua alegria seja completa e para que a paz reine em seu coração. Saiba que o amarei para sempre e que meu maior desejo é que seja feliz!*
>
> *Com carinho,*
>
> *Annie."*

Algo se quebrou dentro dele, talvez fosse seu coração... talvez sua alma... possivelmente ambos! A dor era excruciante, o fio da espada era preferível ao sofrimento que a partida dela lhe causava.

*Tolo! Busquei a felicidade por tanto tempo e não a vi quando ela se postou ao meu lado!*

Annie! Ele morreria sem ela... sem o toque de suas mãos, o gosto de seus lábios, sem o som de sua voz dizendo *"também amo você"*. Ele simplesmente morreria!

*Para onde você foi, meu amor?*

Desesperado, foi para a Biblioteca e serviu-se um copo de brandy. Tomou a bebida em um único gole, enquanto a mente fervilhava em busca de respostas. Para onde ela poderia ter ido? Annie não tinha nenhum dinheiro, como chegaria ao Novo Mundo? Certamente quisera apenas mantê-lo longe, ela não teria como sair de Londres sem ajuda. A possibilidade de que estivesse na rua, ao relento na madrugada fria, o enlouqueceu. As horas passavam e ele não conseguia organizar os pensamentos, a mente confusa pela perda inesperada.

Na esperança de que o papel pudesse lhe trazer novas informações, leu pela décima vez a carta buscando as respostas que ela não lhe dera... Novo Mundo? Claro, que tolo estava sendo! Ela sabia onde conseguir ajuda! A possibilidade surgiu como um raio, como não lhe ocorrera antes? Com o coração galopando de ansiedade gritou algumas ordens para Geoffrey. A decisão tinha que ser imediata, tinha pouco tempo para agir. A maré começaria a subir em breve e, se estivesse certo, ela estaria partindo com ela. Sem qualquer dúvida a obscurecer sua decisão, seguiu para o porto, clamando os céus para que o sol não nascesse... ainda não...

A bruma espessa da manhã não se dissipara, mesmo assim, os primeiros raios de luz que surgiram no horizonte traziam um brilho prateado à crista das marolas. Ela se recolhera ao camarote e o capitão prometera que nada a incomodaria. Mas, por mais que tentasse, não conseguira dormir. Por maior que fosse a alegria pela vida que levava dentro de si, a dor pela saudade dos que deixara permaneceria consigo por muito tempo. O camarote lhe pareceu uma prisão, ela ansiava pela vastidão do mar. A visão do sol surgindo vitorioso iria lembrá-la de que sempre haveria um novo dia.

Com cuidado, debruçou-se levemente na amurada, aspirando o ar fresco e levemente salgado. A brisa suave a fez enrolar o xale mais apertado em torno do corpo; o vestido de algodão não a resguardava o suficiente, mas era ideal para o calor que enfrentaria em alguns dias. O dia seria magnífico. À sua frente, mar e céu se uniam num horizonte infinito. Ela sabia que tanta placidez escondia turbulência e fúria... nada era estanque! O mar, assim como a vida, podia sofrer mudanças ao sabor dos ventos.

Ainda se avistava a costa da Inglaterra, haviam partido há pouco. Londres era uma miniatura perdendo-se no horizonte.

Onde estaria seu capitão pirata?

Instintivamente seu olhar seguiu para a ponte de comando... ela conseguia imaginá-lo ali... como o vira na primeira vez. Forte e altivo! O brilho do sol iluminando-o como a um deus! A camisa de seda branca delineando os ombros largos, as mãos firmes agarradas ao timão, o brinco de prata na orelha, as botas... Ah! as lindas botas de couro negro subindo pelas pernas musculosas... o olhar feroz encimado pela sobrancelha fendida e os cabelos negros presos na nuca... Não, os cabelos negros curtos e revoltos pelo vento...

Algo estava errado... Cabelos curtos?!

Sua visão começou a se mover, a vir em sua direção... isso era impossível! A gravidez a estava fazendo delirar... ele estava falando com ela?

— Nunca mais fuja de mim, minha sereia de olhos dourados... eu irei até o inferno para encontrá-la, se for preciso! Você é minha... o que tenho de mais valioso neste mundo... a mulher perfeita! Por favor, não me deixe! Nunca me deixe! Eu suplico! Nada... absolutamente nada vale mais do que o seu amor! Eu te amo! Mais do que tudo, eu te amo!

A visão a tomou nos braços, com força, puxando-a de encontro ao peito largo, demonstrando sua posse, moldando-a a seu corpo para que ela pudesse sentir seu desejo, a boca cobrindo a sua, sugando e invadindo com avidez...

Drake!

Annie não conseguia pensar em palavras capazes de exprimir sua felicidade! Ele viera... o amor fora mais importante... Com carinho, ela pegou sua mão e a colocou sobre o ventre.

— Perfeita? Apenas sob a luz de seus olhos, mas... nós dois... somos seus, para sempre! Nós te amamos... mais do que tudo, meu capitão pirata!

— Nós dois? Quer dizer...

Assustada Annie percebeu que ele se enrijeceu. Por um segundo, ela temeu que os repudiasse. Então um som rouco escapou da garganta de Drake, um suspiro vindo do âmago de seu ser, carregado de emoção.

Com os olhos úmidos, ele inclinou-se com reverência e beijou o ventre levemente distendido. E, seguida, tomou-lhe as mãos entre as suas e com voz embargada, deixou os sentimentos extravasarem.

— Minha doce e valente Annie, a mulher mais corajosa e mais bela que jamais conheci. Você me deu um presente maravilhoso ao fazer-me acreditar que amor e felicidade poderiam tornar à minha vida. Não imaginei que houvesse maior prazer, mas ... um filho ... fruto de nosso amor... Nada no mundo poderia superar a alegria desse instante. Eu os amo mais que a mim mesmo! De agora em diante minha vida só terá sentido se for para vivê-la junto a vocês, para amá-los e protegê-los.

— Oh, meu querido!

— Annie, você aceita casar-se comigo?

— É tudo o que mais desejo, meu amor! E ela completou sua resposta na forma mais perfeita possível, colando seu corpo ao dele, deixando que seus corações batessem juntos num galope desenfreado em direção ao futuro. Quando ele a levantou nos braços e a carregou para o camarote, não como um troféu, mas como a mulher com quem dividiria a vida, os marinheiros entoaram uma canção de amor e júbilo.

O capitão pirata e sua sereia amada estavam de volta.

# EPÍLOGO

Annie aspirou profundamente; as areias mornas sob os pés nus, o perfume da noite inundando seus sentidos, as ondas entoando um mantra contínuo e relaxante. Ela o sentiu aproximar-se antes mesmo de vê-lo e sorriu. Jamais sentira tanta paz.

— Vocês estão bem?

— Sim, meu querido, seu filho e eu estamos bem — disse, acariciando o ventre já bastante crescido.

— Depois de uma tarde agitada, ele finalmente se aquietou, acho que, como eu, se compraz em apreciar a calma que a noite traz — completou Annie, erguendo os olhos para a abóbada estrelada que os recobria.

— Ele?

— Ou ela, não sei. E isso importa?

— De forma alguma. Que seja feliz é a única coisa que desejo.

— Hum — resmungou Annie, apoiando as costas no peito largo de Drake que imediatamente a envolveu com os braços. — Estamos no paraíso? Esse local... é mágico!

— Sim, minha querida, é mágico, mas...

— Teremos que voltar! Ou melhor, você terá que voltar — completou ela com uma nota de tristeza na voz.

— Por que diz você? Eu devo retornar a Londres, mas não irei a lugar algum sem você!

— Drake, meu querido, claro que você deve retornar, há negócios a serem tratados, compromissos com a aristocracia... Seu pai estaria orgulhoso, você limpou seu nome e reconquistou o que lhe era de direito. No entanto, ambos sabemos que a Corte não é o lugar mais adequado para mim.

— Você é minha esposa, mãe de meu filho, a mulher que amo. Seu lugar é ao meu lado, esteja eu onde estiver sempre a apresentarei com orgulho.

— Tenho certeza disso, assim como sei que dificilmente me sentirei confortável entre seus pares, ainda que seja sua esposa. Todas as regras, convenções, toda a etiqueta e falsidade... eu me sentiria tolhida... Não — disse ela. — Apenas me escute, por favor — pediu, tocando os lábios de Drake com os dedos para impedi-lo de protestar. —Eu amo Nassau, amo esta casa e este mar. Gostaria de criar o bebê aqui, entre amigos e pessoas que me querem bem, se você não se importar. Sei que nosso filho tem direito ao legado que construiu, e que um dia ele deverá ir escolher onde e como viver. Mas, por ora, eu... eu gostaria de ficar, mesmo que você deva partir. Entendo que sua escolha foi feita há muito tempo e que seu lugar é lá... mas sei também que voltará para mim sempre que puder, e eu estarei aqui, à sua espera.

Lentamente ele a virou para si. Ainda que lhe custasse admitir, sabia que Annie era como uma flor dos trópicos, alegre e viçosa, e não seria feliz em meio à Corte e seu formalismo. Ela perderia a vivacidade, preocupada em se adaptar a um mundo que não era o seu; a melancolia e tristeza a invadiriam. Isso ele não poderia suportar ou admitir.

— Você está certa, acredito que não seria feliz em meio àquelas ladies frívolas e arrogantes...

Ainda que ele concordasse com ela, Annie sentiu uma pontada de dor em seu coração.

— Mas também está enganada! Lá não é o meu lugar. O meu lugar, o único onde quero estar, é a seu lado. Jamais a deixarei, minha querida, vou organizar meus negócios de forma que possa administrá-los daqui, como sempre fiz. Eu realmente conquistei tudo aquilo a que me propus anos atrás, mas o que não sabia então era que nenhuma dessas conquistas me traria um milésimo da alegria que você e nosso filho me trouxeram. Você é meu mundo, meu oceano, minha vida... Criaremos nossos filhos aqui, e, quando crescerem, os levaremos para Londres, para que conheçam suas origens. Mas jamais lhes tiraremos o direito de escolha.

— Obrigada meu querido por me compreender e aceitar. É justo! Ao contrário do que prega a sociedade, a cada um deve ser reservado o direito de decidir como viver a própria vida — completou Annie lembrando-se de Tim e de seus pais. — Nossos filhos serão livres para fazer as próprias escolhas.

— Veja — disse Drake, erguendo os olhos para o céu estrelado. — Ainda que eu conseguisse reunir cada uma dessas estrelas e depositá-las a seus pés, ainda assim, isso não seria suficiente para demonstrar o tamanho de meu amor por você. Eu a amo, minha sereia... nada na vida tem valor para mim se você não estiver ao meu lado.

Annie ergueu os olhos... Uma infinidade de estrelas derramava seu brilho sobre eles... Lentamente ela o beijou e demonstrou, com os lábios e o coração, que seu amor também era maior do que o universo... Fosse onde fosse... eles seriam felizes para sempre.

FIM

# Nota do Autor

Foi com muita expectativa que trouxe meu novo livro a vocês, leitores.

Com Drake e Annie, decidi investir em horizontes mais amplos, arriscando-me a escrever uma história que mescla romance e um pouco de aventura, e que, ainda assim, não deixa de trazer a minha marca registrada: um amor que, independente de diferenças, vale a pena ser vivido. Realmente espero que tenham gostado da forma como a contei, tanto quanto eu gostei de escrevê-la.

Além disso, em *Um beijo sob as estrelas,* eu apresentei um outro personagem por quem tenho muito carinho: Tim. E é a história dele que tenho vontade de relatar num futuro próximo, em um livro que, imagino, virá também recheado de emoção e aventura. O garoto se transformará em um belo lorde, herdeiro do sangue nobre e do título nobiliárquico da família. Mas o que se poderá esperar de alguém que cresceu nas ruas, ama o mar e a liberdade de uma vida sem amarras?

Não sei quanto a vocês, mas eu estou bem curiosa com o que acontecerá daqui para frente com o jovem Tim. Por enquanto, só me resta esperar que, em algum momento, ele próprio venha murmurar em meus ouvidos qual foi seu destino. Quando isso acontecer, prometo revelá-lo em detalhes.

Com carinho,

***Silvia Spadoni***

Impressão e acabamento

psi7 | book7
psi7.com.br book7.com.br